anagramma

211

Della stessa autrice

Ti prego lasciati odiare

Prima edizione: settembre 2013

Roma, Casella postale 6214

ISBN 978-88-541-5589-3

www.newtoncompton.com

Realizzazione a cura di 8x8 s.r.l., Roma
Stampato nel settembre 2013 da Puntoweb s.r.l., Ariccia (Roma)
su carta prodotta con cellulose senza cloro gas provenienti da foreste controllate e certificate, nel rispetto delle normative ecologiche vigenti

Anna Premoli

Come inciampare nel principe azzurro

Newton Compton editori

A mio figlio Marco, che con il protagonista di questa storia condivide non solo il nome ma anche la testa dura. Spero che anche tu possa incontrare un giorno la tua Maddison.

Nel momento in cui ti soffermi a pensare se ami o no una persona, hai già la risposta.
L'ombra del vento, Carlos Ruiz Zafón

1
Se la giornata inizia male volgerà sicuramente in peggio

Tanto per cambiare piove a dirotto!

Non che a Londra piova proprio sempre. Voglio dire, non siamo mica in Scozia. Piove il giusto. In questo periodo, lo ammetto, oggettivamente spesso. Ok, mi arrendo, dall'inizio di agosto diluvia ogni giorno…

Ma ora è davvero il caso che smetta di perdere il mio tempo a osservare i rivoli d'acqua sulle mie finestre e mi dia una mossa. Il bell'orologio che ho ricevuto dai miei per la laurea, ormai qualche anno fa, mi indica inesorabile che sono già in ritardo sulla tabella di marcia quotidiana. In fondo al corridoio il telefono prende a squillare minaccioso. A quest'ora può essere solo mia madre, quindi non mi sogno proprio di rispondere. Mai iniziare la giornata con tua madre che ti stressa. Una giornata simile non potrebbe che andare male.

Mia madre ha passato tutta la sua vita a fare la casalinga, mentre in verità sognava di fare carriera. Voi direte, e allora perché non ha lavorato? Ecco, ancora oggi, non so darmi una risposta. So solo che è stata da sempre convinta, al contrario, che far morire di lavoro la sua unica figlia fosse un'idea grandiosa. E questo ha segnato la mia esistenza.

Mi chiama ogni giorno in ufficio ripetendo sempre la stessa domanda. «Cosa stai facendo, amore?». E io, tutti i giorni, le rispondo: «Sto lavorando, mamma».

Questa frase le piace, la fa sentire orgogliosa.

In realtà, io non sono mai stata una femminista sfegatata, ma lei non ha mai voluto accettarlo. Pensa ancora di essere una suffragetta dell'inizio del secolo scorso.

Ho accettato di studiare Economia all'università solo per il quieto vivere. Mia madre, infatti, pretendeva che lavorassi in una grande banca d'affari; io, invece, delle donne che lavoravano in quell'ambiente ammiravo solo gli elegantissimi completi. Sono sempre stata capace di grande onestà, almeno con me stessa, e la realtà è che non ho mai avuto una grande determinazione o voglia di riuscire, o qualcosa di solo lontanamente simile.

Il caso ha voluto che, per una serie di incredibili circostanze, io sia finita davvero a lavorare per una Investment Bank. E a distanza di anni mi sembra ancora grottesco. Ricordo che da piccola, in un tema dal titolo *Cosa voglio fare da grande*, scrissi che mi sarebbe piaciuto diventare una sarta. Trovavo eccitante la capacità di cucire abiti dal nulla e in generale pensavo che creare qualcosa desse un senso alla vita. Illusioni dell'infanzia. Oggi infatti io non creo nulla, e spesso, anzi, mi sembra quasi di distruggere. Ecco perché non mi convince quello che faccio.

Ho superato il test d'ingresso alla facoltà di Economia solo perché in mezzo a tanta gente sono stata capace di individuare una ragazza dall'aria furba, mi sono tenuta incollata a lei e ho scopiazzato le risposte ai test che per me erano arabo. A mia discolpa, posso solo dire che individuare la secchiona giusta è un'arte che non ha mai avuto il riconoscimento che meriterebbe.

Jane non mi ha solo aiutato a superare l'esame, ma è anche stata una grande amica. Dal giorno del test siamo inseparabili. Due persone relativamente introverse, due ragazze con poca voglia di apparire, ecco cosa ci ha unito immediatamente. Ora lei lavora alla Goldman Sachs (genio era e genio è rimasta), ma quando può continua ad aiutarmi. Devo a lei se sono riuscita a entrare anch'io in una prestigiosa banca d'affari: ha seguito per un mese la mia preparazione per le selezioni, finita l'università. Ho il vago sospetto di averla spuntata solo per non deluderla. Be', senza dimenticare che in caso di fallimento mia madre mi avrebbe ucciso. Letteralmente, niente esagerazioni.

Faccio parte di un team che si occupa di fusioni e acquisizioni estere, una decina di persone completamente dedite al lavoro. O meglio, gli altri nove lo sono, io faccio finta. Ma sono davvero brava a fingere. Sembra infatti che nessuno abbia finora mossi dubbi sul perché mi trovi lì.

Il problema principale del mio lavoro, a parte il fatto che riguarda lo studio dei bilanci e della fiscalità (blah...), è l'assurdo orario a cui siamo sottoposti: attacchiamo abbastanza presto, come è buona norma in uffici simili, ma spesso, nei periodi di maggiore stress, quasi ci dimentichiamo di tornare a casa. Per riuscire a ritagliarmi qualche ora di shopping, ogni tanto devo fingere un malore, un mal di pancia insostenibile, un'emicrania che tutte le volte è senza precedenti. I miei colleghi sono in genere così presi dal loro lavoro che neanche si accorgono della mia mancanza. Per loro è assolutamente inimmaginabile che qualcuno voglia scappare dall'ufficio. Ho il sospetto che verrebbero in ufficio anche gratis, mentre io riesco a costringermi solo perché mi pagano discretamente. E spesso non basta neanche quello a rincuorarmi.

Una volta, durante una delle mie fughe in un negozio in centro, sono incappata in Teresa dell'ufficio derivati su *commodities*: ci siamo riconosciute e sorrise con fare partecipe.

Da allora, quando ci incontriamo in ascensore, ci guardiamo complici. L'aver scoperto di non essere l'unica mi ha rasserenato, ha fatto venire meno quei pochissimi sensi di colpa che avevo.

Talvolta mi capita ancora di pensare a quelle stupende ragazze fasciate in meravigliosi completi che vedevo correre per la City quando ero ragazzina: ma come diavolo facevano a comprarsi i vestiti se erano costrette a lavorare tutto il giorno, spesso sabato e domenica inclusi? E all'epoca non avrebbero potuto nemmeno fare acquisti online!

Secondo mia madre le donne non hanno bisogno di un marito. Ripeto, mia madre, che si è sposata all'età di ventidue anni, è davvero convinta che gli uomini siano superflui e che ogni donna debba cercare il proprio gratificante successo nel lavoro. Ma pensa una cosa simile solo perché di fatto non ha mai lavorato: se solo ci avesse provato, sarebbe corsa a sposarsi il giorno dopo. Mio padre sopporta pazientemente e in silenzio, e quando l'aria in casa diventa troppo pesante se ne va a giocare a golf e risolve così i suoi problemi.

Chiaramente una femminista come lei non può sopportare di perdere tempo con i lavori di casa, così assume delle persone che li facciano per lei: negli ultimi anni si sono susseguite schiere di ragazze dal nome più o meno impronunciabile che hanno stirato, lavato, pulito e cucinato per la mia famiglia. Io invece, che lavoro in media dodici ore al giorno, le pulizie me le faccio da sola.

La giornata di oggi è iniziata davvero male: sono in super ritardo, indosso delle scarpe scomodissime, credo di aver bucato le calze e il bellissimo ombrellino nuovo, nero a pois bianchi, che ho comprato per poche sterline la settimana scorsa, si è scucito. Questo mi dovrebbe servire da lezione: se una cosa costa poco, un motivo c'è.

Così sto arrivando in ufficio mezza bagnata e già stremata dal salto delle pozzanghere, quando incontro Tom dell'ufficio legale. Sorride compiaciuto mentre preme il tasto dell'ascensore e mi dice con una certa boria: «Non so se hai sentito, ma dal mese prossimo sarò a New York!».

Allora, il bastardo sa benissimo che io avevo chiesto di essere mandata all'ufficio newyorkese, ed è più che evidente che se ci va lui io non parto, dal momento che ho saputo da sicure fonti interne, corrotte con caffè e dolcetti, che c'è un solo posto disponibile.

A dire il vero, l'idea del trasferimento all'estero per conoscere il mondo e fare carriera non era stata del tutto mia. John, il mio mitico capo, una delle poche ragioni per cui non mi sono mai licenziata, mi ha caldamente suggerito pochi mesi fa di chiedere di essere destinata a qualche ufficio estero, definendola una condizione indispensabile per crescere professionalmente. Io, che non pensavo proprio di andarmene da Londra, non l'ho preso sul serio. Allora lui mi ha candidato di sua iniziativa, ignorando tutte le mie proteste. Quello che John davvero non capirà mai è che tra le mie ambizioni non rientra quella di una brillante carriera. Non me ne importa un fico secco. Devo solo impiegare il tempo nell'attesa di scoprire cosa voglio fare da grande. E lo ammetto, se domani un affascinante principe azzurro con un elevato conto in banca o un inesauribile fondo fiduciario mi chiedesse di sposarlo, non ci penserei due volte a licenziarmi. Con immenso orrore di mia madre, che forse sospetta qualcosa ma almeno ha il buon gusto di non chiedere.

"Non domandare quello che non puoi sopportare", è una sua saggia regola. Devo ammettere che pur nella sua follia è dotata di molto giudizio, di certo più di sua figlia, femminista mancata.

In realtà, nonostante quello che si sente dire in giro, il mondo della finanza non è eccessivamente maschilista: ai miei colleghi non importa un accidenti se io sono una donna o un uomo, gli importa solo quanto sono in grado di lavorare.

Quando sono entrata in questa banca, ormai sei anni fa, John mi ha subito preso in simpatia. Diceva che ero fuori dal comune. In effetti non ho davvero niente a che fare con tutti quelli che credono che il lavoro nobiliti l'uomo. Nessuno riuscirà mai a convincermi di una cosa simile. Per quanto mi riguarda, lavorare non potrà mai essere meglio di dormire. Mai.

John si sta avvicinando alla cinquantina, ha una bella moglie che se ne sta a casa, cura il giardino e il cane, oltre a cucinare per il loro amatissimo figlio diciottenne, che nella vita vuole solo suonare la chitarra. Credo mi consideri una sorta di figlia a cui dover trasmettere il mestiere e il sapere. Se solo la figliastra fosse un tantino più predisposta...

In ogni caso, senza di lui sarei completamente persa. Inoltre, i miei colleghi sanno che io sono la sua preferita e mi lasciano stare. Potrei dire che godo di una certa condizione di privilegio in ufficio. Andarmene dopo aver faticato tanto per vivere in pace? Neanche morta.

Dopo la sua segnalazione l'ufficio risorse umane mi ha contattato per un colloquio. Hanno finto di mettermi a mio agio, mentre in realtà cercavano di cogliere anche il più piccolo battito delle mie ciglia. Mi hanno chiesto abbastanza indirettamente in quale parte del mondo mi sarebbe piaciuto lavorare. Ora, io non sono mai stata brava con il dico-non dico, quindi ho affermato senza peli sulla lingua che me ne sarei voluta andare a New York. O lì oppure da nessun'altra parte. Chiamatemi pure estrema: io penso di essere semplicemente stata molto chiara. Tutti sanno che non c'è posto migliore per fare shopping della Grande Mela, senza contare l'elevatissima probabilità che avrei da quelle parti d'incontrare per puro caso un potenziale ricchissimo marito.

E ora Tom, che sa benissimo della mia richiesta, è qui in ascensore a vantarsi che sarà lui a partire. Mi viene il sospetto che abbia fatto su e giù con l'ascensore da un'ora solo per potermi incontrare e sbattermi in faccia questa notizia. Io sono in evidentissimo ritardo e lui non è di certo appena arrivato. Lecchino com'è, deve sempre essere tra i primi a mettere piede qui dentro. Con un pizzico di irritazione mi tocca ammettere che la sua strategia ha pagato.

Mi sforzo di apparire imperturbabile e schiaccio il bottone del mio piano, voltandogli le spalle e attendendo pazientemente che l'ascensore inizi la sua salita. Ma Tom non è soddisfatto della mia reazione e gioca il tutto per tutto per farmi perdere le staffe.

«La notizia migliore riguarda la tua destinazione, perché, vedi Maddison, un passerotto mi ha rivelato che anche tu sei in partenza...», dice quasi ridacchiando. Vederlo sghignazzare è davvero più di quello che sono in grado di sopportare di prima mattina. Controvoglia mi volto verso di lui, mentre la mia espressione serafica inizia a incrinarsi.

Il vile ha appena sganciato la notizia bomba e vede che ne sto finalmente accusando l'effetto. Da un lato vorrei infischiarmene, ma dall'altro devo scoprire qualcosa di più.

«Di cosa stai parlando? Lo sanno tutti che io ero disposta a trasferirmi *solo* a New York. E dato che hanno ritenuto che tu fossi il profilo migliore da mandare oltreoceano, è evidente che il mio destino è quello di rimanere in terra natia. Ma poco male, vivere a Londra mi piace e in fondo non traslocare potrebbe avere i suoi vantaggi», affermo cercando di mostrarmi convinta. Non mi piace apparire debole di fronte a un cretino simile.

Tom però sorride sempre più beffardo, mentre ascolta le mie parole. Sia chiaro, quel fastidioso luccichio dei suoi trentadue denti sbiancati ad arte non mi piace affatto.

«Vedrai allora che la giornata sarà piena di sorprese», mi sussurra con un tono che sa tanto di minaccia.

Finalmente l'ascensore si ferma al mio piano: io marcio decisa verso l'uscita senza neanche preoccuparmi di salutarlo. Che vada pure al diavolo!

Mentre le porte si richiudono lo sento persino aggiungere: «Potremmo fare la festa d'addio insieme, pensaci e fammi sapere!».

Per un attimo mi blocco per l'irritazione, a osservare il mio riflesso deformato sulle porte dell'ascensore. Ok, non andrò a New York, questa ormai pare una triste certezza, ma qualcuno nei piani alti deve aver comunque ritenuto di dovermi regalare questa "invidiabile e formativa esperienza all'estero". Per inciso, se avessi davvero voluto sperimentare il brivido dell'ignoto, avrei sempre potuto passare uno degli anni dell'università in qualche altro Paese. Un motivo c'era pur stato se in tutti quegli anni ero rimasta aggrappata alla Gran Bretagna come una naufraga alla ciambella di salvataggio.

E poi, dove mai potrebbero spedirmi? Parigi non mi sarebbe dispiaciuta, ma parlo un francese davvero *molto* stentato. Riuscire a farmi capire finirebbe per rivelarsi un'impresa, temo.

Poco male, vuol dire che m'iscriverò a un corso di lingua! Quello che mia madre si è ostinata a farmi frequentare per dieci anni di fila, non ha mai sortito gli effetti sperati, perché non ero affatto motivata. Anche se, a onor del vero, l'insegnante sosteneva che neanche cento anni di corsi mi avrebbero mai trasformato in una persona capace di pronunciare due frasi sensate in una lingua che non ho mai digerito.

Problema in ogni caso superabile: ormai tutti parlano l'inglese, ovunque. Non possono non conoscere la mia lingua, vero? E a Parigi lo shopping non è niente male e il cibo divino. Sì, ora che ci penso, Parigi sarebbe persino meglio di New York! Non so davvero come ho fatto a non pensarci prima...

Oppure potrebbero mandarmi a Roma: gli italiani sono così affascinanti ed espansivi, adoro i loro stilisti e il loro modo di vivere. E poi non c'è nemmeno bisogno di imparare la lingua: lo sanno tutti che gli italiani parlano a gesti. Da piccola ero bravissima nel mimo, quindi ho ragione di pensare che me la caverei brillantemente.

Quando mi siedo alla mia scrivania sono davvero convinta che tutto filerà liscio e che John mi manderà in qualche posto bellissimo. Molto, molto meglio di New York. Ormai tutti vanno nella Grande Mela, che gusto c'è a farlo?

L'occhio mi cade sui messaggi che la mia collega Jess mi ha lasciato sul ripiano di legno. Mia madre deve aver chiamato almeno dieci volte: sa che oggi verranno decisi i trasferimenti e ipotizzo non abbia dormito per l'emozione. Quando sto per richiamarla, noto con la coda dell'occhio che dall'altra parte dell'ufficio John mi sta facendo strani cenni: mi indica più volte la porta della sua stanza e poi scappa a rifugiarsi dentro. Se non lo conoscessi così bene direi che è agitato. Di norma non è mai un buon segno.

Nel frattempo Jess è ritornata alla sua postazione con il caffè fumante in mano. «Cosa diavolo sta succedendo questa mattina?», le chiedo preoccupata.

Lei mi guarda con una strana espressione combattuta, come se stesse ragionando su quanto svelarmi. «Non saprei di preciso. Ho visto un uomo entrare nell'ufficio di John mezz'ora fa. Poco dopo il capo è venuto a cercarti, abbiamo anche tentato di contattarti a casa e poi sul cellulare, ma era spento. Credo però che avesse bisogno di te con una certa urgenza», mi racconta tra un sorso e l'altro.

Questo vuol dire che per una volta nella storia non era mia madre quella dall'altra parte della cornetta. Buon per lei. E, per la cronaca, mi dimentico *sempre* di accendere il cellulare, troppe email di lavoro che preferisco ignorare e che rischierebbero di farmi agitare durante il tragitto. Non sia mai che un giorno debba decidere sul serio di darmi alla fuga, sapendo quello che mi aspetta in ufficio! Ho sognato troppe volte di tirare diritto senza entrare, e messa di fronte all'opportunità potrei davvero decidere di coglierla.

«Allora vado a vedere subito cosa vuole da me», mormoro sconsolata. Inutile far finta di essere serena quando il tono mi tradisce.

Mi incammino timidamente verso l'ufficio del grande capo con lo stomaco in pieno subbuglio. Poco prima di entrare ho persino un presentimento: so che non mi dirà niente di buono, anzi, sento con assoluta certezza che ci sono guai in vista per me. Mi è già capitato di avvertire in anticipo l'arrivo di disgrazie. Ricordo che qualche volta, ai tempi della scuola, sono persino riuscita a predire l'arrivo di interrogazioni. Qualcuno potrebbe definirmi sensitiva, io invece lo chiamo mero istinto di sopravvivenza. E oggi mi sta dicendo di scappare, di tirare dritto senza aprire quella porta. Se almeno potessi bigiare proprio come a scuola.

Per un istante sono *davvero* tentata di filarmela, e quasi non me ne vergogno. Se solo John non mi avesse vista arrivare…

Sforzandomi di non ragionare troppo mi obbligo a bussare, e quando la voce del capo mi invita a entrare, facendo ricorso a tutto il coraggio che ho, o almeno a quel poco che mi è rimasto, spalanco decisa la porta. Dall'altra parte della stanza John è seduto regale alla sua spaziosa scrivania nera: solleva gli occhi sul mio volto, fissandomi con lieve imbarazzo, prima di rivolgersi alla persona di fronte a lui, nascosta in parte dallo schienale della poltrona di pelle lucida.

«Ah, ecco finalmente la nostra Maddison!», mi accoglie senza riuscire a trattenere la tensione della voce, che invece vorrebbe essere rilassata. «Jess mi ha riferito che saresti arrivata con un lieve ritardo perché tua madre è stata poco bene...», balbetta trapassandomi con lo sguardo, nella speranza di comunicarmi un segretissimo messaggio in codice.

Io lo fisso con aria interrogativa: mia madre non è mai stata poco bene in vita sua. John sta chiaramente mentendo per costruirmi un alibi, e non solo. Con quell'occhiata mi sta suggerendo di mentire a mia volta. Ma perché mai?

Avanzo timidamente portandomi in prossimità della sua scrivania, ma non riesco ancora a capire chi sia l'uomo del mistero seduto di fronte a lui.

La mia sudorazione impazzisce e migliaia di scenari inquietanti invadono subito la mia mente, già di per sé catastrofista. Che si tratti di quelli del controllo interno? Che io abbia davvero combinato un disastro questa volta?

Ho sempre saputo di non essere adatta a questo lavoro, e anzi oserei definirmi portatrice sana di catastrofi piuttosto che di geniali piani di ristrutturazione. Deve avere a che fare con la volta in cui ho rovesciato il caffè sul tabulato delle transazioni riscrivendolo poi del tutto a caso. Cielo, mi mangerei le unghie per il nervosismo, se non fosse che ormai le ho già quasi finite a forza di stress che non ho mai imparato a gestire.

I miei confusi ragionamenti vengono interrotti quando finalmente l'uomo misterioso si decide a voltarsi: non so cosa mi aspettassi di preciso, ma certo non qualcosa di simile. Ho di fronte un ragazzo cinese, con gli occhi molto espressivi ma chiaramente a mandorla. Indossa un completo grigio scuro di evidente taglio sartoriale, perfetto e impeccabile nella sua austerità. Ha un aspetto serio, fin troppo. Per qualche secondo nessuno dice niente, mentre lo straniero continua a fissarmi senza mai interrompere il contatto visivo e senza nemmeno sbattere le ciglia. Se sta cercando d'intimidirmi con lo sguardo, direi che ci sta riuscendo. E alla grande.

L'unico elemento che tradisce una qualche vanità sono i suoi capelli neri troppo lunghi, che arrivano a toccare il colletto della sua camicia azzurra, perfetta come tutto il resto. Non c'è neanche una singola, minuscola piega attorno a quel collo slanciato.

Ho sempre odiato tipi simili. Ti trafiggono con quel loro sguardo di superiorità, come se nessuno potesse mai essere alla loro altezza, come se nessuno fosse degno di posare gli occhi su di loro.

«Miss Johnsonn», mi dice serissimo e si alza dalla sedia. È molto alto, per essere un orientale è altissimo. Io sono sempre stata molto fiera del mio metro e ottanta, e per rimarcare la mia altezza in genere porto anche qualche centimetro di tacco. Oggi, per esempio, ho ai piedi le mie scomodissime ma bellissime scarpe nere lucide, tacco sette, eppure lui è più alto di me di almeno cinque centimetri. Noto tuttavia che è sorpreso anche lui. Non può sfruttare la sua statura per intimidirmi ulteriormente. Mi scruta con attenzione, ma non sono del tutto sicura che gli piaccia quello che sta guardando. Anzi, se dovessi scommettere direi che non gli piace per niente.

«Maddison, questo è Mark Kim», si decide a parlare John.

È impacciato ma deve comunque fare le presentazioni. L'estraneo mi porge la mano, una mano grande e perfetta, che mi fa vergognare di non essere andata a fare la manicure nell'ultima vita e mezza. La stringo in maniera automatica ma con un po' di titubanza: spero davvero che la mia non sia sudata.

Ha una presa decisa, gli si addice molto. Dopo avermi lasciato la mano si risiede al suo posto senza pronunciare una sola sillaba. In preda a mille dubbi non posso fare altro che accasciarmi con molta meno grazia sulla poltrona accanto alla sua.

«Mark e io abbiamo parlato a lungo di te, Maddison. Gli ho elencato tutte le tue qualità», mi aggiorna con una certa fierezza il mio capo.

Sbatto le ciglia, mal celando il mio stupore. Qualità? Ma di cosa sta parlando?

È evidente che mi sta sfuggendo qualcosa: perché mai John, che mi conosce benissimo, dovrebbe cercare di nascondere il mio ritardo al nuovo venuto, cercando per di più di dipingermi come qualcuno che di certo non sono? E poi, chi diavolo è questo Mark Kim per indurre John a comportarsi in maniera così strana?

Sono ufficialmente nel panico e, come sempre mi accade nei momenti delicati, cose del tutto insensate finiscono per sfuggirmi di bocca. «Lei è cinese?», gli chiedo a bruciapelo prima di riuscire a bloccarmi.

Il signor Kim, che già prima non avrei potuto definire un uomo loquace, pare irrigidirsi ulteriormente di fronte alla mia domanda inaspettata. Forse partire con un interrogatorio non è il modo migliore per rendersi simpatici a gente che non si conosce.

L'uomo del mistero strabuzza gli occhi quasi offeso, come

se la mia fosse una domanda ridicola. È vero, posso essere stata indiscreta, ma di certo non merito lo sguardo di assoluto disprezzo che mi sta lanciando.

«Hmm, no. Sono americano, ma di origini coreane», si degna finalmente di rispondermi, ma come se lo stesse facendo a malincuore. Pare che le sue parole siano merce molto rara.

Ha una voce profonda, persino interessante, se non fosse per quel tono seccato, che contiene una sorta di avvertimento implicito. Chi diavolo è? Il killer che la società manda per eliminare i dipendenti più pigri?

Sono certa dall'espressione dei suoi occhi che già mi detesta. Ci conosciamo da trenta secondi e l'antipatia reciproca è più che evidente. Nell'aria c'è qualcosa che non saprei definire… hmm, forse aria di tempesta? Mio Dio, ma quale infelice allineamento stellare sta causando tutto questo?

John deve aver percepito il mio imbarazzo perché cerca di darmi almeno qualche spiegazione. «Come sai bene, qualche mese fa ti sei resa disponibile per un periodo di trasferta all'estero, e la società ha deciso di accontentarti».

Detta così potrebbe anche sembrare una grande possibilità, ma per qualche ragione ho già intuito che la fregatura sta per arrivare servita su un piatto d'argento: sono pronta ad andarmene da Londra tanto quanto potrebbe esserlo la regina d'Inghilterra. E il mio capo lo sa.

«Veramente io mi sono resa disponibile per trasferte *a New York*», puntualizzo lanciandogli un'occhiataccia, che significa "e tutto a causa tua". La disponibilità, come la chiama lui, non è mai stata una mia dote.

Il signor Kim cerca di nascondere un sorriso ironico di fronte alla mia precisazione, ma non ci riesce del tutto. Non che si sia sforzato tanto. Chiaramente gli americani, o almeno quelli di origine coreana, non sanno nulla delle buone maniere. Nessuno gli hai mai detto che in certi casi, e soprattutto qui in Inghilterra, fingere è d'obbligo?

Ormai non m'importa di fare bella figura con lui, quindi cerco d'incenerirlo con lo sguardo, cosa che di sicuro coglie. Pur essendo antipaticissimo, devo ammettere che è perspicace.

«Sì, è vero, so che avevi chiesto espressamente di andare a New York, ma il nostro ufficio americano aveva bisogno di consulenti legali e quindi hanno scelto Tom Brady. Ma sarebbe stato un tale peccato farti sprecare quest'opportunità così unica! Ecco perché abbiamo deciso di dar corso al tuo trasferimento all'ufficio di M&A a Seul». John si è armato di coraggio, un coraggio che probabilmente pensava di non avere, e arrossendo mi ha comunicato la sentenza.

Sono certa di non aver sentito bene; nelle mie orecchie risuonano ancora le sue ultime parole, ma il mio cervello si rifiuta di processarle. È come se mi avessero condannata a morte e ghigliottinata in un colpo solo.

«Dove devo andare???», esclamo paonazza in viso, con un tono di parecchie ottave più acuto del normale. Quella voce non sembra neanche la mia.

Mark Kim non vuole perdere la possibilità di darmi il colpo di grazia, quindi rimarca per quanto gli è possibile il concetto: «A Seul, nella Corea del Sud, nel caso non sapesse dove si trova. Io sono appena arrivato dal nostro ufficio sudcoreano per rendere il suo trasferimento... come dire... più facile». Finisce la frase con un sospiro.

Ma è evidente che non sta neanche cercando di nascondere quel che pensa: è chiaro che finirà con il rendere il mio trasferimento un inferno.

Non può essere, non può assolutamente essere! Devono essere tutti impazziti! Io non so nemmeno dove si trovi la Corea del Sud, o meglio, so solo che si trova lontanissimo e non mi pare sia famosa per lo shopping o per l'eccellente cibo. Un sensazione davvero spiacevole mi assale rendendomi difficile persino respirare.

«Quando?». Il mio è poco più che un sussurro.

«Tra due settimane», mi risponde molto a disagio il mio capo. John si rende conto dell'effetto che la notizia sta provocando su di me, e non osa quasi guardarmi in faccia.

«Ed è definitivo? Non posso rifiutare?», oso chiedere.

«Direi che è definitivo», ammette il traditore.

Per qualche istante di troppo nessuno di noi dice niente: il signor Kim non ha nulla di sarcastico da ribattere, io ho perso l'uso della parola e John è schiacciato dai sensi di colpa. È proprio lui a decidersi a parlare: «Mark sarà il tuo capo a Seul: anche lui ha appreso da poco che saresti stata tu la fortunata a partire con lui. Vi conosco bene entrambi, e vi posso assicurare che lavorerete bene insieme». Apprezzo il tentativo di calmare le acque, ma per quanto mi riguarda lo scopo è tutt'altro che raggiunto.

In ogni caso ecco svelato il perché del malcontento dell'ospite dai tratti esotici: anche lui, come me, era all'oscuro di un po' di cose. Chissà chi gli avevano promesso ed ecco che ora si deve accontentare della sottoscritta.

Nella stanza cala di nuovo un silenzio imbarazzante. È più che evidente che è stato detto anche troppo.

Io sono sotto shock, se qualcuno mi chiedesse di alzarmi dalla sedia probabilmente stramazzerei al suolo. Sto cercando con tutti i miei sforzi di richiamare alla memoria qualsiasi cosa io possa ricordare della Corea del Sud, ma non ci riesco! Non so nulla di Seul e dei coreani, neanche una singola, minuscola cosa, a parte che hanno gli occhi a mandorla. Non molto promettente come inizio.

«Mark, Jeffrey Wilson mi ha riferito che avrebbe voluto vederti questa mattina per discutere insieme a te alcune questioni urgenti. Posso chiede a Jess di accompagnarti, e dopo che avrete finito potrai raggiungermi per il pranzo», gli si rivolge John dando per archiviata la pratica coreana.

Mark si alza all'istante, ritenendo il suggerimento più che valido. Anche per lui la faccenda del mio trasferimento è chiusa.

John solleva la cornetta per chiamare al telefono Jess che, efficiente, compare nel giro di pochi secondi, seguendo alla lettera le istruzioni e accompagnando fuori dall'ufficio mister simpatia. Che se ne va senza neanche salutarmi. Non che la cosa mi stupisca.

M'infastidisce, ma di certo non mi coglie impreparata.

L'uscita di scena di Mark mi permette finalmente di esprimere tutto il mio malumore sulla vicenda. Altri cinque minuti e sarei esplosa, nonostante la sua presenza.

«Sia chiaro che io non vado assolutamente in Corea! Mi licenzio piuttosto! Ma cosa pensavi? Che avrei fatto le valigie e me ne sarei davvero andata in un posto che non so nemmeno dove si trovi? Un posto lontanissimo e con quella specie di foca ammaestrata!». Non ho quasi più fiato per la rabbia. Spero davvero che questo ufficio sia stato a suo tempo insonorizzato a dovere...

John mi fissa con una certa sofferenza. «Maddy, credimi, non ho potuto farci niente. La direzione vuole una donna nell'ufficio coreano, dicono che l'ambiente sia un tantino maschilista e chiedono che qualcuno riporti la parità tra i sessi. Senza contare che avevano davvero bisogno di un esperto di fusioni, e non c'era nessun altro del nostro team che fosse una donna e potesse partire», cerca di spiegarmi.

Esperta io? Ma con chi pensa di avere a che fare? A forza di ripeterselo si è davvero convinto che io ne sappia qualcosa di questo lavoro?

«Ma c'è anche Jess!», ribatto con prontezza.

Il mio capo alza gli occhi al cielo. «Jessica ha un marito e un figlio, come posso chiederle di partire?».

Lo so che ha ragione, ma non voglio arrendermi all'evidenza. Sto quasi prendendo in considerazione l'idea di rimanere incinta anch'io in due settimane, ma mi manca la materia prima, un padre. Al momento sono libera, liberissima, e John lo sa bene. Che la cosa mi serva da monito: mai raccontare i fatti tuoi al capo.

«Ma io non voglio andarmene in Corea, e per di più a lavorare per quello lì...», sussurro. Il mio tono è quasi una supplica, spero di impietosirlo in qualche modo.

Purtroppo John pare proprio non voler cedere. «Mark è davvero un ragazzo in gamba, abbiamo lavorato insieme per qualche mese quando sono stato a New York», inizia a raccontarmi.

È ufficiale, sono stati tutti a New York tranne la sottoscritta, che a quanto pare non ci andrà mai.

«È brillante, ha una mente davvero acuta. Imparerai molto da lui», continua il mio capo.

Irremovibile, incrocio le braccia sul petto. «Non m'importa niente della sua mente geniale. Ha un aspetto cattivo! E poi come diavolo posso lavorare per uno che ha le unghie più curate delle mie?», domando ostile. Mi rendo conto che mi sto comportando come un'adolescente capricciosa, ma non m'importa. In questo momento farei di tutto pur di non partire. Persino incatenarmi alla scrivania. «Mi ha squadrato dall'altro in basso come se fosse una creatura superiore. E hai visto con quale supponenza mi derideva», ribatto infine.

«Maddison, è ora di crescere... e non solo professionalmente. Mark è una delle persone che stimo di più in questa società, ha grinta e carattere, so che è intransigente ma che saprà anche ripagarti delle fatiche».

Ma John ne è davvero convinto oppure vuole solo liberarsi di me, costi quel che costi? Altro che intransigente, temo che per il signorino un aggettivo simile sia davvero blando.

Questo vuol dire che mi toccherà lavorare sodo, agli ordini di un capo tiranno che mi disprezza prima ancora di conoscermi. Pensa quando avrà scoperto davvero come sono!

Decido di non demordere. «Ma non conosco la lingua, io parlo solo inglese! Non riuscirò mai a imparare una parola di coreano... Come farò a sopravvivere in una città come Seul?», balbetto sempre più rossa in viso. Sono pericolosamente vicina alle lacrime.

Oggi John pare avere una risposta per tutto. Mannaggia. «Ormai Seul è una città internazionale, quasi tutti parlano inglese. E in ufficio l'inglese è la lingua principale».

Non so più cosa inventare, mi sento in trappola. Il mio quasi ex capo sa di avermi in pugno. «E poi la banca ti pagherà l'appartamento e provvederà a tutte le spese per il trasloco. Ormai è deciso, tu e Mark partite tra due settimane, anzi, meno... partite sabato prossimo».

Be', ci mancava solo che l'appartamento fosse a carico mio. Cretina sì, visto che mi sta incastrando, ma fino a un certo punto.

John si alza dalla poltrona, felice di avermi ridotta al silenzio, e mi accompagna fuori dal suo ufficio con una pacca sulla spalla. «Cercate di familiarizzare nel frattempo. Credo che dovresti venire a pranzo con noi, in modo da conoscerlo meglio», mi propone infine. Mi sorride, ma nello stesso istante in cui il mio corpo è fuori dal suo ufficio richiude con decisione la porta. Nel caso non si fosse capito, sono ufficialmente spacciata.

Ormai è certo, questa è la giornata peggiore della mia vita. E non sono nemmeno le dieci del mattino. Non oso neanche immaginare le disgrazie che potrebbero capitarmi entro questa sera.

Mentre galleggio tra lo sconforto e la disperazione mi ricordo che devo ancora chiamare mia madre, così mi avvicino alla mia scrivania, mi lascio cadere come un sacco sulla sedia e compongo in automatico il numero dei miei genitori. Vivono poco fuori Londra, in una bella casa con giardino, che hanno comprato quando mio padre è andato in pensione. La scelta della casa è stata l'unica cosa su cui il mio sottomesso genitore abbia avuto diritto di parola in tutti questi anni. A mio modesto parere ha scelto davvero bene.

Come da copione lo squillo dura neanche mezzo secondo. Ma come diavolo fa ad avere sempre il telefono a portata di mano? Dall'altra parte della cornetta risuona potente e gracchiante la voce di mia madre: è sempre lei a rispondere, se mio padre osasse farlo credo seriamente che rischierebbe la vita.

«Maddison! Allora, ti sembra il modo? Tuo padre e io stiamo morendo dalla voglia di sapere!». Senza quasi rendermene conto, allontano la cornetta dall'orecchio, non sono pronta a sopportare cotanto entusiasmo. E dubito che mio padre sia così ansioso di scoprire se sia destinato a rimanere da solo sull'isola inglese insieme a mia madre. Non sono certa che possa farcela, senza di me a proteggerlo.

«Mamma, ti ho chiamata appena ho saputo la novità», le rispondo invocando infinita pazienza.

«Allora, quando parti per New York? E quanto rimani?». La sua voce è elettrizzata all'idea. E se partissi davvero per New York lo sarei persino io.

Chissà come la prenderà... «Veramente non parto per New York, me ne vado a Seul», la butto lì con finta semplicità.

Dall'altra parte del telefono tutto tace. Ecco almeno una soddisfazione: per la prima nella storia, è rimasta senza parole. Probabilmente ignora dove si trovi Seul e sta cercando di ricordare qualcosa in merito. Io non sono mai stata molto brava in geografia, ma lei è davvero imbarazzante.

Il suo sgomento riesce a strapparmi il primo vero sorriso della giornata e a rendermi quasi magnanima, perché alla fine la tolgo dall'impaccio. «Seul è in Corea del Sud, hai presente?».

Dall'altra parte si sente solo un sospiro profondo, una specie di apnea. Cerca di mascherare lo stupore, ma il tentativo è vano. Vuoi vedere che battiamo il record mondiale di mutismo?

«Parto tra due settimane», la incalzo.

Finalmente riesce a farfugliare qualcosa, forse si è ricordata qualche dettaglio sull'Asia! «Ma è splendido! La Corea del Sud è una grande economia emergente! Farai di certo carriera in un posto simile!». Si sente il rumore di un libro in sottofondo: che abbia consultato al volo un'enciclopedia?

Mia madre ha appena scoperto che la sua unica figlia sta per essere trasferita all'altro capo del mondo e tutto quello a cui riesce a pensare è che farò carriera? L'accenno di miglioramento del mio umore, seppure flebile, si spegne all'istante.

«Ti farò conoscere presto tutti i dettagli, ma ora devo tornare al lavoro. Ci sentiamo dopo, mamma», la saluto senza neanche attendere una risposta.

E poi hanno il coraggio di definire la famiglia una stampella di sostegno. Per quel che mi riguarda, o mi sostengo da sola o mi tocca andare avanti zoppicando.

La mattinata procede tranquilla, sempre che questo stato di sospensione possa essere definito tale. Accanto a me si è come formato il vuoto: nessuno osa chiedermi niente e tutti fanno finta di fissare il loro computer. Jess ha compreso il mio malumore di fronte alla notizia del trasferimento e a suo modo sta cercando di tirarmi su. Mi offre delle caramelle gommose e della liquirizia. Sostiene da sempre che le caramelle siano in grado di curare tutti i mali. Io non ne sono troppo convinta, ma posso provare lo stesso il suo rimedio, anche perché non me ne vengono in mente altri. Le caramelle oppure il suicidio. Quindi vada per le caramelle.

In preda alla crisi più nera scrivo un'email a Jane e le comunico brevemente le novità.

Notizia drammatica: non parto per New York ma per Seul tra due settimane...

Il mio intento è farmi consolare come si deve. Mi sembra palese che voglio crogiolarmi nel mio dolore e nelle mia totale disperazione. Ma a Jane non deve sembrare così evidente.

Fighissimo! Chissà quanto kimchi ti mangerai! :-)

Sbatto le ciglia perplessa di fronte al suo messaggio. Kimchi? Io non so neanche cosa sia il kimchi, sono sicura di non averlo mai sentito nominare in vita mia. Con un certo nervosismo mi tuffo su internet per scoprire che si tratta di un piatto diffusissimo in Corea, fatto di verdure fermentate con spezie: di solito viene preparato con cavolo cinese a cui si unisce una montagna di peperoncino. Il sito completa la spiegazione con una foto che non farebbe giustizia neanche al piatto più succulento, e temo fortemente che questo non possa rientrare nella categoria.

Sono così disgustata dalla mia scoperta che non mi accorgo nemmeno che dietro la mia sedia si è come per magia materializzato Mark Kim. Sono certa che il suo passo felpato non sia casuale. È evidente che sta cercando di capire cosa sto leggendo, quindi mi alzo di scatto e con un tono di voce minaccioso gli dico: «In Corea non siete abituati a rispettare la privacy altrui?».

Lui si ritrae in modo istintivo e mi fissa perplesso. I miei occhi sono di fuoco, ho persino il sospetto di averlo intimidito, il che è a dir poco incredibile. Il signor Kim ha l'aria di uno che più che farsi terrorizzare, in genere terrorizza.

Dopo un attimo di esitazione mi lancia la sua occhiata diffidente e astiosa allo stesso tempo, che ho già imparato a identificare. E pensare che ho avuto il piacere di conoscerlo solo qualche ora fa. «Veramente John mi ha mandato a cercarti per il pranzo», mi dice inflessibile. «Non volevo spaventarti, concentrata com'eri sul tuo lavoro…». Lo so che è ironico, ma ha un tono di voce così serio che tutti gli altri ci cascano. Io no, e glielo faccio capire con un'occhiataccia.

Dio, giuro che lo odio abbastanza da ucciderlo. Se si fosse trattato di qualcun altro mi sarebbe sorto il sospetto di essere prevenuta a causa del trasferimento che rappresenta, ma con lui temo proprio che sia una questione personale. Questa sarà la terza o quarta volta che mi si rivolge, ma ho già l'impressione che sia stato detto fin troppo. Pur non sapendo ancora nulla di lui, niente di quello che potrei scoprire in futuro potrebbe farmi cambiare idea, neanche se fosse un martire o un filantropo, neanche se un giorno inventasse il vaccino contro tutte le malattie del mondo.

Per quanto possibile, cerco comunque di fingermi affabile e gli sorrido. Il tentativo non si rivela però molto efficace.

«Non c'è problema», rispondo per sviare la sua attenzione e afferro cappotto e borsetta dall'attaccapanni.

Con la coda dell'occhio vedo che John è appena uscito

dall'ufficio e si sta dirigendo verso l'ascensore. Così mi incammino anch'io, con Mark, silenzioso, al seguito. Scendiamo tutti e tre avvolti da una nuvola di palpabile tensione e c'incamminiamo lungo le trafficate strade londinesi. Nell'ora di pausa Londra può essere davvero caotica.

John e Mark iniziano subito a discutere di alcune pratiche aziendali, come se non stessero aspettando altro. Noto a malincuore che si stimano davvero, visto il modo in cui si chiedono reciprocamente consiglio. Mi sento un po' esclusa dalla conversazione, tutte le volte che provo a intervenire dico cose senza senso. Forse è meglio arrendersi e camminare in silenzio.

Sono così assorta nei miei pensieri che quasi non mi rendo conto di quello che mi circonda, quand'ecco che la mia maledettissima scarpa con il tacco alto scivola sulla strada ancora bagnata per la pioggia. Mi preparo a stramazzare al suolo quando, nel bel mezzo del mio volo, due grandi mani mi afferrano con decisione bloccando la mia caduta funesta. Il mio pensiero corre subito a John, che stava camminando al mio fianco, ma sollevando lo sguardo incrocio gli occhi scuri (in tutti i sensi) di Mark. È un momento imbarazzante per notare che ha delle ciglia incredibilmente lunghe; se fosse una donna non dovrebbe neanche usare il mascara. Ma da quando agli uomini con gli occhi a mandorla è permesso sfoggiare ciglia simili?

Non so come sia riuscito ad afferrarmi, deve aver fatto un balzo felino per soccorrermi.

«Stia attenta! Non vorrà mica cadere e farsi male, rischiando di ritardare la nostra partenza! Ci manca solo che si rompa qualcosa!», mi riprende come si fa con i bambini. Ma è serio?

Visto che mi ha comunque evitato una notevole figura di

merda lo ringrazio e, seppure imbarazzata, tento di ricompormi.

Nonostante il riconquistato equilibrio, la sua presa non accenna ad allentarsi: mi tiene ancorata a sé come se fossi fragile. Mentre le mie guance iniziano a imporporarsi, del tutto contro la mia volontà, trovo la presenza di spirito per staccare le sue mani dalla mia vita. Il contatto è minimo, ma comunque elettrico. Mark non dice niente, si limita a fissarmi con una strana espressione negli occhi. Prima che possa rendermi ulteriormente ridicola – lo ammetto, sarebbe difficile, ma sono nota per le sfide impossibili – mi allontano e raggiungo John qualche metro più avanti.

«Sei arrossita», mi prende in giro il mio capo a bassa voce.

«Non dire sciocchezze! Allora, dov'è questo benedetto ristorante?», lo interrogo fingendomi rilassata, intenzionata a cambiare discorso. Per fortuna il ristorante italiano che ha scelto non è molto distante.

Io adoro i ristoranti italiani, vado pazza per la pasta. Non devo neanche consultare il menu, so già che prenderò le solite tagliatelle ai funghi. All'idea che in Corea non potrò curare i miei malumori con cibo simile, vengo assalita dalla tristezza. Sto per emigrare in un Paese lontanissimo dove mangiano solo cavolo fermentato. Cavolo. Fermentato. Orrore...

L'immagine tutt'altro che rassicurante delle delizie coreane si traduce in un sospiro sofferto. John non si accorge di niente, ma Mark, l'uomo a cui non sfugge neanche un dettaglio, ha spostato all'istante il suo sguardo attento sulla mia depressa persona. Come già questa mattina, i suoi occhi non mi paiono per niente soddisfatti di quello che hanno davanti. Sono molto tentata di dirgli che non dovrebbe fissare la gente in questo modo, trapassandola da parte a parte. Non credo sia educato.

Sto per aprire bocca quando John interrompe le nostre silenziose ostilità, richiamando il cameriere. Per una volta posso anche essere d'accordo: le ordinazioni prima di tutto.

Il pranzo sta procedendo senza grandi sussulti: il cibo è ottimo, la conversazione tra John e Mark non richiede il mio intervento, se non in qualche rarissima occasione. Sono in compagnia ma è come se fossi isolata, immersa nei miei pensieri.

Ne ho talmente tanti per la testa che non mi sono nemmeno resa conto che John si è allontanato dal tavolo per rispondere a una telefonata. Quando ritorno a concentrarmi sul pranzo, mi accorgo che Mark mi scruta severo, senza nemmeno provare a nasconderlo. Se non altro è diretto.

«Non mi piace essere osservata», lo avverto a disagio. «E lei non sta facendo altro».

Lui sorride, quasi divertito. «Chiedo scusa», risponde per nulla dispiaciuto, «ma cerco di capire da qualche piccolo indizio cosa aspettarmi da lei».

«In che senso?». Lui non sa cosa aspettarsi? E io cosa dovrei dire, allora?

«È evidente che lei non vuole partire per Seul», dice sollevando un bicchiere di vino rosso e fissando un punto imprecisato davanti a sé.

«Non mi pare un mistero...», borbotto. Non penserà mica di essere il nuovo Sherlock Holmes? Questa era veramente facile.

«E di per sé non sarebbe un problema, se io fossi capace di inquadrarla. Ma stranamente faccio molta fatica».

Spalanco gli occhi curiosa, non ho davvero idea di dove voglia andare a parare con queste ammissioni.

«Lei mente molto male, le si legge in faccia quasi tutto quello che pensa. Ma c'è anche qualcos'altro che non si riesce a decifrare. Eppure a una prima occhiata sembra una persona banale. Strano», conclude con voce piatta, come se non mi stesse insultando. Cosa che invece ha fatto, dannazione!

Per circa dieci secondi rimango come paralizzata di fronte alle sue parole. Io, banale??? Sto per rovesciargli quel suo vino rosso in testa quando mi viene in mente un'idea, una brillante idea! Dovremmo coalizzarci per farmi rimanere a Londra. In realtà, potremmo avere uno scopo comune.

La mia rabbia svanisce all'istante, trasformando l'espressione del mio viso in qualcosa di molto più enigmatico. Sulle mie labbra compare persino un sorriso. «Giuro che non vuole essere un insulto ma solo un dato di fatto», cerco di prepararlo, «ma penso molto sinceramente che lei sia un pallone gonfiato che prima o poi esploderà. Vedo inoltre che mi reputa una cretina totale, quindi perché non unire le nostre forze per farmi rimanere a Londra?». Sbatto persino le ciglia, mentre mi costringo a sorridergli.

Mark, che un attimo prima stava bevendo sereno il suo vino, inizia a tossire di colpo. Che sia stata io, rifletto mentre lo osservo lottare per riprendere il controllo?

Dopo aver ripreso a respirare normalmente, solleva un bicchiere d'acqua per sciacquarsi la bocca. Io invece non faccio altro che continuare imperterrita a sorridergli come un angioletto.

«Cosa ha detto?», chiede serio, ancora tossicchiando di tanto in tanto.

«Lei mi disapprova, e non lo nasconde. Su, non mi dica che si stupisce che anch'io la trovi odioso...», sussurro con voce soave. Alla fine del pranzo mi daranno l'Oscar.

«Generalmente la gente non mi trova affatto odioso», dice risentito. Bene a sapersi, oltre che presuntuoso è anche permaloso. È un uomo, c'era da scommetterci che lo fosse.

Non dico che questo pranzo sia proprio memorabile, ma sta di certo migliorando. È quasi divertente.

«Ipotizziamo per un attimo che tempo fa mi sia stato promesso un collaboratore con grande esperienza e un curriculum brillante, e poi venga a sapere che invece dovrò fare da balia a una giovane ragazza inglese. Una ragazza che, da quello che vedo, farà fatica ad ambientarsi in una realtà diversa dalla sua. Una ragazza che non mi sembra a una prima occhiata eccessivamente interessata alla carriera...». Alza un sopracciglio e mi osserva per sondare l'effetto delle sue parole. «Quindi, se lei ora si trovasse al mio posto, cosa ne penserebbe di tutta questa faccenda?».

Ha ragione, lo so, ma non m'importa niente del suo punto di vista. Sono troppo poco nobile. Io ho a cuore i miei problemi.

«E se lasciassimo il campo delle ipotesi e tornassimo con i piedi per terra?», propongo con tono annoiato. Meglio andare al nocciolo della questione. «Lei non vuole lavorare con me, e io non voglio partire per Seul. Direi che è il caso di unire le forze, così io rimarrò qui a Londra mentre lei ripartirà con qualcun altro *decisamente* più volenteroso».

Il signor Kim si ritira nel suo mutismo per riflette sulla mia proposta. Nei suoi occhi scorgo una lieve luce di interesse.

Nel frattempo John è ritornato al tavolo, del tutto ignaro dell'evoluzione della questione. Se anche si accorge dell'atmosfera tesa, non commenta in alcun modo.

Alla fine del pranzo rientriamo in ufficio, ognuno perso nei propri pensieri. Io riprendo il mio lavoro, ma sono tutt'altro che serena.

La prima cosa che faccio, una volta rientrata a casa, è telefonare a Jane. Dato che sono *solo* le sette di sera ho la matematica certezza di trovarla ancora in ufficio. Non esce mai prima delle nove/dieci e non cena mai a casa. E dubito che sopporti tante ore solo perché ama la mensa aziendale.

Vado diretta al punto non appena la sento rispondere. «Jane, sono disperata! Cosa posso fare? Io non voglio andarmene da Londra, e sicuramente non voglio vivere per un anno in Corea!». Mi lamento quasi senza prendere respiro, bombardandola di parole.

La mia amica non riesce a trattenere una risata squillante e armoniosa. Provo da sempre profonda gelosia verso quelli che sanno ridere in maniera elegante, mentre io tendo a risultare sguaiata.

«Sai che al tuo posto non mi dispiacerebbe andarmene da Londra per un po'? Penso proprio che partire ti farà bene. Staccare con la tua famiglia e l'ambiente del tuo ufficio è esattamente quello che ti serviva. Tu hai bisogno di sfide, mia cara», mi dice convinta.

Jane non concepisce una vita monotona, per lei è fondamentale avere sempre nuovi traguardi da raggiungere. Infatti negli ultimi sei anni è già stata nove mesi a New York, sei mesi a Hong Kong e altrettanti a Parigi. Ogni tanto si stanca di Londra e va a vivere all'altro capo del mondo. O, come dico io, va a rintanarsi in un ufficio all'altro capo del mondo, perché non mi risulta che abbia mai avuto un attimo per godersi davvero le varie città in cui ha vissuto. E un ufficio a Londra è probabilmente uguale a ogni altro ufficio in giro per il mondo.

Al contrario, a me piace mettere radici, mi piace sapere cosa aspettarmi e incontrare sempre le stesse facce al mattino. C'è qualcosa di molto rassicurante nel condurre una vita prevedibile. Senza contare che per stravolgere la propria vita c'è bisogno di una forza di carattere che temo di non possedere. Non voglio cambiare tutto, ora che ho finalmente trovato una sorta di precario equilibrio nella mia disastrata esistenza.

Ok, non impazzisco per il mio lavoro e non ho una grande vita sociale, ma pur annoiandomi di tanto in tanto trovo che la sicurezza sia impagabile.

«Veramente io credo di avere bisogno di pace e tranquillità...», le rispondo rassegnata. Tanto non capirà mai il mio punto di vista.

«No cara, tu hai bisogno di uno scossone! E la Corea del Sud mi sembra una grande opportunità», ribatte cercando di spronarmi a reagire. Fiato sprecato: ci vuole moltissima energia per rimettere in moto un corpo ben radicato in un punto preciso del globo. Molto meglio provare con un corpo già in movimento come il suo.

«Ipotizzando anche che Seul sia davvero un bel posto, come mi stai suggerendo, cosa che non è, non hai idea con quale uomo spigoloso mi toccherebbe lavorare! Un certo Mark Kim, che mi ha odiato nell'istante stesso in cui mi ha vista. Credimi, nemmeno tu partiresti tanto tranquilla...», mi lamento alzando la voce.

Dall'altra parte della cornetta Jane non fa altro che ridacchiare. La cosa non mi aiuta molto.

«Cielo, Maddison, è chiaro che non tutti possono amarti subito! Ma in genere sei abbastanza brava a entrare nelle grazie delle persone, dopo un periodo prolungato di conoscenza. È una delle qualità che ti ho sempre invidiato», mi confessa sincera.

Jane mi invidia qualcosa? Sono davvero stupita.

«Potrei essere d'accordo con te, ma dovresti conoscere questo tizio. Credimi, mi detesta con una convinzione davvero radicata», insisto.

La mia amica ride ancora più forte. Sono felice di contribuire a tanta ilarità...

«E perché mai dovrebbe detestarti così tanto? Ti ha appena conosciuto», mi fa notare dopo essersi ripresa. Già, ottima domanda.

Ci rifletto seriamente per un attimo. «In tutta onestà credo che abbia davvero capito che non amo troppo questo lavoro», ammetto mal volentieri. Non so come abbia fatto, ma temo abbia visto giusto. È sempre molto spiacevole scoprire di non essere riusciti a fingere con tutti. La verità implica una debolezza che non ti fa sentire tranquilla.

«Te l'ho già detto, Maddy: a te questo lavoro piace, ma ti piace ancora di più lamentarti». Certe volte Jane è davvero sfacciata.

«Pensandoci bene, credo che mi abbia letto in faccia tutto quello che penso di questo lavoro nel momento stesso in cui mi ha vista», rifletto pensierosa.

«Allora non è un male. Lui sa cosa aspettarsi da te, e tu non dovrai far finta di essere quella che non sei», conclude seria.

Le avevo telefonato per essere confortata, non per sentirmi sbattere in faccia scomode verità. «Jane, basta. Abbi pietà di me. Non aggiungere altro. La giornata è stata già abbastanza dura», la supplico.

Sento la mia amica sorridere all'altro capo del telefono. Magari potessi farlo anch'io.

Alla fine ci salutiamo: lei torna al lavoro che ama tanto, e io riprendo a rodermi il fegato. Sembra che oggi si siano tutti coalizzati contro di me.

2
Voli pindarici, in tutti i sensi

Le ultime due settimane sono passate con una velocità stupefacente. Mi sento come una condannata a morte che aspetta il suo aguzzino ma non ha avuto il tempo per abituarsi alla sua sentenza. Credo di aver capito solo in questi giorni cosa deve aver provato Maria Antonietta mentre attendeva che la portassero fuori ad affrontare la ghigliottina. Per la cronaca, non è una sensazione piacevole.

Nell'ultima settimana ho fatto le valigie, impacchettato tutti i miei averi, persino subaffittato il mio appartamento. Dal punto di vista formale sono pronta a partire, psicologicamente invece non potrei sentirmi peggio.

Il mio "geniale" piano per rimanere a Londra non ha dato i frutti sperati: John si è completamente chiuso a riccio, negandosi in continuazione, e le rare volte in cui sono riuscita ad affrontarlo, le mie lacrime non sono comunque servite a fargli cambiare idea. Sospettavo fosse una missione impossibile.

In ogni caso non è di certo il solo: ho come l'impressione che in ufficio tutti stiano cercando di evitarmi. Che vili!

Tuttavia la mia più grande speranza, ironia della sorte, era riposta in Mark Kim. Ero davvero convinta che piuttosto che farmi partire per Seul si sarebbe tagliato un braccio.

Una parte di me era certa che non me ne sarei mai andata. Nonostante tutto, dentro di me ero tranquilla. Pensavo che qualcosa dovesse pur accadere.

Purtroppo le vicende hanno preso una piega inaspettata quando, durante un incontro casuale in ascensore, Mark mi ha informato sull'evolversi della situazione. Fedele al nostro accordo aveva cercato di smuovere le acque, ma senza ottenere alcun risultato: sembrava infatti che la società non avesse minimamente intenzione di cambiare idea sul mio trasferimento, nonostante le sue e le mie lamentele. Uscendo dall'ascensore mi ha guardato a malapena mentre mi diceva: «Si rassegni, signorina Johnsonn, io l'ho già fatto. E le assicuro che tra noi due quello che deve mandar giù il boccone più amaro sono io».

Verme schifoso, mai che perda un'occasione per insultarmi.

Dopo quell'episodio per qualche giorno ho pensato seriamente di licenziarmi, ma la verità è che mi è mancato il coraggio per un'azione simile. E lentamente, mentre la mia speranza si seccava come una foglia d'autunno, mi è toccato arrendermi all'evidenza e iniziare invece a fare le valigie.

Quindi, ora, eccomi bloccata in macchina con i miei genitori, mentre mi dirigo all'aeroporto, nemmeno stessi partendo per il campeggio degli scout o qualcosa di simile. Mia madre ha deciso di accompagnarmi con la scusa di salutarmi, ma ho il vago sospetto che non si fidi di sua figlia: non a torto, teme una mia fuga all'ultimo momento, e vuole esserci per evitarla. In ogni caso è molto imbarazzante farsi scortare da mamma e papà alla mia età. E per di più visto che sto partendo per lavoro!

Alla mia età dovrei avere un bellissimo fidanzato al mio fianco, che mi accompagna, anzi, che m'impedisce di partire perché non può vivere senza la mia elettrizzante presenza. Ma, ahimè, del famigerato principe azzurro non c'è alcuna traccia. Ora che ci penso, non c'è mai stata: solo rospi che sono rimasti tali anche dopo i miei baci. Del tutto sprecati.

Ho molto apprezzato che Jane si sia presentata a casa mia questa mattina prima di andare in ufficio: il suo regalo d'addio è stata tutta la collezione dei romanzi di Jane Austen. Un pensiero davvero carino, visto che la mia amica sa quanto io ami la Austen. Ha cercato di rassicurarmi promettendomi di scrivermi ogni giorno un'email per sostenermi in quest'avventura. Lo so che terrà le dita incrociate per me. Se solo bastasse. Temo che neanche il mago Merlino in persona potrebbe inventarsi una magia in grado di aiutarmi a sopravvivere a Seul.

Persino i miei colleghi sono stati carini ieri, organizzandomi una festicciola molto divertente per salutarmi. E così ho scoperto mio malgrado che le feste d'addio rallegrano solo chi rimane, ma non chi parte.

L'aver dovuto liberare la scrivania ha solo aumentato il mio senso di disagio: mentre svuotavo i cassetti, togliendo i miei gadget e riempendo scatole, ho avuto la brutta sensazione che fosse tutto incredibilmente definitivo, come se si trattasse di un *per sempre*. La verità è che in questo momento dodici mesi mi sembrano davvero un'eternità. Per quanto mi sforzi non riesco proprio a credere che quest'anno passerà velocemente.

John mi ha abbracciato a lungo cercando di rassicurarmi, e si è raccomandato di telefonargli tutte le settimane. Ho solo annuito sconsolata. Non riuscivo quasi a parlare mentre me ne stavo andando.

In tutto questo periodo il signor Kim ha avuto il buon senso di tenersi molto alla larga. Non ho più avuto modo di parlargli dopo l'ultimo incontro in ascensore, e l'ho solo visto passare dal nostro piano di tanto in tanto. Non che mi sia mancata la sua "brillante" dialettica, sia chiaro.

Quando la macchina di mio padre imbocca la rampa del parcheggio dell'aeroporto non sono ancora del tutto pronta a questa partenza. I miei escono dall'abitacolo mentre io rimango ferma, come ancorata al sedile posteriore. Quanto vorrei mettere radici qui dentro invece di volare dall'altra parte del mondo.

Mia madre mi lancia un'occhiataccia che non sortisce alcun effetto, per cui decide di passare direttamente all'azione: apre decisa la mia portiera, come seccata dalla mia mancanza di entusiasmo.

«Cielo, Maddison, ti vuoi muovere? Rischiamo di arrivare in ritardo!», mi fa notare agitata. Sciocchezze, siamo in largo anticipo, e non di certo per volontà mia.

Non riesco a evitare di sbuffare, ma poi mi arrendo e mi decido a uscire dalla macchina.

Nel frattempo mio padre ha tirato fuori dal bagagliaio le mie tre valigie, e le sta faticosamente trascinando verso l'ingresso. La mamma e io lo seguiamo diritte al check-in.

Me ne rendo conto, tre valigie non sono poche, ma non sono davvero riuscita a comprimere in meno spazio quanto strettamente necessario per la mia sopravvivenza. Le ho provate tutte, ma invano.

«Chiamaci spesso! E tienici informati su tutto!», mi sta stordendo mia madre. «Sono così felice per te! Eh, ai miei tempi queste occasioni non erano immaginabili... tu sì che sei fortunata!», mi ripete per la millesima volta. Ma chissà perché, non mi sento affatto baciata dalla dea fortuna. Se vuole facciamo cambio. Al volo.

In lontananza si intravede la figura di Mark, che mi sta aspettando appoggiato al bancone del check-in. Più ci avviciniamo e più mi rendo conto della sua espressione corrucciata. Se vogliamo davvero lavorare insieme, dovrà imparare a togliersi dalla faccia quello sguardo cupo che assume tutte le volte che mi vede apparire. Potrei iniziare a offendermi davvero.

«Signorina Johnsonn», mi saluta in modo formale, «per un attimo ho temuto che stesse meditando la fuga», aggiunge serio.

Non immagina neanche quanto sia stata vicina a una decisione simile. O invece lo sospetta?

«Non potrei mai lasciarla partire tutto solo», gli rispondo ironica. Lui solleva lievemente il sopracciglio, come gli ho già visto fare il giorno in cui ci siamo conosciuti. Lo fa tutte le volte che vorrebbe dirmene quattro, ma è costretto a trattenersi.

L'espressione di mia madre non nasconde quanto sia affascinata dalla sua presenza. È ovvio che sia rapita da Mark, in fondo è uno che ai suoi occhi ha tutto perché ha fatto carriera. Mio padre, la metà più saggia della coppia, non sa bene cosa dire e si tiene in disparte.

Sembra che non ci sia altro da aggiungere, per cui mi rassegno a cercare i miei documenti nella borsetta. La ragazza al check-in osserva il mio futuro capo con sguardo adorante, mente lui le porge il suo passaporto. Io faccio altrettanto, senza però ottenere lo stesso effetto sull'impiegata. Avrei potuto scommetterci.

«Volete due posti vicini?», domanda efficiente la ragazza.

«Sì», risponde Mark prima che io possa anche solo pregustarmi il sogno di essere all'altro capo dell'aereo, lontana da lui e dalle sue occhiatacce.

«Perfetto. Imbarchiamo pure le valigie», ci comunica. Mark esegue prontamente, appoggiando la sua sul nastro trasportatore. Mio padre si avvicina, aiutandomi a sollevare le mie.

«Vedo che viaggia leggera», commenta sarcastico Mark, che non distoglie gli occhi dalle mie enormi valigie.

«Non ha mai viaggiato con una donna?», gli rispondo a tono, per nulla impressionata. «Nessuna ragazza al mondo viaggia con poche valigie, a maggior ragione se si trasferisce dall'altra parte del globo. Sono sicura che persino le ragazze coreane sono attente al look». O almeno lo spero.

«Oh, ma questi sono solo i primi bagagli di Maddison! Non appena si sarà sistemata a Seul penseremo a mandarle il resto», aggiunge mia madre, come se qualcuno l'avesse interpellata. Ma perché diavolo ho pensato che farla venire fosse una buona idea? Alzo gli occhi al cielo cercando di non perdere la pazienza.

Dopo aver sbrigato le formalità, prendiamo i nostri biglietti e ci incamminiamo al Gate.

Prima di attraversare la zona di controllo saluto ancora una volta i miei genitori. Voltandomi, vedo che mia madre muove ancora la mano mentre mio padre mi lancia un'ultima occhiata disperata. Non so chi di noi due è messo peggio: in fondo lui dovrà sorbirsi da solo mio madre, ma nemmeno io ho di che essere allegra, visto che sto per andare in un continente dove l'unica persona che conosco è un essere tutt'altro che affabile.

Cerco di farmi coraggio, in fondo non è così difficile stringere amicizia al giorno d'oggi. Spero che la Corea sia fatta anche di persone simpatiche e alla mano. Il mio metro di giudizio è precipitato dopo aver conosciuto il signor Kim, ma mai darsi per vinti.

Mi accascio su una sedia in attesa dell'imbarco, piena di pensieri e dubbi su cosa mai potrò trovare dall'altra parte del mondo. Devo avere un aspetto davvero pietoso visto che Mark si sente in dovere di sollevarmi il morale.

«Dato che sarò l'unica persona che conosce in tutta Seul, cosa ne dice di iniziare a darci del tu? Ho sbirciato solo velocemente la scheda che l'ufficio risorse umane mi ha dato su di te, ma ho notato che siamo quasi coetanei», mi si rivolge sforzandosi di essere affabile.

Non me la bevo, avrà studiato la mia scheda con attenzione maniacale nella speranza di cogliermi in fallo, lo so.

«Quanti anni hai?», gli domando, facendo finta di essere interessata.

«Ho trentatré anni», mi risponde senza aggiungere altro. Seguono imbarazzanti secondi di un silenzio tutt'altro che casuale. Di questo passo la conversazione stenterà a decollare.

«L'età di Gesù quando è morto», me ne esco infine. Non proprio una battuta brillante, ma si stava creando una strana tensione che dovevo pur spezzare in qualche modo. Certo, forse ho scelto il modo sbagliato. Ma perché mi escono dalla bocca frasi simili? Come mai riesce a farmi dire sempre le cose meno opportune?

Trattengo il fiato in attesa della sua reazione. Per fortuna Mark scoppia a ridere. Sono contenta che le mie figure barbine abbiano almeno questo effetto. Felice di essere utile per qualcosa, rifletto un po' seccata.

«Spero che questo non voglia dire che ti aspetti di vedermi appeso a una croce prima di compierne trentaquattro. Vorrebbe dire che mi rimangono pochi mesi di vita». Sbatto le palpebre più volte, incredula per la sua risposta. Pare che in fondo, ma molto in fondo, anche Mark sia dotato di ironia. Chi l'avrebbe mai detto?

L'inaspettata scoperta mi fa accigliare. A questo punto avrei preferito che ne fosse stato del tutto privo. «Certo che no, è che in tua presenza mi sfuggono sempre considerazioni che sembrano terribili. In genere sono una persona normale, ma tu...». Non so come spiegargli il mio stato d'animo. «Tu riesci davvero a tirarmi fuori certe cose...».

Lui non sembra troppo preoccupato dalla mia ammissione. «Questo vuol dire che sarai sempre sincera con me? E che mi dirai sempre quello che pensi?», chiede. Mentre formula la domanda, mi guarda con un'espressione strana, che non so interpretare. Non sono del tutto sicura di quale risposta si aspetti da me, sempre che ce ne sia una corretta.

«A quanto pare non riuscirò a nasconderti niente di quello che penso di te», ammetto rassegnata. «Anche se in realtà al momento non ti conosco affatto. Voglio dire, nome e nazionalità a parte».

Mark alza lo sguardo al soffitto meditando sulla mia ultima frase.

«Abbiamo un volo lunghissimo davanti a noi, potrai chiedermi tutto quello che ti interessa», mi concede infine.

«Vorrei già iniziare a illustrarti i casi di fusione che stiamo seguendo a Seul in questo momento e raccontarti del nostro team», attacca lui con voce molto professionale qualche istante dopo.

Si vede che devo aver frainteso. Io volevo interrogarlo su argomenti più succulenti, più personali. Cosa vuoi che mi importi dei casi aziendali e delle questioni che riguardano l'ufficio? Ma Mark sembra davvero una persona riservata, non credo si sforzi, si vede che è proprio così.

Oddio, e se i coreani fossero tutti come lui? Aria di superiorità e pochissime parole? Per un attimo sono sinceramente spaventata. Non credo di poter resistere un anno intero in mezzo a della gente che pensa solo a lavorare.

Il mio crescente panico viene placato dalla voce che ci invita a salire a bordo dell'aereo. Attendiamo con pazienza il nostro turno, circondati da un sacco di coreani che stanno per tornare a casa. Come vorrei essere al loro posto.

Nonostante questo volo sia destinato a durare numerose

ore, l'aereo è esattamente come tutti gli altri, ovvero stretto e compresso. Lo spazio tra un sedile e l'altro mi pare molto limitato, e ne ho la conferma quando, individuato il mio posto, provo a sedermi. Sto per lamentarmi del poco spazio che avranno a disposizione le mie gambe lunghe quando mi rendo conto che Mark è persino più alto di me e quindi starà ancora più scomodo. Lo so che non è politicamente corretto, ma quest'ultimo pensiero mi provoca una sensazione di intensa soddisfazione. Se il signorino può sopportare stoicamente il fastidio, allora non voglio essere da meno.

Il mio posto è accanto al finestrino, mentre a lui è toccato quello sul corridoio.

Lo ammetto, forse questo è un buon momento per rivelare che io non amo molto volare. E detta così è persino troppo soft. Io ho il terrore di volare. Letteralmente. È una paura del tutto irrazionale, istintiva, primitiva, che mi trascina in questo vortice nero in cui mi pare di affogare.

Ma siccome sono una ragazza moderna e indipendente mi rifiuto di lasciarmene condizionare. Infatti volo sia quando vado in vacanza che per lavoro. E va tutto bene finché non metto piede sull'aereo, perché è allora che la mia paura riaffiora con prepotenza. In genere sbianco di colpo, mi sudano le mani, mi gira la testa e inizio a respirare con fatica. Una volta sono persino svenuta. Va bene, lo ammetto, più di una volta...

Visto che ci attende la bellezza di dodici ore di volo, potrebbe essere una buona idea quella di avvertire il mio sventurato compagno di viaggio dei miei attacchi di panico. Non vorrei che si facesse delle idee sbagliate su di me. Ma, riflettendoci bene, con ogni probabilità un attacco di panico è esattamente quello che Mark si aspetta da una persona come me, e forse si merita anche che io gli vomiti addosso, visto che è a causa sua che mi trovo su questo maledetto aereo. Avrebbe dovuto inventarsi qualcosa per farmi restare a Londra, con i piedi ben piantati per terra.

Due anni fa, Jane e io avevamo prenotato una meravigliosa settimana in un residence da sogno alle isole Baleari. Sono stata così male durante il volo d'andata che ho impiegato tutta la settimana di vacanza a riprendermi. Senza contare il tempo che mi è servito per recuperare le forze dopo il volo di rientro. Morale, sono tornata in ufficio più stravolta e pallida di quanto non fossi prima di partire.

In realtà credo che con il passare degli anni la mia paura sia solo aumentata: da lieve malessere, nel tempo è diventata terrore irrazionale. E non c'è molto da fare quando vieni assalita da un panico simile.

Mentre mi allaccio la cintura di sicurezza, cosa per altro non facile visto che iniziano a tremarmi le mani, cerco di affrontare il discorso. «C'è qualcosa che vorrei dirti prima di partire...», sussurro inclinandomi in direzione di Mark.

Così non va bene, ho pronunciato la frase con un tono di voce talmente flebile da averlo allarmato. Solleva infatti quegli occhi scuri dalla sua cintura e mi guarda serio.

«Ecco, sì... io non amo molto volare», balbetto. Bene, l'ho detto.

Mi conosce da poco, ma devo ammettere che sa già come interpretare le mie parole. Mi fissa infatti con l'aria di chi la sa lunga.

«Fammi capire Maddison, quanto male stai durante il volo?». La sua domanda è in verità un imperativo.

Arrossisco sotto quello sguardo vigile. «Non sto propriamente male, è che mi capita di avere piccoli attacchi di panico durante i quali non riesco a respirare».

Oddio, penserà che io sia una pazza completa. O forse lo

pensava già? Poco male, cerco di rassicurarmi. Tanto non mi interessava affatto entrare nelle sue grazie.

Continua a osservarmi pensieroso, senza mai abbassare gli occhi. Vorrei stemperare la situazione ma non so come fare. Improvvisamente mi ricordo di alcuni tranquillanti che mia madre mi ha messo in borsetta proprio per emergenze come questa. In fondo è colpa sua se non ho mai superato certe ansie. Una madre simile non fa che aumentarle.

«Ora che ci penso, credo che prenderò qualcosa per rilassarmi prima di decollare», e inizio a frugare nella borsetta. Mi sono bastati pochi istanti di quel suo sguardo seccato per decidere di fare qualcosa, qualsiasi cosa, pur di evitare certe figure in sua presenza.

Come da copione le mie pillole sono nascoste in fondo alla borsa e sono costretta a svuotarla quasi del tutto prima di riuscire a trovarle. Volano fuori pacchetti di fazzoletti di carta (sinceramente non ricordavo di averne presi così tanti, ma una ragazza ha sempre bisogno di qualche fazzolettino di scorta), trucco di vario genere nel caso fossi incappata in qualche adone biondo nel corso del mio viaggio (anche se è difficile su un volo simile, lo ammetto, visto che sono diretta in Corea e non in Svezia), e infiniti oggetti vari, di cui nemmeno comprendo l'utilità.

Dopo un lungo rovistare ecco che emergono da una tasca nascosta i miei tranquillanti: sulla confezione c'è scritto di prendere una compressa e di non superare le dosi. Io opto per due. Chi ha scritto le istruzioni non poteva conoscere il mio caso di assoluto terrore.

Mark si è accorto del numero di pillole che ho ingoiato, lo noto dalla sua espressione di disapprovazione. Ma tanto non si tratta di una novità, quindi non mi scompongo. Credo che detenga il record di occhiatacce che una persona mi abbia mai lanciato. E pensare che mi conosce da due settimane. Entro la fine di questo lungo anno coreano finirà per entrare anche nel Guinness.

Mentre iniziamo il decollo comincio a sentire l'effetto delle pillole: sono molto più calma, la mia testa è leggera. Quasi non mi scompongo di fronte agli scossoni iniziali dell'aereo.

Cerco di allungare le gambe distendendole in maniera obliqua ma colpisco la caviglia di Mark.

«Ops, scusami», gli dico ridacchiando. Mi sento quasi allegra, pur sapendo bene di non averne motivo. Altro che tranquillanti, sembra che io abbia preso qualcosa di ben diverso...

Il signorino sta facendo di tutto per non perdere la pazienza, ma la lotta interiore mi pare impegnativa, se mi è permesso giudicare dall'espressione corrucciata della sua bocca. Vedendolo così concentrato nel tentativo di rimanere imperturbabile, non riesco a zittire l'infantile desiderio di fargli perdere le staffe. Così, giusto per svago. Mi attendono molte noiosissime ore con poche prospettive di divertimento alternativo.

Nella mia mente inizio a elaborare una strategia: prima di tutto devo cercare di scoprire i suoi punti deboli. Perché anche se non lo sembra affatto, quest'uomo deve pur essere umano nel vero senso del termine, deve avere dei difetti, seriosità a parte.

«Raccontami qualcosa di te», gli chiedo con finto fare affabile, «quando ci siamo conosciuti hai detto che sei americano, eppure mi sembri in tutto e per tutto coreano. E vivi pure in Corea».

Mark non pare aver voglia di fare conversazione. Distoglie per un attimo lo sguardo dal fascicolo che ha tirato fuori non appena l'aereo ha iniziato a muoversi. Non sembra intenzionato a posarlo, anzi, di fronte alla mia richiesta lo stringe ancora più saldamente in mano. Che sia una specie di scudo?

Passa qualche istante, che lui sfrutta cercando di trovare un argomento per zittirmi. Ma o è a corto d'idee o ha deciso di avventurarsi in percorsi sinora inesplorati, perché dalla sua bocca escono parole che non avrei mai pensato di sentire.

«Sono nato a Chicago, dove ho vissuto per dieci anni. Poi mi sono trasferito in Corea con i miei, che da allora abitano poco fuori Seul. Io invece sono tornato in America per fare l'università e poi il master».

«Dove hai studiato?», continuo curiosa. In fondo bisogna battere il ferro finché è caldo.

«A Yale, e mi sono specializzato a Harvard», risponde senza nascondere la sua soddisfazione. Mi brucia ammetterlo, ma anch'io me la tirerei al suo posto. Cielo, un secchione allo stato puro. Dovevo aspettarmelo.

«Ma poi, dopo gli studi, sei rientrato in Corea...», abbozzo la frase invitandolo a proseguire. Deve ancora raccontarmi un bel po' di cose, non penserà di cavarsela con così poco.

«Veramente non subito, ho lavorato in America per un po' e poi la società mi ha chiesto di andare a Seul: ci sono pochi cittadini americani che parlano anche il coreano e avevano bisogno del mio aiuto», mi spiega.

«Wow, sei stato parecchio in giro per il mondo. Chissà come deve essere», rifletto sinceramente impressionata. Massimo rispetto per chi ama mettersi in gioco, ma temo di non far parte della categoria.

«È faticoso», mi risponde serio. «Non è facile essere divisi tra due Paesi».

Lo sguardo mi cade poi sulle sue mani. Già in precedenza mi ero accorta che non portava anelli, ma non si può mai sapere con gli uomini.

«Sei sposato?», domando ancora. Capisco che il mio incalzare possa sembrare un terzo grado, ma davvero, cos'altro mi rimane per far sbottonare una persona simile? Se mi raccontasse tutto di sua spontanea volontà potrei anche evitare di interrogarlo.

«No», risponde secco, senza aggiungere altro, e si rifugia di nuovo dietro il suo fascicolo. Ho come il sospetto di aver toccato un tasto dolente.

«Lo sei stato?», gli chiedo sfacciata. Ormai i miei tranquillanti devono aver sciolto la mia parlantina molto più di quanto pensassi.

«No». Ancora una risposta secca, in tutti i sensi. Il suo tono è un avvertimento. Peccato che io non sia mai stata molto brava nel coglierli.

«Perché no?», insisto decisa come un cane da caccia che ha fiutato una preda.

Lui sbuffa, ma abbassa i fogli. Poi pare riflettere su cosa dire. Probabilmente questa volta è tentato davvero di invitarmi a farmi gli affari miei.

«E tu perché non sei sposata?», mi chiede con un tono che vorrebbe sembrare neutro ma nasconde una certa irritazione.

Una tattica di difesa sempre efficace, quella di rispondere con un'altra domanda.

«Perché sono sempre chiusa in ufficio, perché non ho mai incontrato un uomo capace davvero di indurmi a considerare di passare insieme a lui la mia vita, perché in parte non credo nella convivenza uomo-donna e perché non me lo ha mai chiesto nessuno», dico tutto d'un fiato.

Ma questi tranquillanti contengono il siero della verità?

«Ma non stavamo parlando di me», gli ricordo sorridendo maliziosa. «Senza contare che io ho cinque anni meno di te e che in Inghilterra nessuna ragazza pensa al matrimonio alla mia età».

Vedo che è stupito. «Persino in Inghilterra una ragazza a ventotto anni è considerata in età da marito. In Corea è quasi un caso disperato», mi risponde lasciandomi a bocca aperta. Ma come osa! Disperata io?

Meglio non prendersela, cerco di ripetermi. Ma è difficile...

«Niente risposte acide?», chiede osservandomi, felice di avermi messo KO.

«Sono sotto effetto di stupefacenti, è evidente che funzionano, visto che riesco a non mandarti a quel paese», gli rispondo dopo aver recuperato la calma.

«Allora forse dovrei prendere anch'io qualche pillola miracolosa», mi prende in giro e quasi mi sorride. Incredibile, quando lo fa ha davvero un'espressione deliziosa sul volto, ma accade così di rado che è difficile accorgersene.

«Non sono abituato a questo genere di legame con i miei collaboratori», cambia improvvisamente argomento. «In Corea i rapporti professionali sono più *formali*», mi avverte. «La gerarchia è particolarmente sentita nei Paesi orientali. Tu e John eravate molto schietti tra di voi?», mi chiede.

«John sapeva tutto di me, gli raccontavo persino dei miei appuntamenti!», gli rispondo ironica, ma vedo che lui s'irrigidisce all'istante.

«E ti aspetti di avere lo stesso tipo di rapporto anche con me?», domanda visibilmente preoccupato.

A quel punto sorrido, svelandogli che lo sto prendendo in giro.

«No, non me lo aspetto», lo rassicuro. «Ma John e io avevamo davvero un bel rapporto, non tanto frequente negli ambienti lavorativi. Non ti nascondo che mi mancherà. Ed è capitato che io gli abbia effettivamente raccontato dei miei ragazzi, ma si è trattato di pochi casi isolati...».

Mi sono improvvisamente rattristata parlando della mia vita londinese, tanto che per sollevarmi il morale Mark decide persino di riprendere la discussione sul matrimonio. «Comunque anch'io non mi sono mai sposato perché lavoro troppo, non ho mai incontrato una donna con cui valesse la pena passare tutta la vita, e nessuno me lo ha mai chiesto», conclude accennando pure un sorriso. Vedo che il nostro scambio di opinioni lo diverte.

«E la tua famiglia cosa ne pensa?», gli chiedo.

«In effetti i miei vorrebbero tanto trovarmi una moglie. In Corea è abitudine che le famiglie fissino appuntamenti al buio, e anche i miei muoiono dalla voglia di intromettersi nella mia vita», ammette.

Io lo guardo sbigottita. «Fammi capire, la fidanzata o il fidanzato te lo trova mamma?», domando rimanendo con la bocca spalancata. Per quanto mi riguarda mia madre ha già fatto troppi danni, vorrei evitare che mi desse il colpo di grazia. Certo, non che io sia riuscita a scegliere granché bene da sola, mi dice una vocina nella mia testa...

Mark è del tutto inconsapevole delle mie riflessioni. Per fortuna. «Almeno sai in partenza che, se mai ci sarà un matrimonio, la candidata verrà di certo vista di buon occhio dalla famiglia. Voglio dire, te l'hanno presentata loro...», conclude il suo ragionamento.

«Ma davvero esistono ancora parti del mondo in cui vanno di moda i matrimoni combinati? E tutte le lotte che abbiamo fatto per poter decidere da soli?»

«Ma non sono mica dei matrimoni combinati! È vero, l'appuntamento te lo organizza la famiglia, ma l'intrusione, se così si può chiamare, finisce lì. Se la persona ti piace puoi continuare a uscirci sapendo che non dovrai lottare per ottenere l'approvazione della famiglia», mi spiega ancora una volta paziente. È evidente che nel suo sangue scorre DNA per la maggior parte coreano.

«Per forza, la persona l'hanno scelta loro...», gli faccio notare.

«Cosa ne sai, potrebbero anche scegliere bene».

«Non fa al caso mio, decisamente meglio il metodo occidentale: le storie d'amore devono essere romantiche e non costruite, altrimenti che gusto c'è?», insisto. Ma come si fa a uscire con una che tua nonna e tua madre hanno selezionato per te? Mi vengono i brividi solo all'idea.

Mark scoppia a ridere di fronte alla mia totale mancanza di entusiasmo nei confronti dei matrimoni combinati. «Guarda che io la penso esattamente come te. Stavo solo cercando di spiegarti alcune tradizioni coreane. Temo di aver vissuto troppo tempo in America per essere capace di mandar giù certe intrusioni», conclude. Poteva anche dirlo prima, per un attimo ho temuto di essere l'unica sana di mente in questo cubicolo.

«Chissà come sarà delusa allora la tua famiglia», lo prendo in giro.

«In effetti...», ammette, «anche se la mia non è proprio una famiglia coreana tradizionale».

«Ah no?». Vorrei non essere così curiosa, ma è più forte di me.

«Sì, mia nonna paterna è americana, caucasica. Mio padre quindi è per metà asiatico e per metà occidentale».

«Deve essere divertente avere una famiglia mista. Io purtroppo provengo da una famiglia molto ordinaria». Da noi quello con il pedigree maggiormente degno di nota è il gatto.

«Allora la Corea è il posto giusto per te, vedrai che non ti sentirai più così comune», mi rassicura con voce affabile. Quindi quando vuole è capace eccome di parlare senza sembrare un maestrino!

Il nostro *quasi* piacevole scambio di battute viene però interrotto dall'improvviso e brusco sobbalzare dell'aereo. Posso anche essere sotto sedativi, ma non basterebbero cento pillole a farmi stare tranquilla di fronte a simili turbolenze. Mi irrigidisco all'istante sul mio sedile, aggrappandomi con crescente panico alla poltrona.

«E come mai?», cerco di riprendere la conversazione, ben consapevole che la mia voce deve risuonare un po' stridula, ora che il terrore è tornato con prepotenza. Inizio a sentirmi male, mi gira la testa.

Mark mi osserva preoccupato e mi risponde, forse per farmi pensare ad altro. «Perché in Corea non ci sono donne bionde con grandi occhi verdi e alte un metro e ottanta...».

La sua voce risuona sempre più lontana, la sento arrivare appena, e mentre perdo conoscenza riesco solo a riflettere sulle sue parole e sul fatto che non è da lui dire cose simili, neanche in punto di morte.

Al mio risveglio vedo che siamo ancora in aereo e per fortuna in volo. La cabina è silenziosa e immersa in una luce tenue; sporgendomi in avanti scopro che la maggior parte dei passeggeri dorme beata. Al mio fianco anche Mark sta facendo altrettanto: è seduto in una posizione davvero molto scomoda, che deve aver assunto per cercare di lasciarmi più spazio possibile. Il suo gesto gentile mi accende un sorriso.

Noto che la hostess mi ha infilato due cuscini dietro la testa e mi ha adagiato una coperta sulle gambe. Apprezzo il pensiero, visto che l'aria condizionata si è confermata fastidiosa in questa parte di viaggio. O almeno spero che sia stata la hostess. Non vorrei avere troppi debiti di gratitudine nei confronti dell'uomo che dorme accanto a me.

La buona notizia è che ora l'aereo pare viaggiare tranquillo, niente scossoni in grado di scatenare i miei attacchi di panico. Cerco di stiracchiarmi come meglio posso per risvegliare i miei arti atrofizzati.

Quasi senza volerlo il mio sguardo si posa di nuovo sul mio futuro capo. È un tipo buffo questo Mark Kim: tende ad assumere sempre un atteggiamento rigido, perché è evidente che a muoverlo è un forte senso del dovere. È un uomo che ha studiato sodo e che oggi lavora duramente. Glielo si legge in faccia e se ne ha conferma tutte le volte che apre bocca.

Cerco di sfruttare il momento per osservare meglio il suo volto. Ha delle labbra piene, unite a una pelle liscia e luminosa, che tutte le donne sognano di avere e che io reputo assolutamente sprecata su un uomo. Specialmente uno come lui.

Mi ha detto che sua nonna è occidentale, forse è per questo che i suoi occhi sono sì a mandorla, ma grandi ed espressivi. Ha un naso diritto ma non piccolissimo, che lo fa sembrare determinato. Non molto orientale se devo essere sincera. Le ciglia sono lunghissime e nerissime. Un ciuffo ribelle gli ricade sul volto. Chissà perché uno come lui tiene i capelli troppo lunghi.

Cercando di assumere una posizione più comoda finisco per smuovere anche il suo sedile, tanto che poco dopo anche lui riapre gli occhi. Nonostante sia mezzo addormentato ha sempre un aspetto perfetto, mentre i miei capelli saranno sicuramente scompigliati.

«Scusami se ti ho svegliato», gli dico sussurrando per non disturbare gli altri passeggeri che dormono.

«Nessun problema», mi risponde con un bisbiglio. «Come ti senti?», domanda rimettendosi composto sul sedile.

«Come nuova. Purtroppo attacchi di panico di questo genere mi capitano di frequente quando volo. Forse avrei dovuto prendere qualche altra pasticca».

«Sì, così a Seul saresti arrivata cadavere. Non pensare neanche a fare pazzie mentre sei in Corea, io rispondo per te, e non voglio assolutamente averti sulla coscienza», si raccomanda, ora che è del tutto sveglio.

«Che sciocchezze, io rispondo per me stessa. Nessuno può essere responsabile per me», ribatto seccata. Nessuno si è mai preso cura di me in tutti questi anni di indipendenza lavorativa, non penserà mica di dover farlo lui adesso?

«Mi sentirò sempre responsabile per averti trascinato lontano da casa, quindi niente scherzi». Lo dice con una voce che ha un che di minaccioso.

«Guarda che l'emancipazione femminile esiste da secoli ormai. Sono sicura che non ti sentiresti così protettivo nei confronti di un uomo», affermo battagliera.

Su questi temi non transigo, in fondo sono la degna figlia di mia madre. Tanti lavaggi del cervello avranno pur avuto su di me una qualche influenza.

«Forse», ammette lui, «ma tu *sei* una donna e immagino che non sapremo mai come sarebbe andata se fossi stata un uomo».

Nessuno dei due sembra intenzionato a cedere sull'argomento.

«Guarda che non devi riservarmi trattamenti speciali perché sono una ragazza. Dovresti comportarti proprio come con uno qualsiasi dei tuoi colleghi uomini», dico decisa.

Lui ride. Anzi, ride di me. «Allora vuol dire che appena arrivati penserai da sola alle tue *tre* valigie», mi dice enfatizzando il loro numero.

«Posso farlo benissimo!», gli rispondo a tono, cercando di mascherare una certa titubanza in merito. Se mio padre non le avesse trascinate in qualche modo fino all'aeroporto al mio posto, sarei stramazzata al suolo dopo il primo metro. Questa mattina non riuscivo neanche a sollevarle. Devono pesare tonnellate.

Lui lo sa. Eccome se lo sa. Mi guarda senza aggiungere altro, ma incapace di nascondere un sorrisetto di derisione.

«Va bene. Potrei aver bisogno di un aiuto con le valigie, ma solo come qualsiasi altro collega uomo che sta di fatto traslocando in un altro continente». È meglio ammetterlo, non riuscirò mai a portare le valigie da sola, e qualcosa mi dice che Mark sarebbe davvero in grado di farmi morire schiacciata sotto il loro maledettissimo peso.

Sentendo le mie parole il suo sorrisetto beffardo non fa che aumentare.

«Ma questo non vuole dire nulla, noi ragazze londinesi siamo da sempre abituate a guardarci le spalle», mi sento in dovere di precisare. È uno scontro che non voglio perdere.

Vedo che non l'ho affatto convinto, i suoi occhi contengono una sfida implicita. E se non mi risponde in maniera diretta è solo perché sa che con me è fiato sprecato.

Tanti anni di emancipazione e questo signore pensa che io abbia bisogno di una balia...

«Guarda che ho fatto anche dei corsi di autodifesa», affermo determinata e un po' petulante.

Lui mi guarda dubbioso. Il suo rifiutarsi di parlare mi sta facendo impazzire.

«Cosa c'è?», chiedo arrabbiata, in cerca di una qualsiasi reazione.

«Ti metto a terra quando voglio», mi dice con fare seccato dopo qualche attimo di riflessione, «come la maggior parte dei coreani che praticano il taekwondo. È lo sport nazionale».

Ma questo sbruffone con chi pensa di avere a che fare?

«Vuol dire che mi iscriverò anch'io al tae... won... do!».

Ok, non so neanche come si pronuncia, ma poco importa. Questi sport sono tutti uguali: tiri un calcione all'avversario e hai risolto.

Mark mi sta guardando come a dirmi "provaci e poi vediamo". «Si chiama taekwondo e sarò lieto di trovarti una palestra vicina all'ufficio, se lo vorrai...». Il suo tono esprime in maniera inequivocabile tutti i suoi dubbi. È ovvio che pensa che desisterò. Bene, vedrà con chi ha a che fare!

Il cibo in aereo è come sempre scadente, ma almeno è gratis. Lui lo assaggia appena, mentre io fagocito tutto. Con la punta della sua forchetta di plastica continua a spostare quelle povere patate da una parte all'altra della vaschetta senza decidersi a infilzarne una. Cielo, sono solo patate, mica veleno per topi.

«Ti dispiace se prendo anche il tuo, visto che non lo vuoi?», gli chiedo indicando il suo vassoio ancora mezzo pieno. Sì, lo so, non si dovrebbe fare, ma lo stress mi crea sempre vere e proprie voragini allo stomaco.

«Prego, fai pure», risponde guardandomi curioso e avvicinando il suo piattino. «Ma come fai a essere magra se mangi sempre così tanto?», mi chiede impertinente.

Non riesco a capire se si tratti di un complimento oppure di un'offesa. Senza contare che prima di oggi mi avrà visto mangiare al massimo una volta, al ristorante italiano. Non proprio un campione affidabile per dedurne un dato statistico. Con la pasta avevo davvero esagerato, ma gli avvenimenti della giornata richiedevano un piatto di dimensioni eccezionali. Cosa pensa, che solo gli uomini siano autorizzati a pretendere una porzione abbondante? Quel giorno la montagna di carboidrati mi ha letteralmente salvato dallo sconforto totale per il mio trasloco coreano.

In ogni caso sua madre non gli ha insegnato che certe frasi non si possono dire alle fanciulle? E comunque, se pensa di farmi desistere dal mangiare si sbaglia di grosso. Ci vuole ben altro per smorzare il mio appetito.

«Devo nutrirmi il più possibile. Mi attendono mesi di penuria», gli confido infilzando decisa anche il suo pezzo di formaggio. Non ha un sapore particolarmente buono, ma è di certo meglio di quello che mi aspetta in terra straniera.

Sorride come illuminato da un'intuizione: «Ho capito! Hai paura di morire di fame in Corea!», esclama divertito.

E magari vorrebbe anche convincermi che la mia è una paura insensata. Se solo sapesse cosa rappresenta la cucina asiatica per una come me: sofferenza e fame…

«Una mia amica mi ha raccontato di certi cavoli fermentati…», borbotto masticando le patate.

Mark mi guarda per un attimo, poi scoppia a ridere. È una risata talmente spontanea da lasciarmi senza parole. Cerca anche di trattenersi, ma proprio non ci riesce.

«Cosa c'è di tanto buffo?», gli chiedo seccata, dopo averlo osservato ridere così di gusto. «A me non piace la cucina esotica, non vado matta né per quella giapponese né per quella cinese», cerco di spiegargli. A differenza di quasi tutti i londinesi non so nemmeno come si tengano le bacchette. Faccio parte della categoria molto poco *in* di chi chiede sempre le forchette, facendo alzare gli occhi al cielo ai camerieri.

Mark prende tempo cercando di tornare serio, ma l'operazione richiede fatica.

«Non voglio svelarti niente della cucina coreana, allora. Diciamo che sarà una sorpresa», mi annuncia con voce enigmatica e appena ricomposta. Dovrei farmi pagare visto il buonumore che gli garantisco.

Tutti non fanno altro che promettermi, o meglio, minacciarmi, invocando grandi novità. Ma chi l'ha detto che i cambiamenti debbano essere un bene? Per quanto mi riguarda si sono quasi sempre rivelati funeste disgrazie.

Sospiro, masticando tutto quello che mi capita sotto tiro, mentre cerco di capire per la millesima volta come sia potuta finire su un volo diretto in Corea. Avevo ben altri progetti per la mia vita.

È tutta colpa di mia madre che ha sempre osteggiato qualsiasi mia relazione e che ha sempre e solo preteso che facessi carriera. Che ingiustizia! Una come Jane sarebbe stata bene all'altro capo del mondo, di certo non io.

Il problema è che non ho mai davvero desiderato qualcosa e quindi, non sapendo bene cosa volessi, ho finito per seguire le strade segnate dagli altri per me. Ancora oggi non so se mi piace il lavoro che faccio, non so se mi piacerebbe fare altro e davvero non so se starei invece meglio a casa con una famiglia da curare. Mi crogiolo nel dubbio perché in fondo così vivo bene. Se qualcosa va male posso sempre dare agli altri la colpa del risultato, perché in fondo ero impegnata a fare qualcosa di cui già in partenza non ero molto convinta. Forse Jane ha ragione quando afferma che ho bisogno di uno scossone molto forte. Ci vorrebbe un terremoto nella mia vita, anche se forse è meglio attendere di scendere a terra per vivere queste turbolenze...

Rimango a meditare silenziosa per il resto del viaggio. Per fortuna le rimanenti ore scorrono veloci e tranquille. Al momento dell'atterraggio chiudo gli occhi e mi concentro sulla respirazione, aggrappandomi decisa ai braccioli del sedile. Se viaggio con qualcuno, tendo a stritolare la mano dei miei sfortunati amici, ma ho come l'impressione che Mark non sarebbe disposto a sacrificare la sua.

Una volta scesi dall'aereo c'incamminiamo per recuperare

il nostro bagaglio. Mi dà terribilmente fastidio ammetterlo, ma il signorino perfettino aveva ragione: per la prima volta nella storia mi sento davvero diversa. Sono l'unica bionda in mezzo a questo mare di gente. Mark e io spicchiamo inoltre per la nostra altezza; anche senza tacchi sono molto più alta sia degli uomini che delle donne di questo Paese. Vedo qualche testa voltarsi nella nostra direzione per osservarci meglio, insieme suscitiamo una certa curiosità. È una sensazione del tutto nuova, ma non spiacevole.

Occhi a mandorla a parte, sembra di essere a Londra: gente che corre frettolosa da tutte le parti, ragazzi vestiti esattamente come quelli inglesi. Per fortuna ho portato le mie All Star, vedo che vanno di moda anche qui.

Questi dettagli mi rassicurano. Forse posso farmi accettare anche da questo Paese nuovo e del tutto sconosciuto. Forse troverò un modo per non sentirmi del tutto un pesce fuor d'acqua.

I cartelli con le indicazioni che troneggiano sopra la mia testa sono scritti sia in coreano che in inglese, e muoversi non sarà troppo complicato, se anche in città sarà lo stesso.

Sbrigate le formalità burocratiche facciamo in fretta ad arrivare al nastro per il ritiro dei bagagli. La sola idea è sufficiente perché inizi a sudare. Ho comunque recuperato uno di quegli utilissimi carrelli e mi sto psicologicamente preparando all'impresa. Spero davvero che il mio fisico regga, perché ho tutta l'intenzione di mostrare al signor Kim cosa significhi l'indipendenza femminile. Non me ne starò a guardare con le mani in mano!

Il nastro trasportatore, cigolante in tutto il mondo tranne in Corea, parte esattamente al minuto indicato sullo schermo. Dopo una prima serie di valigie sconosciute ecco comparire in lontananza la mia prima super valigia. Inspirando in maniera profonda parto decisa all'attacco: con tutta la forza che ho cerco di sollevarla dal nastro... ma cielo, quanto pesa! Con un colpo di reni finale riesco ad alzarla fino a farla atterrare. Sono talmente presa dallo sforzo che non mi accorgo della presenza di Mark, materializzatosi al mio fianco come per magia, probabilmente per aiutarmi. L'epilogo è tragico: perso del tutto il controllo dell'arma di distruzione di massa, finisco per scaraventare la mia valigia proprio sul suo piede sinistro. Il tonfo che ne segue non fa presagire nulla di buono.

Dalla bocca di Mark sfugge all'istante un grido di dolore e stupore insieme. Spalanca del tutto i suoi occhi neri e mi lancia uno sguardo di puro odio.

Ops... Ma perché non me ne riesce una giusta?

Appurato che nonostante l'impegno non sono comunque riuscita a rompergli il piede, Mark si allontana come una furia dalla zona del recupero bagagli. Le mie innumerevoli scuse non lo smuovono dalla decisione di abbandonarmi al mio triste destino. Sono quasi tentata di supplicarlo di tornare indietro, ma la sua collerica falcata gli fa attraversare le porte scorrevoli prima che io riesca a umiliarmi. Visto che sono rimasta sola, non mi resta che recuperare le altre due valigie con le mie forze. Mi dirigo poi in direzione dell'uscita. Spero che non mi abbia mollata qui da sola.

In questi minuti di attesa Mark ha avuto il tempo di riprendersi dalla rabbia e mi aspetta di nuovo impassibile.

«L'autista della società è venuto a prenderci», mi comunica tagliente, guardandomi avanzare. Ok, forse sperare che si fosse già dimenticato di tutto era un tantino azzardato. Tutti uguali, gli uomini, se la legano al dito, sempre. Come se lo avessi fatto apposta...

La notizia dell'autista mi riempie comunque di immediato ottimismo. E in effetti un ometto buffo si materializza al nostro fianco alla velocità della luce, indicandoci una grande macchina scura parcheggiata qualche metro più avanti. Senza mai smettere di inchinarsi, si avvicina e inizia a parlare con Mark, che ricambia l'inchino, comunicandogli probabilmente una serie di istruzioni operative.

È strano assistere a una conversazione da cui sei tagliato fuori. Ti svela di colpo i tuoi limiti.

In ogni caso, nel giro di qualche secondo le mie valigie vengono sistemate nel grande vano posteriore dell'auto. Quello che si dice un lavoratore veloce ed efficiente.

Mark gli porge anche il suo bagaglio, di dimensioni decisamente più limitate, e apre lo sportello posteriore intenzionato a sedersi. «Rimani qui?», mi domanda ironico.

Non me lo faccio ripetere due volte. Con balzo felino afferro l'altra maniglia posteriore e mi infilo nell'abitacolo. L'autista rientra in macchina e parte deciso senza attendere ulteriori istruzioni da parte nostra.

Intanto è iniziata a calare la sera e le luci della città sono sempre più vicine. Costeggiamo di continuo quello che pare essere un fiume di notevole ampiezza. Sono curiosa, e visto che Mark non sembra intenzionato a fare conversazione dopo il piccolo incidente di poco fa, chiedo informazioni al nostro autista.

«Come si chiama il fiume?», domando in inglese, sporgendomi in avanti nella sua direzione e scandendo bene le parole. La mia speranza è che la mia lingua non gli sia del tutto sconosciuta.

«Seul è attraversata dal fiume Han. Ben un chilometro di larghezza», mi spiega l'ometto tutto fiero. «La nostra è una città ricca non solo di grattacieli, ma anche di molti parchi, nel caso sia interessata a fare jogging per mantenere la sua splendida linea», dice affabile. Il suo accento è pessimo, ma almeno è gentile.

Sentendo la frase Mark mi lancia un'occhiata scettica. Cosa vuole insinuare con quella sua espressione dubbiosa?

«Grazie, credo proprio che coglierò l'occasione per un po' di sano jogging», rispondo fingendomi superiore. Pensi pure quello che vuole. In effetti non ho mai fatto un solo minuto di corsa in vita mia, ma posso sempre iniziare! Città nuova, vita nuova, abitudini sane. Potrebbe essere un modo per voltare finalmente pagina.

Sono ancora con il naso incollato al finestrino quando la macchina si ferma davanti a un edificio nuovo di zecca di una quindicina di piani. Mark scende senza dirmi niente, e non sapendo bene cosa fare scendo anch'io.

Il simpatico ometto si è già messo all'opera e sta scaricando silenzioso le nostre valigie.

«Aiuto la signorina?», gli chiede. È ovvio che la domanda andava rivolta a me invece che a mister simpatia. La risposta sarebbe stata ben diversa.

«Non si preoccupi, porti solo le valigie davanti all'ascensore, ci penseremo noi. La *signorina* si offende se qualcuno cerca di aiutarla. Grazie mille». Ma che bastardo!

L'uomo esegue poi, inchinandosi di nuovo, ci saluta e risale in macchina. Se anche ha trovato strano il commento di Mark, non lo ha fatto notare.

Seguo il mio futuro capo che è entrato nell'edificio senza nemmeno attendermi. Per paura di perderlo abbozzo persino una corsetta. La luce dell'atrio mi acceca appena metto piede dentro. Altro che ingresso comune, questa pare una sala operatoria con il pavimento di marmo chiaro tirato a lucido e bizzarre lampade moderne che scendono dal soffitto. Mark sta aspettando che arrivi l'ascensore.

Mi avvicino e decido che è ora di scoprire qualcosa di più sulla mia sistemazione. «Io abito qui?», gli chiedo timorosa.

Lui si volta e mi guarda inespressivo. «*Noi* abitiamo qui», mi corregge. Ancora quel tono di voce seccato. Temo di aver appena imparato a mie spese che il signor Kim non è un uomo dal perdono facile. Vorrei giurargli che non era davvero mia intenzione colpirlo con la valigia, che si è trattato di uno sfortunatissimo incidente. Ma è probabile che non mi crederebbe.

La sua affermazione circa la condivisione della casa mi crea un sussulto di terrore che non riesco del tutto a reprimere. Ci provo, ma senza successo.

«Ognuno nel proprio appartamento», aggiunge notando il mio sgomento. Poteva anche dirlo subito invece di farmi prendere un colpo!

Le porte si aprono rivelando un ascensore ultramoderno e molto spazioso. Arrivati al sesto piano, Mark esce con passo deciso. Io invece trascino fuori una alla volta tutte le mie valigie.

Si avvicina alla porta grigia con la scritta 6B, inserisce la chiave e mi fa segno di seguirlo. Visto che è altamente improbabile che qualcuno decida di rubarmi le valigie, decido di lasciarle sul pianerottolo per non perdere di vista Mark. Entro così in un piccolo appartamento, con un delizioso atrio in marmo.

«I coreani hanno l'abitudine di togliersi le scarpe in modo da non sporcare in casa. Sarebbe anche il caso che tu ti procurassi delle pantofole per gli ospiti. È un'usanza locale imprescindibile: nel caso volessi invitare gente ricordati che i coreani non possono vivere senza pantofole. Le persone si aspetteranno di cambiarsi le scarpe appena oltrepassata la soglia», mi spiega Mark. Che strana usanza!

«Ma trattandosi di casa mia posso anche decidere di non costringere la gente a togliersi le scarpe...», azzardo. Vengo subito fulminata con lo sguardo. E stiamo solo parlando di pantofole...

«Puoi decidere di fare quello che ti pare, ma se non vuoi che le persone si sentano in imbarazzo, penso sia più saggio decidere di adattarsi alle usanze locali», mi ammonisce.

Per questa sera è meglio non creare altre tensioni. In fondo cosa sono un paio di pantofole di fronte alla prospettiva di un po' di tranquillità? E Mark ha tutta l'aria di chi è intenzionato a litigare a ogni costo.

Il mio nuovo appartamento sembra piccolo, ma un giro di perlustrazione mi basta per rendermi conto che ha tutti i comfort necessari: un piccolo salotto con un divano, una zona cucina con un minuscolo tavolo, e in fondo, la camera da letto con bagno annesso. Per mia fortuna pare che anche i coreani si siano convertiti al nostro genere di letto.

«Non dormite per terra...», gli dico scherzando.

«Non più», mi risponde Mark con il tono di uno che deve aver pensato che per me valesse la pena introdurre di nuovo l'usanza.

La stanchezza mi assale all'improvviso quando inizio a lasciarmi andare. La fatica del viaggio e il fuso orario stanno avendo la meglio. Persino Mark deve essersene accorto, perché si incammina verso la porta.

«Ti lascio disfare le valigie e riposare. Io abito esattamente di fronte, appartamento 6A, per qualsiasi urgenza sai dove trovarmi», mi dice congedandosi.

Momento di panico. «E le chiavi?», esclamo scrutando la misteriosa serratura che mi sta di fronte. Non sembra essere stata creata per consentire l'introduzione di una chiave.

«Ah già...», mormora lui. «Serratura elettronica: inserisci

la combinazione e il gioco è fatto. Sei cifre, la prima combinazione è sempre uno, due, tre, quattro, cinque, sei. Ma sei caldamente invitata a cambiarla. Le istruzioni su come fare sono dentro casa».

Provo a inserire la combinazione e come per magia la porta si apre davanti a me. Perché i coreani abbiano deciso di fare a meno delle chiavi rimane un mistero, ma uno di quelli che non reputo fondamentali da decifrare in questo preciso istante. La mia stanchezza è arrivata a livelli epici.

«Be', grazie di tutto», mi congedo con tono di voce freddino. Non sono del tutto sicura di essergli grata per avermi trascinata in questo posto.

«Domani è domenica, avrai modo di superare il fuso con un giorno di riposo. Ci vediamo».

Lo guardo allontanarsi, digitare la sua combinazione misteriosa ed entrare nel suo appartamento.

Ottimo, abitando così vicini avrà modo di tenermi sotto controllo, rifletto con disappunto. È quasi come abitare di fronte ai propri genitori, o forse, trattandosi di Mark, è anche peggio. È come un padre autoritario che ti impone orari rigidissimi e poi ti aspetta davanti alla porta per riprenderti se sgarri anche solo di un minuto.

Ho solo la forza di tirare fuori dalla valigia lo spazzolino e la mia camicia da notte. Meglio dormirci sopra, come direbbe una delle mie eroine preferite, domani è un altro giorno.

3
Un'inglese a Seul

Aprire gli occhi e non avere la più pallida idea di dove ci si trovi non è certo il modo migliore per iniziare la giornata. Ho bisogno di almeno cinque minuti buoni per ricordare cosa sia successo nelle ultime ore, dove mi trovi e che cosa ci faccia in questa camera da letto del tutto sconosciuta. Da sempre le novità mi creano panico, quindi non c'è da stupirsi che questo risveglio mi terrorizzi. Il mio cuore torna a battere a un ritmo normale solo dopo una serie di profondi respiri.

A Londra, la prima cosa che facevo da sveglia era bermi litri di caffè. Qui a Seul non riesco nemmeno a illudermi di trovare dei generi alimentari nella mia nuova reggia.

Mi faccio forza e mi trascino fino al piccolo frigorifero della cucina che avevo intravisto ieri sera. Prima di aprirlo provo a rovistare tra gli armadietti: se solo ci fosse della caffeina nascosta da qualche parte... Comunque vada ho deciso che oggi sarò coraggiosa e mi accontenterò di poco.

Il mio investigare non produce però i risultati sperati. Il frigorifero è stato effettivamente riempito con acqua e succhi vari, ma negli armadi non c'è traccia di latte o caffè. Mia madre tra l'altro è di lontanissime origini francesi (per lei avere una trisnonna mezza francese equivale a esserlo per metà) e a casa mia si è sempre bevuto un ottimo caffè. In realtà credo che il vero caffè sia un'invenzione degli italiani, ma provate voi a dissuadere mia madre su qualcosa di cui è convinta.

La mia voglia di caffè è talmente forte da indurmi all'azione. Tiro fuori dalla valigia aperta ieri sera un paio di jeans e una maglietta bianca, mi infilo le mie vecchie All Star blu e mi preparo a uscire, alla disperata ricerca di una colazione europea. I presupposti non sono dei migliori: non conosco la zona, devo ancora cambiare le mie sterline nei won locali, e oggi è domenica. Hmm, sarà meglio prendere le carte di credito. Sempre che non mi perda prima, con quelle non dovrei avere problemi.

Una fugace occhiata al mio orologio, impostato dall'aereo sul fuso locale, mi indica che sono le nove. Per un attimo sono quasi tentata di suonare a Mark per chiedergli informazioni. Ha l'aria di essere uno che non perde tempo a dormire, neanche quando è in vacanza, e a quest'ora è probabile che sia sveglio già da un pezzo. Oddio, potrei anche farmi coraggio e partire da sola alla scoperta di questa gigantesca città di dieci milioni di abitanti, ma se poi mi perdessi e finissi in un quartiere dove nessuno parla inglese?

Ancora lacerata dal dubbio esco di casa e mi piazzo davanti alla porta grigia con la scritta 6A. Suonare o non suonare? Quale dilemma…

Pur essendo Mark la mia unica conoscenza in questo maledetto posto, è così scortese che ho paura di iniziare male la giornata bussando alla sua porta. Un conto è essere costretti a frequentarlo al lavoro, ben altra cosa è scegliere di averlo davanti agli occhi. Credo che avrei maggiore fortuna se provassi a suonare a caso a una qualsiasi porta di questo stabile. Senonché, girandomi a osservare il pianerottolo, mi rendo conto che oltre ai nostri due appartamenti non ve ne sono altri. Se non è sfortuna questa…

Sono ancora assorta nei miei ragionamenti e non ho deciso se suonare o meno, quando la voce di Mark mi fa sussultare dallo spavento. Mi volto con fare colpevole e lo trovo fermo sulle scale, dietro di me.

«Buongiorno Maddison, ti serve qualcosa?». Ha una voce severa, molto formale, che mi provoca un brivido. E non di piacere. La decisione di non bussare alla sua porta sarebbe stata evidentemente quella giusta. Buono a sapersi, per la prossima volta.

Beccata! Mark è in tenuta da jogging e ancora rosso in viso per la corsa. Mi innervosisce vederlo così perfetto e senza un capello fuori posto a quest'ora del mattino. Il suo essere "nato pronto" mi dà molto sui nervi, soprattutto perché mi ricorda che io non lo sono mai.

«Buongiorno», farfuglio imbarazzata. Mi sento come una ladra che è stata scoperta in flagrante.

«Avevi bisogno di qualcosa?», si informa. Tono di superiorità che già conosco molto bene, con l'aggiunta di un pizzico di malcelata sopportazione che gli si addice proprio: devono avergliela cucita addosso con abilità sartoriale.

«Veramente volevo chiederti dove posso trovare un posto per fare una buona colazione occidentale. Sono in totale astinenza da caffè», gli rispondo cercando di giustificare la mia presenza.

Lui si avvicina alla porta e io mi faccio da parte per permettergli di passare. «Credo da nessuna parte. Questo è un Paese pieno di coffee house, ma tutte aprono verso mezzogiorno», mi risponde mentre con un gesto della mano mi invita a scostarmi per poter aprire la porta. Cosa teme, che possa scoprire la sua combinazione?

Con fare teatrale Mark attende ancora, un attimo prima di darmi il colpo di grazia. «I coreani mangiano salato a colazione, riso e kimchi in genere. Pensavo ti fossi informata...».

Lo so che chiunque altro al mio posto avrebbe fatto il possibile per scoprire tutto quello che c'è da sapere sul Paese dove si sta per trasferire, ma la verità è che ho avuto paura. Una fifa blu di venire a conoscenza di informazioni che mi avrebbero ancora di più demotivato. Pare che non avessi del tutto torto.

«Ah…», mi sfugge dalle labbra. Ecco il KO finale. Game, set, match a Mark Kim, che però ama vincere facile. Ancora questo benedetto cavolo fermentato che mi perseguita!

Persino mister simpatia, quando finalmente si decide a sollevare il suo sguardo su di me, pare colpito dal mio abbattimento. Lo vedo meditare sul da farsi.

«Vieni, anch'io bevo caffè e so cosa vuol dire sentirne la mancanza», mi concede alla fine invitandomi a entrare nel suo appartamento, alias la caverna di Barbablù. «Farò lo sforzo di dividere la mia razione giornaliera di caffeina con te». Credo che questa volesse essere una battuta, ma non ci scommetterei del tutto.

Be', vista la fatica che ha fatto per invitarmi sarebbe davvero scortese rifiutare, così non me lo faccio ripetere due volte ed entro. Sono curiosa, lo ammetto.

La prima cosa che noto è che il suo appartamento è almeno il doppio del mio, con una cucina in parte a vista, imponente e molto accessoriata. Ha un tavolo di cristallo lucidissimo dove potrebbero sedere comodamente dieci persone, anche se immagino non lo abbia mai fatto per evitare che gli ospiti lascino le loro impronte sul piano. È così perfetto che dubito sia mai stato toccato da un essere umano. Completa il quadro un divano ad angolo di una tonalità beige, molto chiara, di ottimo gusto, che di certo deve essergli costato una piccola fortuna. Sempre che non l'abbia addebitato all'azienda… Uno di quei divani dove non ti verrebbe mai in mente di mangiare mentre guardi la televisione. Per la paura di sgualcirlo, piuttosto finiresti per sedere per terra.

Ho sempre pensato che l'arredamento dica molto di una persona e questo appartamento non fa che confermare i miei sospetti sul padrone di casa, nel caso avessi avuto bisogno di una prova ulteriore.

Mark tira fuori da un armadietto due tazze bianche, mi porge un barattolo gigantesco di Nescafé extra forte e mi indica il bollitore dell'acqua.

«I coreani bevono un caffè davvero molto discutibile. Io la chiamo acqua marrone. Ecco perché mi sembra più saggio quello istantaneo: non sarà il massimo, ma la concentrazione di caffeina è autentica. Senti, ho bisogno di farmi una doccia dopo la corsa. Riesci a preparare il caffè nel frattempo?», mi chiede. Cielo, ma con chi pensa di avere a che fare? È solo del caffè istantaneo!

«Certo. Vai pure. Ci penso io», rispondo tranquilla. Che sarà mai far bollire dell'acqua?

Lui medita quasi titubante, poi si allontana in silenzio. Bene, ora mi rimane solo da capire come far funzionare il bollitore, che non sembra dei più intuitivi a una prima occhiata. Troppi tasti per un aggeggio che in teoria dovrebbe avere un solo banale scopo.

La mia personale lotta contro certi infernali arnesi così detti "tecnologici" va avanti da tempo, e le mie ultime battaglie non hanno avuto esiti incoraggianti. Se non dovessi poi giustificarmi con Mark credo che partirei alla ricerca di un normale pentolino da mettere sul gas. Ma in questa cucina non c'è il gas, bensì dei fuochi che sembrano usciti da un film di James Bond. Era prevedibile: ancora più tasti, nuovi segni strani. Ora che ci penso, meglio il bollitore…

Dopo aver trafficato per cinque minuti buoni e schiacciato

tutti i tasti sia singolarmente sia in combinazioni azzardate, alla fine la spia si accende! Il rumore mi rassicura che la macchina stia iniziando a scaldare l'acqua, e per fortuna è davvero velocissima: sto giusto versando vittoriosa nelle due tazze il liquido fumante quando vedo rientrare in cucina Mark.

O è molto veloce a farsi la doccia, o, cosa assai più probabile, non si fida di me e ha fatto in fretta, temendo che potessi incendiargli la casa. Tipico comportamento maschile.

Indossa un paio di jeans sbiaditi che gli calzano alla perfezione e una maglietta azzurra con il colletto rialzato. Vanità o semplice caso? Vederlo camminare a piedi nudi rende la scenetta quasi casalinga.

Mark ha ancora in mano l'asciugamano con cui si è tamponato i capelli, che gli ricadono sbarazzini sulla fronte. Più si avvicina e più avverto un buon profumo di doccia schiuma maschile.

«Ti svelerò dove potrai trovare del caffè istantaneo degno di questo nome. Ma del latte fresco dovrai fare a meno: si trova con difficoltà perché da queste parti non è molto usato. Però c'è quello in polvere. Pessimo, secondo me», mi istruisce appoggiandosi al ripiano della cucina.

«Ho problemi a digerire il latte normale. In genere bevo quello a basso contenuto di lattosio. Dici che c'è speranza di trovarlo?».

Mark mi osserva, incredulo della mia domanda. «Mi sento di escluderlo categoricamente».

Da un ripiano estrae una piccola zuccheriera che mi ricorda quella cinese di mia madre. Sembra antica e non un oggetto che uno come lui sceglierebbe. Quasi stona con il resto. Apre poi un altro armadietto da cui fa comparire una confezione gigante di fette biscottate e marmellata di more. «Niente burro, naturalmente. Dove non c'è latte non c'è burro. Senza contare che ti farebbe malissimo alla linea», si giustifica.

Immagino di essermi pian piano abituata a lui e alle sue frecciatine perché non rimango troppo stupita di fronte alla sua affermazione. In fondo è solo l'ennesima di una lunga serie.

Il profumo del caffè è così buono che posso sopportare qualsiasi cosa, anche le sue affermazioni poco gentili sulla mia linea. Che, per inciso, è ottima. Il mio segreto sta nell'alternare fasi di grandi abbuffate a fasi di dieta perenne. Esattamente quello che ogni medico sano di mente sconsiglierebbe. Ma chi ha la costanza di mangiare sempre sano?

E così, in piedi nella sua cucina, mangiamo in silenzio le fette biscottate e ci gustiamo il caffè, ognuno perso nei propri pensieri, troppo in imbarazzo per una qualsiasi conversazione.

«Tu fai jogging?», mi chiede all'improvviso.

Se voleva essere un tentativo per trovare un terreno neutro ha sbagliato di grosso: lo sport mi piace solo in tivù. O meglio, mi piacciono le divise da principesse che indossano le pattinatrici.

«No, la corsa fine a se stessa non mi piace», lo informo.

«E cosa ti piace allora?», domanda fissandomi dubbioso.

«La mattina, dormire», confermo il suo sospetto. È chiaro che si aspettasse una risposta simile. Quel suo sorrisetto beffardo ne è la prova vivente. «Ma qualche volta potrei venire a correre. Se non fa troppo freddo… e… se non fa troppo caldo… se non piove, insomma se ci sono le condizioni ideali…», balbetto. Non so più cosa inventarmi, ma di fronte alla sua espressione non riesco a tenere la bocca chiusa.

Mark mi osserva scettico. «Va bene, vuol dire che busserò alla tua porta quando le condizioni climatiche saranno perfette. Potresti essere fortunata, settembre è il mese ideale per chi vuole praticare jogging». Suona come una minaccia.

Deve solo provare a tirarmi giù dal letto, sono nota per essere di pessimo umore quando vengo svegliata troppo presto.

«Perché no, in fondo non può farmi male», mi sforzo di rispondere sorridendo. Se lo può anche scordare che io vada a correre.

Desiderosissima di cambiare argomento, mi volto per sciacquare la mia tazza, ma con una presa salda lui blocca la mia mano prima che io riesca ad aprire l'acqua. «Lascia, c'è la lavastoviglie. Infilerò tutto dentro». Rimaniamo bloccati in quella posizione per un attimo di troppo: io stringo con forza la mia tazza, e lui a sua volta trattiene il mio polso. Deglutisco cercando di distogliere lo sguardo dalla sua mano.

«Una lavastoviglie per uno che vive da solo? Uno spreco di acqua ed energia», lo punzecchio nella speranza di spezzare la strana atmosfera che si è creata.

Il mio piano si rivela vincente perché Mark si allontana all'istante. «Veramente è dimostrato che si spreca *molta* più acqua quando si lavano i piatti nella vecchia maniera. Non c'è niente di peggio che far scorrere l'acqua nel lavandino».

A quanto pare deve avere sempre l'ultima parola, senza contare che si crede il detentore di ogni forma di verità, dall'economia fino all'ingegneria ambientale. Sono quasi tentata di rispondergli per le rime quando mi ricordo che:

a) in fondo mi ha offerto caffè e fette biscottate

b) da domani sarà il mio capo e non è il caso di peggiorare ulteriormente i rapporti, già abbastanza tesi.

Appoggio quindi la tazza contesa sul lavandino e lo osservo riporla all'interno della sua lavastoviglie super tecnologica. Cercare di accenderla mi porterebbe via almeno un mese.

«Grazie della colazione. Ti chiedo un ultimo favore: sai dirmi come arrivare al supermercato più vicino?».

Mark mi dà le indicazioni necessarie, ma alla fine mi chiede: «Vuoi che ti accompagni?». Si vede che non muore dalla voglia ma che si sente costretto a chiederlo.

«Ti ringrazio, ma non ce n'è bisogno», mi affretto a rispondere. Non ci penso neanche ad andare insieme a lui a fare la spesa, sono sicura che disapproverebbe qualsiasi mio acquisto!

È veloce ad afferrare il mio messaggio. Si ritrae nelle spalle e mi risponde solo: «Allora ok». Quando si dice l'insistenza...

«Grazie della colazione», gli ripeto mentre inizio la mia fuga.

«È il minimo che potessi fare, vista la situazione», si sente in dovere di precisare, come giustificandosi per avermi offerto il caffè. Di certo non vuole che mi abitui troppo alla sua "gentilezza".

Prima che questa scena diventi ancora più imbarazzante riesco a raggiungere il pianerottolo e rifugiarmi sana e salva dentro il mio piccolo appartamento.

La mattinata scorre veloce, indaffarata come sono a disfare le valigie: il problema principale è che ho troppi vestiti e pochi armadi. Temo che infilarci dentro tutto quello che ho trascinato dall'Inghilterra sarà davvero un'impresa. Dopo circa due ore di lavoraccio decido di gettare la spugna. È arrivato il momento di uscire: prima o poi mi toccherà affrontare la città. Chissà se la nostra eroina sarà in grado di portare a termine la missione di oggi, ovvero fare spesa?

Una volta fuori la giornata mi sorprende: l'aria è calda ma non afosa e un timido sole mi mette all'improvviso di buon umore. Ho ancora in mente le parole di Mark: Seul è un enorme conglomerato urbano che conta dieci milioni di persone solo nella sua zona urbana ed è suddiviso in venticinque maxidistretti chiamati *gu*. A loro volta i gu si dividono in più di cinquecento quartieri chiamati *dong*, suddivisi in numerosi *tong* e ancora più innumerevoli *ban*. Per il momento ho solo capito che i coreani amano fare tutto in mille pezzi e che sono privi di immaginazione: il nome Seul deriva infatti dal coreano arcaico e significa "capitale".

Per complicarmi la vita hanno pensato bene di trovarmi casa nel distretto dal nome più impronunciabile di tutti, ovvero Yeongdeungpo-gu. L'ho scritto su un foglietto che non devo perdere mai, se non voglio rischiare di non ritornare a casa. Il nostro dong si chiama Mullae, e siamo proprio al confine con il dong Yeouido. A sentire Mark questo è un quartiere meraviglioso: è considerato il cuore finanziario della città, in prossimità del fiume, e ha un grande parco cittadino a pochi passi. Cosa volere di più dalla vita? Be', per iniziare uno Starbucks.

Passeggio tranquilla lunga le vie semideserte, probabilmente perché è domenica. Tutti quelli che incrocio però si voltano a guardarmi: immagino che una ragazza bionda possa essere un'attrazione in questa città. È come essere una piccola celebrità.

Le ragazze coreane su cui poso gli occhi mi sembrano deliziose, minute e sottili, con i loro brillanti capelli neri o appena un po' schiariti. I ragazzi invece non li trovo molto attraenti: bassi e magrolini per il mio gusto. Guardando la gente passare mi rendo conto che anche Mark deve sentirsi un pesce fuor d'acqua in questa città.

Per fortuna riesco a raggiungere sana e salva il supermercato, fiduciosa che saprò replicare la strada al contrario. Piena di nuova energia afferro un grande cesto verde bosco e parto all'esplorazione del labirinto di scaffali di fronte a me. Dopo non poco girare riesco a impossessarmi del mio sospirato caffè solubile extra forte. Decido di comprare anche delle fette biscottate, del miele e della marmellata alle albicocche.

Con queste scorte dovrei riuscire a sopravvivere per un po', senza essere obbligata a elemosinare qualcosa da Mark.

Con il cuore in pace mi metto a curiosare tra le mille stranezze presenti nel supermercato: tofu in ogni forma (per inciso, io detesto il tofu, che non ha alcun sapore ma riesce comunque a puzzare), carni stranissime che stento a riconoscere e un intero scaffale di quello che immagino sia kimchi, cucinato in tutti i modi possibili e con qualsiasi ingrediente. Afferro un barattolo a caso e cerco di scoprire l'elenco degli ingredienti, ma naturalmente è tutto in coreano. Sono indecisa se provare una volta per tutte questo tanto sospirato cibo nazionale oppure dichiararmi sconfitta già in partenza. Di per sé non sono contraria ai cibi nuovi, ma questo barattolo rosso non è per nulla invitante. Ma insomma, è ora che anch'io corra qualche rischio, pur essendo sempre stata famosa per non averne mai corsi in vita mia! Si deve pur cambiare, no? Vuol dire che questa sarà l'occasione della svolta, il kimchi segnalerà un rito di passaggio, sarà una specie di congiunzione tra la mia vita passata e quella futura.

Mi sento davvero molto fiera di me stessa mentre poso il dubbioso barattolo nel cestino insieme agli altri acquisti. L'attesa alle casse è breve ma particolare: tanto per cambiare ho gli occhi di tutti puntati addosso. La signora in fila davanti a me, che potrebbe avere all'incirca l'età di mia nonna, mi osserva e mi sorride senza nascondere la sua curiosità. Non sapendo fare altro, contraccambio il sorriso.

Una volta arrivato il mio turno posso smettere di sorridere come un'ebete. Svuoto il cestino e osservo l'impiegata passare a uno a uno i miei preziosi acquisti. Alla fine una cifra alquanto alta compare illuminando il registro della cassa. Per un momento vengo presa dal panico, ma poi mi ricordo dell'assurdo rapporto di cambio di questo Paese. Di fronte alla mia lieve esitazione la cassiera decide di proferire parola, naturalmente in coreano. Non solo non capisco niente, ma non ho neanche la più pallida idea di quanto potrebbe essere l'importo della mia spesa. Senza indugiare oltre le porgo speranzosa la mia carta di credito.

La ragazza la rigira tra le mani, prova a inserirla nella macchinetta, poi me la restituisce con un pizzico di sconforto. «No chip», sentenzia triste, indicandomi di non avere un lettore adatto.

«Banda magnetica?», provo a suggerirle, indicando la striscia nera della mia carta di credito.

«Non funziona...», risponde lievemente risentita in un inglese elementare. «Smagnetizzata».

E adesso? È vero che in Inghilterra tutte le carte hanno ormai il chip e che le bande magnetiche sono defunte da qualche anno, ma com'è possibile che in un Paese che dovrebbe essere assolutamente all'avanguardia non abbiano un dannato lettore di microchip? Sì, io avrò anche smagnetizzato la banda, ma a chi non succede?

«Cash?», prova a suggerirmi la cassiera. Tiro fuori le banconote dal portafogli e le mostro le mie sterline. Il sorriso educato di poco prima le si spegne sulle labbra.

Ho come l'impressione che siamo in una situazione di stallo. La fila alle mie spalle inizia a rumoreggiare, ma in maniera educata. Mentre io vorrei volatilizzarmi per l'imbarazzo, due signore dietro di me paiono confrontarsi su come trovare una soluzione al mio gravoso problema.

E meno male che non mi sono fatta accompagnare da Mark! Se avesse assistito alla scena avrei subito come minimo due ore di ramanzina.

Come se si fosse sentito chiamare in causa, l'altissima e minacciosa figura del mio capo compare a tradimento sul luogo del delitto. Ma che diavolo ci fa qui?

Senza battere ciglio e come se fosse investito di un compito divino, si avvicina alla cassa facendosi largo tra la gente. Rimango a osservarlo mentre discute della mia situazione con la cassiera. Dopo aver strappato una risata alla ragazza, le porge la sua carta di credito con chip e banda magnetica nuova di zecca. Talmente lucida che quasi brilla. O l'ha ricevuta l'altro ieri oppure non fa mai acquisti.

«Stai cercando di svaligiare il supermercato, Maddison?», mi domanda ironico, decidendo di rivolgermi finalmente la parola mentre siamo in attesa della transazione. Pagata la mia spesa fa altrettanto con la sua, attento a chiedere umilmente scusa alla fila alle nostre spalle.

Ok, forse avrei dovuto accettare il suo aiuto questa mattina e scegliere di non avventurarmi da sola in una città sconosciuta, ma l'aria da professorino che tende ad assumere tutte le volte che mi guarda, alla fine ha prevalso sulla mia razionalità.

«No, stavo solo cercando di imparare a cavarmela da sola. Domani cambierò dei soldi e ti restituirò quello che ti devo. Grazie dell'aiuto», mi sforzo di dirgli.

Nel frattempo la cassiera gli riconsegna compiacente carta e scontrino, senza mai smettere di sorridere. Ha un'aria stregata.

Nella speranza di spezzare l'incantesimo e filarmela, afferro i miei sacchetti, decisa a non permettergli di aiutarmi anche con quelli. Per oggi ha fatto abbastanza. Lui, che a onor del vero non ha neanche accennato a volermi aiutare a portare le buste, prende la sua e mi segue fuori.

«Dimmi una cosa, mi stavi seguendo?», gli domando all'improvviso, ricordandomi quanto poco casuale sia stato il suo salvataggio.

«Cielo, Maddison, questo è un supermercato e io stavo solo facendo la spesa! Che tu hai anche interrotto visto che sono dovuto intervenire in tuo aiuto… Ho sentito una signora che parlava di una ragazza bionda alla cassa e ho subito pensato che fossi tu», risponde ridacchiando. Ma non ci casco: è ovvio che mi ha seguito.

«Ora hai capito perché non volevo che te ne andassi in giro da sola il primo giorno? Hai visto che avevo ragione?». Sembra nato per riprendere le persone, avrebbe dovuto farne una carriera.

«Non avevi ragione. Sono stata solo molto sfortunata. E me la sarei cavata anche senza il tuo intervento!», ribatto. Non so come, ma in qualche modo avrei fatto.

«Certo, saresti tornata a casa a mani vuote e domani mattina mi avresti nuovamente scroccato la colazione», risponde a tono.

«Piuttosto che fare colazione con te due volte di fila preferisco stare tutta la mattinata a stomaco vuoto», rispondo sollevando fiera il mento.

«Sarà, ma questa mattina non la pensavi così…». Ha un'aria quasi divertita, felice di potermi cogliere in fallo.

«Senti, questa mattina non riuscivo neanche a capire dove mi trovassi! Un po' di pietà per una che non è così abituata al jet lag. So che per voi cittadini del mondo potrà sembrare impossibile, ma ci sono persone che non sono abituate a viaggiare…», borbotto.

Di fronte al mio malumore Mark sfodera un sorrisetto impertinente. Non sono del tutto sicura di voler sapere cosa gli passi per la mente in questo momento, quindi tento di cambiare argomento.

«Comunque, non ti vergogni di approfittare così delle fanciulle che incontri?», gli chiedo.

«Cosa intendi?», chiede facendo finta di non capire.

«Intendo dire che arrivi, scavalchi la fila per soccorrermi, sbatti le ciglia e le donne ti cascano ai piedi. Lo hai fatto anche in aeroporto».

Lo vedo ridere. «Guarda che anche tu lo fai con gli uomini», mi fa notare.

«Assolutamente no». Io non ricorro a certi trucchetti, non so cosa stia cercando di insinuare.

«Vuoi dire che davvero non te ne rendi conto? Tu non solo sbatti le ciglia, ma fai anche svolazzare i capelli e accavalli le gambe».

Lo osservo perplessa. Sempre che non se lo stia inventando di sana pianta, non credo di essermene mai resa conto.

«Comunque, non ha importanza», taglia corto Mark, «è normale usare l'aspetto fisico per semplificare la trafila burocratica. Voi donne lo fate da secoli, vorresti dire che in nome dell'uguaglianza gli uomini non possono farlo?», mi chiede.

«Guarda che puoi fare quello che vuoi. Basta che tu lo ammetta», lo punzecchio.

Nel frattempo abbiamo raggiunto i nostri appartamenti. Sto per varcare l'ingresso di casa mia quando Mark mi blocca: «Domani mattina qui alle 7:30. Preferisco arrivare in ufficio presto».

Non che la cosa non mi sorprenda. Vorrei rispondergli che a me piace dormire, ma sospetto di aver esaurito per oggi la dose di opinioni che mi è permesso manifestare. La mia unica risposta è un affermativo cenno sconsolato con la testa.

Pur di evitare di essere in ritardo, questa mattina la mia sveglia ha tuonato alle sei. Mi sono fatta una doccia rigenerante, ho inaugurato il mio nuovo rito della colazione coreana e ho cercato di acconciarmi in qualche modo i capelli. Ma visto il risultato non eccelso ho poi preferito lasciarli sciolti. In quanto al vestito, ho scelto qualcosa di classico per il mio primo giorno di lavoro: completo nero con una bella giacca sciancrata e camicia bianco candido, eleganti scarpe nere con tacco e orecchini di perla. A prova di critica.

Mi guardo per la millesima volta nello specchio: ho un aspetto molto professionale, sono quasi soddisfatta.

In realtà sono terrorizzata, mi sudano le mani e mi fa anche male la pancia. Mi sembra di essere tornata indietro ai tempi del college. Da oggi infatti non solo mi toccherà lavorare agli ordini di Mark, che non me ne farà passare mezza, ma avrò anche la responsabilità di gestire tre persone. Un team tutto mio.

Questa è una delle novità che ho scoperto una volta salita sull'aereo. John ha saggiamente evitato di farmelo sapere quando ancora potevo scappare e decidere di perdere il volo. Mark invece me lo ha raccontato tra un malore e l'altro.

Qualcun altro farebbe i salti di gioia al mio posto, ma non io. Credo di non essere assolutamente all'altezza di un compito simile, non mi sento preparata per guidare un gruppo di persone. Siamo sinceri, faccio fatica persino a guidare me stessa, senza contare che in genere ho sempre fatto parte di team e mi sono guardata bene dall'emergere. Molto meglio una sana e prudente mediocrità che dare nell'occhio.

Era così sin dai tempi dell'asilo e non capisco cosa sia andato storto nell'ultimo periodo tanto da essere stata scelta per fare da capo a qualcuno. Finora è sempre stata una strategia vincente. Davvero, come può guidare e motivare gli altri una che ha problemi ad assumersi persino le proprie di responsabilità?

Mark non mi ha nascosto che gestendo un gruppo composto da due uomini e una donna avrei potuto avere dei problemi: la Corea, pur in evoluzione, è comunque sempre un Paese alquanto maschilista e un capo donna potrebbe essere un fastidio per qualcuno.

In un certo senso mi trovo qui proprio per cambiare il clima non esattamente paritario che regna nella sede sudcoreana. Pare infatti che alcune impiegate abbiano espresso le loro lamentele perché si sono sentite sminuite dai loro colleghi.

L'unica cosa su cui John potrebbe effettivamente avere ragione è che di fronte a simili sfide non mi scompongo affatto. Non mi fanno né caldo né freddo. Non sono una femminista sfegatata che ha bisogno di ribadire il suo ruolo ogni secondo, come ho visto fare ad alcune colleghe con cui ho lavorato, ma non sono neanche una timorosa che trema di fronte ai colleghi maschi.

Alle 7:27 precise busso alla porta di Mark, per fargli capire che so essere *estremamente* puntuale, se solo lo voglio. È che in genere non lo voglio... Lui mi apre all'istante, pronto per andare. Non voglio dire che mi infastidisca trovarlo così scattante, ma coglierlo impreparato almeno una volta mi avrebbe dato una certa soddisfazione. Indossa un completo grigio con camicia bianca e cravatta azzurra. Anche lui ha scelto il classico.

«Buongiorno». Mi saluta con una voce che non esprime alcuna emozione.

«Buongiorno. Hai fatto una buona colazione senza di me questa mattina?», domando cercando di scherzare per mascherare la mia tensione di fronte alla sfida odierna.

«Ottima, grazie».

Non mi aspettavo una risposta tanto convinta. Cosa vuole dire, che senza di me si sta meglio?

Decido di far finta di niente, oggi devo rimanere serena e concentrata. Non sono ammesse distrazioni!

Ci incamminiamo verso la stazione della metropolitana, di fatto attaccata ai nostri appartamenti. Questa mattina la città è molto più popolata di ieri, troppo direi: la gente corre in ogni direzione esattamente come a Londra.

Mark recupera una mappa della metropolitana e mi spiega come funziona, come comprare l'abbonamento settimanale e dove cambiare le mie sterline.

«L'ufficio dista solo due fermate e si potrebbe anche andare a piedi, ma vorrei che imparassi bene a muoverti da sola in metropolitana. Di fatto sono nove linee numerate, identificate da un numero e da un colore specifico. La nostra fermata si chiama Sin-gil e ti permette di prendere sia la linea numero 1, la linea blu, che la numero 5, la linea viola», mi spiega indicandomi un punto della gigantesca mappa.

«Perché due colori così simili?», chiedo preoccupata. «Farò sicuramente un gran pasticcio...».

Mark mi fissa incredulo. «No che non lo farai. Ti basterà leggere i numeri: linea 1 e linea 5. E non fingerti impreparata, Londra ha una rete molto più folle».

Be', se qualcuno mi avesse chiesto che cosa mi aspettassi dall'Asia, avrei di sicuro risposto l'ordine. Ma pare che la calma non vada di moda nelle stazioni delle metropolitana: la gente non solo spinge, ma lo fa anche con decisione.

«Ma perché spingono tutti?», alzo la voce per farmi sentire da Mark, prima di essere trascinata dall'onda umana dentro la carrozza.

«Forza, non ti lamentare. Spingono tutti anche da voi», risponde serafico.

Sarà, ma questo mi sembra il mio record personale di spinte ricevute.

Una volta entrata, la pulizia delle carrozze della metropolitana mi lascia di stucco. Finalmente! Ecco almeno un punto a favore del mio trasferimento! Mi viene quasi da sorridere.

Anche in metropolitana catturiamo un sacco di occhiate curiose. Forse perché sembriamo due giganti?

«Dimmi una cosa», gli chiedo, «come mai sei così alto? L'altezza media degli uomini coreani mi sembra molto inferiore».

«In famiglia siamo tutti così», mi risponde.

«Quindi dovrai trovarti una moglie altrettanto alta in modo da preservare questa caratteristica».

«Mi basterebbe trovare una ragazza che mi piaccia», risponde pensieroso. «Sono pronto a sorvolare su tutto: altezza, razza, colore di capelli...».

«Sei di gusti difficili, eh?», lo prendo in giro. «Devi solo elencarmi le caratteristiche che cerchi in una donna e ti segnalerò tutte le fanciulle adatte».

Mi guarda con sospetto e diffidenza.

«Guarda che sono bravissima a creare coppie», gli faccio presente.

«E allora come mai non hai "accoppiato" te stessa?», chiede.

Sempre a puntualizzare. «Ma cosa c'entra? Non si riesce a essere obiettivi quando si tratta di se stessi!».

Per un momento pare sorpreso dalla mia risposta sensata.

«Sono stupito nel dover ammettere che probabilmente hai ragione».

La seconda fermata è già la nostra, così scendiamo dal treno e ci troviamo poco dopo a camminare per le strade soleggiate.

«Questa è l'isola di Yeouido», mi racconta mentre ci dirigiamo verso l'ufficio.

«Un'isola?», esclamo stupita. Temo di essermi persa qualcosa.

«Chiudi quella bocca prima che ci entri qualche insetto. Sì, Maddison, è un'isola, ed è il cuore finanziario della città. Pensa che il nome significa, letteralmente, "puoi farci quello che vuoi". Una volta questa terra era considerata inutile e veniva usata per allevare pecore e oche».

«Ora invece allevate grattacieli, da quello che posso vedere», osservo scrutando la zona.

«Forse era meglio continuare ad allevare pecore...», ammette.

«L'hai detto tu», confermo alzando le mani.

Ci fermiamo di fronte a un edificio modernissimo e altissimo. Seguo Mark che sale le scale ed entra nell'atrio. Alla reception sono sedute quattro signorine coreane perfettamente curate, con un elegante completo blu scuro e capelli raccolti. Appena ci vedono entrare si prostrano in mezzi inchini e saluti, o meglio, appena vedono entrare Mark, che non si accorge nemmeno delle occhiate che gli lanciano. In particolar modo la ragazza più vicina all'ascensore cerca inutilmente di attirare l'attenzione su di sé. Non posso dire quanto sia alta visto che sono tutte sedute, ma ha un viso molto carino. Al posto di Mark ci farei un pensierino.

In effetti, trovo che la maggior parte delle ragazze coreane abbia un aspetto piuttosto piacevole. Sono quasi tutte magrissime, con lunghi capelli brillanti, piccoli nasi e zigomi perfetti.

L'ascensore che prendiamo "parla", peccato che conosca solo il coreano.

«È per i non vedenti. Ripete solo il numero del piano. Non ti agitare», si raccomanda Mark di fronte alla mia espressione smarrita.

In Corea devono essere tutti mattinieri, perché pur non essendo ancora le otto del mattino l'ascensore è gremito di gente. Per fortuna qui niente spinte. Le occhiate curiose indirizzate alla mia persona si confermano invece una costante.

La sede della divisione di M&A è al ventesimo piano, e una volta usciti dall'ascensore ci troviamo di fronte a una serie di tornelli d'accesso. Come se non bastasse, qui tutte le porte sono controllate dai badge, non c'è modo di intrufolarsi: i coreani sembrano molto più maniaci della sicurezza dei londinesi, il che è tutto dire. Lo spazio è di fatto un grande open space, a eccezione di qualche ufficio singolo riservato ai responsabili di divisione. Tra cui Mark.

Il mio nuovo capo mi accompagna fino alla mia postazione. Mi rendo conto che potrà tenerla sotto controllo molto bene dalle vetrate della sua caverna. Niente distrazioni per me: gli basterà alzare lo sguardo per leggere quello che compare sul mio monitor. Non dubito del fatto che lo farà, e spesso.

Devo assolutamente trovare un modo per garantirmi un po' di privacy. In fondo alla stanza di Mark ho adocchiato una pianta, credo che potrebbe servire allo scopo. Ma oggi è meglio non fare niente, molto più saggio attendere che il capo si rilassi prima di colpire. Anni e anni di esperienza mi hanno resa molto abile nel fingere di lavorare.

«La tua scrivania, il tuo computer, il tuo badge», mi indica Mark, «e a breve arriverà anche la tua squadra». Si ferma a osservarmi curioso. Deve aver capito che sto meditando qualcosa, ma non sa bene cosa. Meglio che continui a ignorarlo.

Alzando gli occhi vedo uscire dall'ascensore una ragazza di età indefinita, minuta e magrissima come tutte le altre che ho incontrato in questi due giorni. Non appena ci nota si avvicina timorosa.

«Ciao, io sono Park Seung Hee», si presenta inchinandosi. Mi tende poi la piccola mano ossuta che io stringo con decisione. Queste donne aggiungono un nuovo significato alla parola "esile".

«Maddison Johnsonn, ma puoi chiamarmi Maddy», mi presento a mia volta. «Devi perdonarmi, ma qual è il nome e quale il cognome?», le chiedo.

«Park è il cognome e Seung Hee il nome. In Corea il nome è sempre doppio e ogni volta che ci presentiamo diciamo prima il cognome», mi spiega paziente. Con me dovrà esserlo molto.

«Allora come mai Mark è semplicemente Mark?», domando curiosa.

Seung Hee mi sorride. «Veramente il signor Kim è americano e quindi non ha un nome coreano».

Ahhh, lui in ufficio è il signor Kim. Si vede che ci tiene alla gerarchia!

In poco tempo arrivano anche gli altri membri del mio team. È emozionante pensare che questi ragazzi siano "miei".

Lee Dong Woo è un magrissimo ragazzo con gli occhiali, sguardo serio e determinato. Ha l'aspetto di un vero e proprio secchione, da tenere presente per lavori di matematica fine.

Yoo Chul Ju sembra invece una persona molto aperta, di aspetto piacevole e dal gran sorriso.

Pur essendo uno l'opposto dell'altro, intuisco all'istante che tra di loro c'è grande stima.

Corre a presentarsi anche un ragazzo australiano di nome Thomas Grant, che non c'entra nulla con il team. Ha un accento australiano fortissimo e, a giudicare dalla prima impressione, sembra molto cordiale. Finalmente qualcuno che pare davvero felice di avermi qui.

In poco tempo l'ufficio si è popolato. Stringo tante altre mani, quasi tutte coreane, di cui non riuscirò mai a ricordare il nome. O il cognome. O tutto, visto che non distinguo l'uno dall'altro.

Il capo dell'ufficio di consulenza è invece un simpatico americano di nome Andrew Torton: splendidi capelli biondi e lucenti occhi azzurri, se capite cosa intendo. Un fisico che fa pensare a un ex giocatore di football, con muscoli in evidenza, solo in parte nascosti dall'abbigliamento formale. Andrew mi dà l'impressione di essere un tipo solare: si presenta senza fronzoli e si offre di farmi da guida nel caso avessi bisogno di una mano a Seul.

Ringrazio tutti e mi rifugio alla mia scrivania, sfinita da tante presentazioni. Avrei bisogno di un caffè, ma credo che qui non abbiano la macchinetta automatica. Al massimo potrei aspettarmi dell'orrido tè verde.

«Tutto bene?», mi chiede poco dopo Mark, da dietro la porta del suo ufficio.

Io sussulto sulla mia sedia. «Sì, tutto bene», gli rispondo non troppo convinta. Le mie parole paiono rassicurarlo, perché ritorna subito alla sua postazione e si rimette a leggere, concentrato, le ultime comunicazioni.

Costi quel che costi devo trovare un modo per togliergli la visuale sulla mia postazione. Mi farà venire un attacco di cuore a forza di materializzarsi in questo modo. Senza contare che la sua presenza mi impedirà di consultare il mio oroscopo settimanale, cosa assolutamente fondamentale! Ormai è un rito sacro, non posso iniziare la settimana lavorativa senza sapere cosa mi attende. E ho come il sospetto che Mark non sia un amante degli astri...

«Mark, posso chiederti una cosa?», lo interrompo qualche minuto dopo facendo capolino alla sua porta. Devo avere un tono di voce eccessivamente gentile, perché mi osserva con sospetto. In silenzio, attende di sapere cosa voglio. «Posso prendere la pianta che è qui nel tuo ufficio? Quella alta con le foglie grandi?», domando indicando il grosso vaso alla sua destra.

«Vuoi il mio ficus?», chiede sbalordito. «E per farci che cosa?».

Lo sapevo, dovevo aspettare almeno un giorno prima di cercare di rubargli la pianta.

«Metterlo accanto alla mia scrivania. Sai, ho bisogno del contatto con qualcosa di... verde... hmm, volevo dire naturale», balbetto. Perché mento così male? Una volta ero molto più brava. Sono fuori forma, devo fare più esercizio.

«Non avevi nessuna pianta accanto a te a Londra», mi fa notare l'unico uomo dotato di memoria fotografica che io conosca. Dannazione, come fa a ricordarselo?

Gli sorrido con aria innocente e un po' triste. Ho provato questa espressione mille volte di fronte allo specchio, non posso fallire. Infatti pare funzionare anche adesso.

«Se proprio insisti...», mi dice dubbioso ma rassegnato. Decido di interpretarlo come un sì definitivo, quindi mi lancio nella sua stanza con un balzo felino e trascino il grosso ficus incriminato davanti alla vetrata in modo da impedirgli la visuale. Seung Hee mi osserva allibita. Scommetto che non ha mai visto nessuno con una faccia tosta come la mia prima d'ora. Ma in fondo questa è la mia missione: portare una ventata di aria fresca in questo posto un tantino troppo serio.

«Bada che a quel ficus non deve succedere niente! È un regalo di mia nonna!», tuona Mark, sempre seduto nel suo ufficio. Mi guarda trascinare la grossa pianta senza muovere un dito per aiutarmi.

Sì, come se io potessi credere alla storia del regalo della nonna... Patetica come scusa.

Ma se invece fosse vero? Per un attimo sono stata tentata

di confessargli che in realtà tutte le piante che vengono a contatto con me hanno vita non breve, brevissima. Il pollice verde non è di certo tra le mie qualità. Vista però la sua espressione astiosa reputo sia meglio non svelargli niente.

Tanto lo verrà a sapere prima a poi. Quando il ficus tirerà le cuoia.

4
Quando il lavoro è tutto ciò che mi resta

Finalmente la mia prima settimana lavorativa in terra straniera sta per concludersi. Oggi è venerdì!

Coordinare tre persone è tutt'altro che facile, ma per il momento sono sopravvissuta. Devo ammettere che i miei ragazzi sono abbastanza ubbidienti. Seung Hee continua a comportarsi con eccessiva timidezza e servilismo nei confronti dei suoi colleghi maschi, ma è sulla buona strada per imparare ad avere relazioni più alla pari. Dal canto mio cercherò di insegnarle quel poco che so. Forse non ho idea di come svolgere questo lavoro, ma quando si tratta di far polemica non sono seconda a nessuno.

Mark si è rivelato il capo tiranno che sospettavo fosse. Al di fuori dell'ufficio, non credo abbia una vita. I suoi orari sono allucinanti e costringe anche gli altri a fermarsi fino a tardi. Ho deciso di non dire niente durante questa prima settimana, ma dalla prossima io ho chiuso con le seratacce in ufficio. Non che abbia chissà quali interessanti cose da fare, una volta uscita da questa prigione, ma voglio pur sempre vivere. Tra i miei buoni propositi futuri ci sarà quello di levare le tende massimo entro le sette di sera. Non ho alcuna intenzione di mettere radici nella terra del mio ficus che, per il momento, non dà alcun segno di cedimento. Anzi, oserei quasi azzardare che è persino più rigoglioso da quando è con me. Ogni tanto, assicurandomi di non essere vista da nessuno, gli parlo. Jane mi ha spedito un'email in cui mi spiega che parlare alle piante è molto importante. Se il ficus dovesse morire, Mark mi farebbe a pezzi.

Per ora l'unica cosa positiva di questa trasferta è che mia madre mi chiama una sola volta a settimana.

Al momento siamo tutti impegnati in una noiosa fusione di due acciaierie: abbiamo avuto mandato dalla solita mega multinazionale, interessata ad acquisire una piccola società di nicchia coreana, di analizzarne i bilanci, prevedere i business plan futuri e stabilire il prezzo equo per la transazione. I ragazzi stanno riclassificando gli ultimi cinque anni di bilanci mentre io sto cercando di mettere giù un'idea di business plan.

Per la cronaca, trovo che il nostro sia un lavoro noiosissimo. Siccome mi rendo conto di essere l'unica qui dentro a pensarlo, taccio saggiamente. In cuor mio speravo di trovare un alleato in questo posto, ma proprio come a Londra, tutti sono felicissimi di quello che fanno.

Come temevo il vero problema della mia prima settimana a Seul è stato il cibo: per il mio palato, quello coreano è troppo speziato, in altre parole pessimo. Ho voluto aspettare qualche giorno prima di emettere una sentenza definitiva ma se vado avanti così, in pochi mesi sarò magra come le modelle della pubblicità dei jeans di CK, cosa che non ero nemmeno a diciotto anni.

Io e il kimchi non andiamo affatto d'accordo: passi ancora per il cavolo cinese, che pure non rientra tra le mie verdure preferite essendo un incrocio tra la verza e la rapa, ma la concentrazione di spezie e peperoncino con cui, se potessero, condirebbero anche il caffè, mi sta provocando una specie di ulcera. Il riso scotto e senza sale che qui va per la maggiore è insopportabile, le zuppe brodose e oleose su cui galleggiano pezzi non meglio identificati di quelli che loro asseriscono essere cipollotti, le trovo un crimine contro l'umanità. Ho scoperto che i coreani amano anche mangiucchiare pezzettini di carne di maiale con una sospetta verdura scotta. E qui ci incamminiamo in territori davvero pericolosi...

Vogliamo poi parlare delle strane bacchettine di alluminio che usano per mangiare le loro prelibatezze? Per quanto mi riguarda l'unica funzione che potrebbero avere è quella di infilzare qualcuno in caso di necessità. Trovo sia pericolosissimo mangiarci, sono una vera arma ninja.

La buona notizia è che Andrew non fa che girarmi intorno, e lo fa in maniera tutt'altro che velata. Credo stia meditando di invitarmi fuori a cena. Non posso negare che sia un bel ragazzo, in fondo è affascinante a modo suo. Sì, troppo pieno di sé e con un cervello che sospetto essere piccolo, ma non si può avere tutto. Dovrei decidermi a dargli una possibilità, ma per qualche strano motivo faccio davvero fatica a immaginare di uscire con lui. E pensare che a me sono piaciuti sempre e solo biondi...

Da quando sono arrivata dormo male, non mi sono ancora del tutto abituata al nuovo fuso e il mio materasso serve più alla tortura che al riposo. Ecco perché quando scoccano le otto di sera del venerdì, non solo ho fame, ma ho pure sonno e sono ridotta uno straccio. Ne ho piene le scatole dei bilanci che devo finire di esaminare per la mia relazione. Aspetteranno lunedì. O anche il lunedì successivo, se dipenderà da me.

Innervosita dalla situazione e dalla piega presa dalla mia vita mi alzo decisa dalla sedia. Lo scatto rumoroso attira l'attenzione di tutti quelli che mi stanno attorno. I loro occhi si posano curiosi sulla mia faccia collerica.

La presenza di numerosi testimoni non mi ferma dal fiondarmi nell'ufficio di Mark, che come da copione è al telefono con qualcuno dei soliti pezzi grossi. Fingendomi paziente, mi accomodo sull'ingombrante poltrona davanti alla sua scrivania e attendo in silenzio che termini la sua conversazione.

Visto che mi trovo in questa stanza tanto vale cercare di carpire qualche informazione: intuisco che si sta mettendo d'accordo per un viaggio d'affari che farà la prossima settimana. Wow, si toglie dalle scatole. Ecco finalmente una buona notizia. Trovo che dopo cinque lunghissimi giorni di reciproca compagnia una pausa non possa che farci bene.

Sono talmente presa dai miei ragionamenti che non mi accorgo neanche della fine della sua telefonata.

«Avevi qualcosa da dirmi?», chiede Mark ad alta voce, destandomi.

Il mio sguardo torna a concentrarsi su di lui e su quegli occhi dal taglio così particolare. «Ah, sì... volevo informarti che intendo andarmene a casa. Sono stanca. Sono stufa. Non ce la faccio più».

«Be', lo vedo anch'io che sei ridotta uno straccio». Sta fissando le mie occhiaie. È evidente che devono ancora inventare un correttore capace di nascondere un tale monumento al sonno mancato. Altro che alta coprenza.

«E dalla prossima settimana cambio orario. Sei libero di morire qui dentro, ma per quel che mi riguarda sono troppo giovane per fare altrettanto», gli comunico un tantino alterata.

«Cielo, Maddison, ti ho forse chiesto io di rimanere a lavorare tutte le sere?», mi domanda alzandosi dalla sedia.

Lo guardo cupa. Non penserà mica di cavarsela in questo modo?

«No, ma qui nessuno osa muoversi se il capo non se ne va. Capisci cosa intendo?», e indico i ragazzi nell'altra stanza. Mi hanno informato che questo è un Paese in cui si viene a lavorare anche malati, proprio per dimostrare di essere malati, quindi le probabilità che i dipendenti di propria iniziativa decidano di smettere di lavorare sono pari allo zero.

«Ed è proprio per questo motivo che tu sei qui. Se il loro capo, una tale Maddison Johnsonn, decide di averne abbastanza, anche loro si sentiranno liberi di uscire. Non chiedo a nessuno di fare gli orari che faccio io», puntualizza indispettito.

Sbaglio o mi sta implicitamente comunicando che devo andarmene a casa prima e che di fatto mi hanno preso perché sanno che sono una scansafatiche?

«Ho come la sensazione che dovrei ritenermi offesa», sussurro.

«Non ce n'è davvero motivo. Anche se voi donne siete specialiste nel farlo», precisa. Il suo è un commento a tutti gli effetti superfluo, che sa tanto di personale. E questo non mi sembra affatto da Mark.

«Siamo acidi oggi, eh? Non c'è ragione per generalizzare così. Anche se voi uomini siete specialisti nel farlo», gli rigiro soddisfatta la frittata.

Prima di rispondere si ferma a osservarmi. Ha un aspetto quasi sofferente. Cosa diavolo gli prende questa sera?

«E poi, voglio dire, anche tu avrai una tua vita privata e vorrai andartene da qui...», gli faccio presente.

«Secondo te uno che lavora dodici-quattordici ore al giorno può avere una vita privata?», chiede con un'allarmante flessione della voce. Il robot è capace di emozioni?

Non sono del tutto sicura che la domanda sia rivolta proprio a me. Il suo sembra più un dubbio amletico gridato al mondo. Ma visto che non ci sono altre persone in questa stanza, mi sento in dovere di rassicurarlo.

«Sì, credo sia possibile. Ci sono i weekend, ci sono le notti», gli rispondo facendogli l'occhiolino nella speranza che colga la mia allusione.

Il risultato della mia frase non è quello sperato. Mark scoppia a ridere, e va pure avanti un bel po'.

«Maddison, se anche le ragazze inglesi iniziano a fare battute sul sesso vuol dire che è il momento di staccare», mi dice infine dopo essere tornato serio.

Io lo guardo senza capire.

«*No Sex Please: We're British*, ricordi?», mi fa presente. Si affaccia poi alla porta dell'ufficio e richiama gli altri ragazzi. «Siamo ufficialmente tutti scoppiati. Forza, andiamo a cena fuori!». Sono senza parole.

Gli altri tre scattano come foche ammaestrate, entusiasti della proposta. Vili traditori.

«Io vi abbandono...», provo a dire cercando di defilarmi. La prospettiva di altro kimchi non mi alletta affatto!

Ma non mi è permesso. «Le cene del team sono sacre. Distendono i rapporti dopo giorni faticosi e aiutano a farti conoscere meglio dagli altri», sentenzia l'uomo-enciclopedia.

«Mark, non capisci: se mangio ancora una volta cibo coreano questi ragazzi non avranno più un capo, ma un ammasso di ossa alla mia scrivania».

Ridacchia sotto i baffi che non ha. «Ma chi ha detto che si va a mangiare coreano?»

«E dove andiamo?», chiedo dubbiosa. Di lui non mi fido affatto.

«Italiano», dice con voce suadente e prende la giacca appoggiata allo schienale della sua sedia. «Ti potrebbe interessare?».

Alla sola idea il mio stomaco inizia a brontolare. Vedo materializzarsi davanti a me enormi piatti di spaghetti al pomodoro.

Dong Woo ci viene incontro. «Capo, ha detto che si va al

ristorante italiano? Ma noi non ci andiamo mai», si lamenta il solito guastafeste secchione. È tale e quale a un mio compagno di classe del college che non mi faceva mai copiare e diceva sempre la cosa sbagliata al momento sbagliato.

«Da adesso in poi ci andremo spesso», gli risponde Mark troncando ogni ulteriore discussione. Per un attimo, il tempo di un battito di ciglia, mi è stato quasi simpatico.

Poche cose avrebbero potuto migliorare il mio umore questa sera. Scoprire l'esistenza di un quartiere francese, o per meglio dire, internazionale era senza dubbio una di quelle. Situato sulla riva sud del fiume Han, all'interno del dong Banpo, esiste infatti un piccolo paradiso di nome Seorae Village, conosciuto anche come Montmartre a causa dell'aspetto collinoso della zona. Mentre siamo in metropolitana, questa volta quella color senape (da non confondere con quella marrone!) Mark mi spiega in breve l'origine della zona che stiamo per visitare. Pare che il quartiere venga chiamato francese perché negli anni Ottanta vi si trasferì la scuola francese. Quelli che la frequentavano fecero altrettanto, insieme ai bar e ai ristoranti. Oggi è un quartiere residenziale molto in vista, in genere scelto dagli europei che si trasferiscono nella capitale coreana.

Una volta fuori dalla metro, ho modo di toccare con mano quanto poco coreano sia questo posto: sembra che tutti i locali stranieri siano concentrati in questi pochi isolati, e si tratta per lo più di ristoranti francesi o italiani. Mentre camminiamo ci imbattiamo persino in un negozietto di croissant dall'aspetto delizioso. Cerco di memorizzare con attenzione la strada perché ho intenzione di tornarci quanto prima.

«Stupita?», mi domanda Mark tutto soddisfatto, sapendo di aver tirato fuori un asso dalla manica.

«Un po'...», ammetto mio malgrado. «Perché ho dovuto attendere una settimana intera per venire a conoscenza di questo paradiso terrestre?»

«E secondo te dovevo giocarmi subito tutte le carte migliori? Dov'è il tuo senso della strategia, Johnsonn?», mi punzecchia sfoderando un sorrisetto fastidioso.

«Se John ti ha mai illuso che ne avessi uno, non è affar mio. Sono stata un fallimento strategico sin dai tempi del Monopoli», gli faccio presente.

«Chissà come mai, ma me lo aspettavo», mi rassicura.

«Senti signor-pianifico-tutto-da-quando-ho-compiuto-due anni, dov'è la cena che mi era stata promessa?»

«Esattamente qui», mi indica con la mano il ristorante di fronte a noi. Sopra l'ingresso del locale troneggia l'insegna Basilico Verde, in italiano. Mi pare un piccolo miracolo, dopo il mare di geroglifici da cui sono stata travolta negli ultimi giorni.

La scelta del nome mi viene svelata non appena entro: il locale è pieno di piante di basilico che emanano un profumo delizioso, poste al centro del tavolo al posto dei classici fiori. La sala è apparecchiata con tovaglie a quadretti bianchi e rossi e con posate vere ai lati dei piatti. La vista di una forchetta potrebbe farmi versare lacrime di commozione.

Il locale sarà anche italiano, ma i camerieri sono tutti coreani e pronunciano malissimo il nome dei piatti che in teoria dovrebbero conoscere alla perfezione. Almeno il proprietario, però, è italiano e si aggira imponente tra i tavoli con la sua pancia e la sua barba da Babbo Natale.

La prospettiva di mangiare degli spaghetti deve avermi rianimato perché mi sento come rinata: non faccio altro che sorridere e credo persino di avere uno sguardo quasi felice, la prima volta dopo molti giorni. Pancia mia, finalmente si mangia!

Aprendo il menu la prima cosa che noto è che è in coreano e in inglese: anche i ristoranti italiani devono adattarsi qui in Corea.

Gli altri studiano con attenzione cosa ordinare, mentre Mark mi osserva con evidente curiosità.

«Cosa c'è?», gli chiedo. Questa sera neanche lui riuscirà a rovinare il mio umore.

«Sei strana», mi dice semplicemente, come se quelle parole spiegassero tutto.

«Non dire sciocchezze. Sono solo una donna affamata da una settimana, e se permetti questo incide non poco sul mio umore».

«Sei comunque strana», mi ripete con espressione misteriosa.

Alzo le spalle in segno di resa. Che pensi pure quello che vuole, tanto lo farà comunque.

Riesco a convincere tutti a provare un mix di pasta, che mi lasciano scegliere in quanto esperta di cucina italiana: spaghetti al pomodoro e basilico, penne al gorgonzola e tagliatelle al ragù. Estasi. L'unica stranezza è che qui il ragù è d'anatra, a quanto pare una carne molto comune da queste parti.

L'attesa dei nostri piatti scorre via veloce mentre i ragazzi fanno a gara per raccontarmi le piccole manie dei coreani: pare che in questa città così grande sia quasi impossibile tenere animali domestici e che le persone compensino questa mancanza frequentando dei caffè dove si può passare il tempo accarezzando gatti o cani. Dire che i coreani siano bizzarri sarebbe poco.

L'arrivo del cibo viene festeggiato con un mio applauso spontaneo: è davvero più forte di me. Sono così rapita da quello che stiamo per mangiare che mi sfugge una frase.

«Non credete che il cibo sia meglio del sesso?». La tavolata smette di mangiare nell'istante in cui pronuncio quelle parole. Tutti si sono fermati a guardarmi.

Mark si sporge nella mia direzione e mi sussurra: «In Corea non si usa parlare apertamente di sesso, come in Europa o in America. Qui sono tutti molto pudichi», mi istruisce con un'occhiata che sa tanto di rimprovero.

«Stai scherzando! Non solo mangiate male ma siete anche bigotti!», esclamo forse troppo ad alta voce. Il risultato è che questa volta ricevo occhiate anche dai tavoli vicini. Forse è meglio cambiare argomento...

«Maddison, devo farti i complimenti. Hai scelto davvero bene». Seung Hee si inserisce veloce nella discussione. O è davvero entusiasta del cibo oppure ha capito che era il caso di intervenire in mio soccorso. «Da sola non avrei mai osato assaggiare un cibo così esotico», aggiunge.

La osservo stupita: *esotico* l'italiano? Ma il meglio devo ancora arrivare. «Andiamo al karaoke dopo?», chiede la fanciulla con aria innocente.

La mascella quasi mi cade nel piatto per lo shock.

«Chiudi la bocca Maddison», mi suggerisce Mark ridendo. «Troppo stupore potrebbe nuocerti».

«Vorresti dire che potrebbe uccidermi...», lo correggo. «Ho sentito bene? Il karaoke???».

Gli altri annuiscono felici. Dico io, gioiosi di andare al karaoke? A Londra nessuno oserebbe mai proporre una cosa simile.

Finita la cena e usciti dal ristorante, il mio unico desiderio è di andare a casa a godermi il tanto meritato riposo e la meravigliosa sensazione di aver mangiato qualcosa di incredibile. Sono certa che questa notte sognerò cose bellissime. Potere dei carboidrati...

«Io vi saluto qui ragazzi. Sono davvero troppo stanca per venire al karaoke con voi».

Ma Seung Hee non è disposta a darsi per vinta. Non capisco come mai si sia decisa a mostrare tutta questa intraprendenza nel momento meno opportuno. In ufficio non osa mai contraddirmi, quindi perché non continuare su questa strada?

«Oh, no, proprio adesso che iniziava la parte più bella della serata! Ti prego, devi rimanere! Signor Kim, glielo dica lei...», si rivolge implorante a Mark, che è rimasto in disparte. Sembra stupito di essere tirato in ballo ed è probabile che preferisse di gran lunga liberarsi di me.

«Forza Maddison, niente storie. Rimani. Senza contare che non è il caso di farti girare da sola la sera. Meglio tornare indietro insieme. Non faremo tardi», mi dice infine. Il tono non comunica certo un eccesso di entusiasmo, ma pare che conti di più quello che dice di come lo dice.

Mi rendo conto di essere in trappola, e quindi, anche se controvoglia, con un cenno del capo acconsento a seguirlo.

I coreani devono essere davvero pazzi per amare il karaoke e, a giudicare dalla folla presente nel locale, la percentuale di persone con gravi disordini psichici non è di certo bassa. Questo posto bizzarro pullula di impiegati usciti dagli uffici, che si trascinano già mezzi ubriachi con la cravatta allentata. Entrando ci si scontra con un grosso bancone illuminato da luci soffuse, mentre alle sue spalle partono una serie di corridoi che conducono a stanze private, dove ogni gruppo si potrà dilettare in piena libertà in questo *entusiasmante* passatempo.

La stanza dove ci fanno accomodare è di dimensioni piuttosto ridotte. Io mi lascio cadere sul divano plastificato cercando di eclissarmi. I ragazzi invece non se lo fanno ripetere due volte e si lanciano sul piccolo palchetto, pronti a intonare a turno canzoni coreane di cui non capisco una singola parola. La cosa che mi colpisce di più è che sembrano davvero divertirsi. Non comprendo cosa possa esserci di bello nell'umiliarsi davanti a tutti. Almeno avrò una scusa per non dover cantare: non parlo nemmeno una parola di coreano.

Mark si è seduto sul divanetto nero davanti al palchetto, sembra rilassato e a suo agio.

«Non canti?», mi chiede ironico mentre osserva gli altri tre.

«Certo che no. Se sono qui è solo per colpa tua», gli rispondo.

«Non dirmi che non ti piace cantare?», domanda spostando il suo sguardo su di me.

«Io non *so* cantare, che è diverso. Sono stonata come una campana».

Mi lancia un'espressione scettica. «Tutti sanno cantare...».

Inutile che cerchi di fare il saggio, in piena coscienza so molto bene di far schifo come cantante e non ho intenzione di lasciarmi deridere questa sera. Terminata la canzone Seung Hee si avvicina però minacciosa. «Maddison, ora tocca a te!».

Questa ragazza non ha proprio capito niente. Si siede docile sul divanetto tra me e Mark, intenta a osservare il nostro comune capo, che come sempre non se ne accorge neanche. Ora che ci penso, è tutta la sera che lo guarda di nascosto. Credo proprio di aver scoperto che la piccola Seung Hee ha un debole per l'uomo che non deve chiedere mai. Come d'altronde metà delle donne che lavorano nella nostra sede.

«Non posso proprio cantare. Non conosco niente in coreano», mi giustifico con soddisfazione.

«Sono sicura che ci sarà qualcosa anche in inglese», mi risponde lei convinta. Si mette a scorrere meticolosa l'elenco delle canzoni disponibili. L'esultazione che ne segue mi fa gelare il sangue. «C'è *Endless Love*!».

Non ci penso proprio!

«Oh, è un duetto. Che peccato che non possa cantarlo da sola. Salto il giro! Ma voi continuate pure». Giuro, sono disposta ad attaccarmi a qualsiasi scusa pur di non dover salire su quel maledetto palco.

«Forza. Alza il tuo sedere dal divano e vieni a cantare con me», mi sorprende Mark con le sue parole. Si alza di scatto porgendomi il microfono. Anche tu, Bruto!

«Dovrei cantare *Endless Love* con te?», domando incredula.

«Giuro che non mordo, almeno non mentre canto», mi risponde trascinandomi per un braccio sul palco.

«Sei un vile e sappi che la pagherai cara», lo minaccio sibilando tra i denti, mentre sento che la canzone sta partendo.

«Cosa ci posso fare, mi diverto troppo quando ti vedo così...», ribatte divertito.

Dal divano Seung Hee tira fuori minacciosa il suo ipertecnologico telefono coreano e inizia a riprendere lo spettacolo. Dovrò ricordarmi di distruggere tutte le prove.

Il risultato del nostro comune sforzo canoro all'inizio è grottesco, ma arrivati a metà la mia intonazione migliora. Come era prevedibile, Mark è molto intonato. Mister perfezione probabilmente sa fare tutto. Io cerco di seguirlo come posso, canto a bassa voce i pezzi dove sono da sola e tento di accompagnarlo quando dobbiamo cantare insieme. Il risultato è uno scroscio di applausi sincero. Sono chiaramente felici di non dovermi più ascoltare, lo posso capire.

«Wow, non male davvero!», si complimenta gentile Seung Hee.

Ceeeeeerto, come no. Scesa dal palco decido che ne ho avuto abbastanza. «Per me è davvero arrivato il momento di andare a casa. Non riesco a tenere gli occhi aperti», mi scuso salutando tutti in fretta.

Gli altri protestano, ma dopo la mia performance pietosa sento di aver toccato il fondo e non voglio rischiare ancora. Afferro da un angolo del divano la mia giacca e in men che non si dica esco dal locale. Per questa sera ne ho avuto abbastanza.

Ora devo solo capire dove mi trovo di preciso e come fare a tornare verso il mio appartamento. Questi grattacieli sembrano tutti terribilmente uguali. La mia speranza è di camminare fino a imbattermi prima o poi in una stazione della metropolitana.

Sono ancora con il naso per aria quando sento una voce che mi chiama. «Maddison, hai sbagliato direzione!». Mi volto sapendo già che troverò lui.

«Quale parte della mia frase non ti era chiara quando ti ho detto di non andartene in giro da sola?», mi chiede raggiungendomi.

Non riesco mai a capire quando è serio e quando invece si prende gioco di me.

«Non volevo rovinare la serata a nessuno», mi scuso. «Saresti dovuto rimanere».

«Non riesco più a stare dietro a quei ragazzini. Ricordi, sono vecchio come Gesù Cristo e quindi devo andare a casa», mi risponde accennando un sorriso. Incredibile, deve essere di buon umore. Cosa rarissima.

«Mi ero già scusata per averti dato del vecchio, se ricordo bene...».

«Ah, quindi ora sono a tutti gli effetti vecchio! Non ho parole, che scortesia voi inglesi. E poi dite degli americani», mi punzecchia. Mi prende la mano e inizia a trascinarmi nella direzione giusta.

«Non c'è bisogno di strattonarmi, cammino anche da sola», e mi libero dalla stretta.

Per fortuna la metro è vicina. I miei piedi hanno davvero raggiunto il limite della sopportazione.

«Perché mai ti ostini a camminare con scarpe così scomode?», chiede Mark notando una mia smorfia di dolore mentre entriamo nella carrozza.

«Per essere belle bisogna soffrire», gli rispondo con filosofia.

«Non nel Paese dove tutti sono in media venti centimetri più bassi di te. Niente più tacchi in futuro, per favore».

«Scherzi, io ho solo scarpe con il tacco!».

«Scarpe da ginnastica, per esempio?», chiede.

«Credo di sì, devo averle comprate quando andavano di moda, due anni fa, ma non le metto spesso», ammetto.

«Ottimo, allora domani mattina jogging per smaltire la mangiata di questa sera».

Sta scherzando? «Non devo smaltire un bel niente», gli faccio notare.

«Dovrai farlo tra qualche anno se non inizi con un po' di moto», ribatte con sguardo critico.

«Di sicuro questa trasferta mi sta aiutando abbastanza a mantenere la linea», rispondo pronta. Voglio dire, con tutte queste spezie al massimo rischio di farmi venire una gastrite. Altro che ingrassare.

«Domani alle otto in punto», ripete senza demordere. Si era già capito che è uno che non molla. Ma non ha fatto i conti con la sottoscritta.

«Io non corro. Mai», rispondo incrociando le braccia e cercando di fargli capire quanto sia definitivo il mio no.

«Quando eravamo in viaggio mi hai detto che l'avresti fatto…», mi ricorda. Era troppo sperare che si fosse dimenticato delle sciocchezze pronunciate.

«Non ho detto mica che l'avrei fatto appena arrivata. Sono ancora in una fase di adattamento alle novità».

«Ho come l'impressione che questa storia dell'abituarsi alla Corea nel tuo caso potrebbe andare avanti in eterno», risponde pronto.

Il battibecco continua finché non arriviamo davanti al nostro palazzo.

«Tu non canti, non mangi, non corri. E cosa fai a parte difendere il fatto di non voler far niente?», mi domanda Mark in ascensore.

Crede forse di riuscire a fregarmi con i giochetti di parole?

«È inutile, non abbocco. Buonanotte», mi limito a rispondere, voltandomi verso la porta per inserire la mia segretissima combinazione.

«Non ci posso credere! Non l'hai ancora cambiata!», mi sgrida mentre mi spia.

«Ho avuto da fare...», provo a giustificarmi. E che sarà mai... Qui sono tutti talmente corretti che dubito di trovarmi mai un pericoloso ladro in casa. Anche perché, cosa mai avrebbe da rubare a parte una serie di scarpe con il tacco mezzo disastrato misura 40 e mezzo?

«Molto irresponsabile da parte tua», mi sgrida mentre si avvicina.

«La porta è mia! Rimani dove sei e non osare modificare la mia combinazione!», lo minaccio sollevando il dito indice.

Lui si blocca come sorpreso da tanta determinazione. «Come vuoi. Rimani pure facile preda dei malviventi...».

Sta per voltarsi e andarsene quando gli viene in mente qualcosa. «E solo per rispondere alla tua infelice affermazione di prima, sappi che l'amore fatto come si deve è migliore di qualsiasi cibo. Anche di quello italiano. Buonanotte», mi mormora nell'orecchio.

Entra in fretta a casa, lasciandomi di sasso sul pianerottolo. Ho sempre saputo che gli americani fossero insolenti. Adesso ne ho anche le prove.

È ovvio che sto ancora sognando. Devo trovarmi nel pieno di un terribile incubo, perché altrimenti non potrei sentire qualcuno che bussa alla mia porta.

Che cosa assurda. Solo mia madre oserebbe svegliarmi all'alba, e per fortuna lei si trova a migliaia di chilometri.

Mi rigiro nervosa dall'altra parte cercando di ricordare il sogno di pochi attimi prima. Richiudo gli occhi e ispiro profondamente. Sto quasi per rilassarmi quando il suono ritorna prepotente a invadere la quiete della mia camera.

«Forza Maddison, alza il tuo sedere dal letto e infila le scarpe da ginnastica». È la voce di Mark dall'altra parte della porta d'ingresso.

Persa qualsiasi illusione di poterlo ignorare, mi sollevo abbastanza da riuscire a mettermi seduta tra le lenzuola e butto un occhio sul mio orologio accanto al letto. Sta scherzando, sono solo le otto di sabato mattina. Io da qui non mi muovo di certo!

Ma lui, ostinato, continua a colpire la porta. «Mi preme ricordarti che conosco la tua combinazione d'accesso. Certo, se tu ti fossi premurata di cambiarla...».

In questo preciso istante sono molto seccata di non averlo fatto. E visto che ormai mi pare di conoscerlo, sono certa che non si arrenderà facilmente. Rassegnata, mi alzo barcollando dal letto per andare ad aprirgli. Potrebbe benissimo entrare da solo, ma nonostante le minacce so che non lo farà.

Una volta in piedi mi rendo però conto di indossare un buffo pigiama con disegni di pecorelle e mucche volanti. Non molto adatto a intrattenere ospiti.

Poco male, vuol dire che capirà che non ho intenzione di andare a correre.

Con gli occhi chiusi per il sonno riesco in qualche modo ad aprire la porta. Mark indossa una tuta e mi osserva curioso. Quella specie di ghigno che gli si sta dipingendo sul volto assomiglia pericolosamente a un sorriso. «Non se ne parla, io torno a dormire», gli dico burbera.

Sto per richiudere con decisione la porta quando lui la blocca con un piede. «Niente storie, forza, cambiati», mi ordina.

«Lo so che mi conosci molto poco, ma ti do un consiglio Mark: non osare svegliarmi presto, il sabato mattina. Mordo».

Lui trattiene a fatica una vera risata di fronte al mio evidente malumore. «Correrò il rischio. Su, lo sai che non me andrò da qui finché non ti sarai infilata una tuta».

Mi allontano esasperata dall'ingresso per abbandonarmi sul divano mentre cerco di riflettere sul da farsi. Ormai sono sveglia, a tutti gli effetti. E il mio gentile vicino, che mi ha seguito in salotto, non ha l'aria di uno che se ne andrà da qui tanto facilmente.

«Facciamo un patto», gli propongo stiracchiandomi. «Oggi verrò a correre, ma in cambio mi aspetto di essere lasciata in pace almeno per un mese interno».

Ci riflette un attimo prima di rispondermi. «Affare fatto. E poi potrebbe piacerti così tanto che deciderai tu stessa di svegliarti presto il prossimo fine settimana. Forza adesso», mi incita nel tentativo di farmi alzare dal divano.

Dopo aver rovistato per un po' riesco a trovare la mia tuta: avevo deciso di portarla immaginandomi a poltrire dentro casa con qualcosa di comodo, non certo per fare attività fisica. Io e le scarpe da ginnastica andiamo talmente poco d'accordo che non ricordo nemmeno qual è l'ultima volta che le ho infilate ai piedi. Sempre che le abbia mai messe davvero prima d'ora. Hanno un aspetto così perfetto che mi viene più di un sospetto.

Di umore pessimo, dopo aver mandato giù in fretta una mezza fetta biscottata e un caffè, seguo Mark fuori dal mio appartamento. Penso che l'umanità si divida in due macro categorie: quelli che la mattina sono svegli e pimpanti, e quelli che invece vorrebbero abolire questo momento della giornata. Ecco, ho il sospetto che Mark faccia parte della prima categoria, mentre io sono iscritta da sempre al secondo partito: per quanto mi riguarda le mattine sono fatte per essere passate a letto.

L'uomo che non dorme mai mi trascina in direzione dell'isola di Yeouido, questa volta a piedi, fino ad arrivare all'ingresso di un parco che porta lo stesso nome dell'isola.

«Una volta questo posto era pieno di asfalto, ma per fortuna alla fine degli anni Novanta hanno deciso di convertire la zona creando un vero parco», mi spiega. Si avvicina poi alla mappa che troneggia all'entrata e mi indica alcune zone. «Il parco è diviso in diverse sezioni: la foresta tradizionale coreana, la piazza d'erba, la piazza dedicata a eventi culturali e infine la foresta che riproduce l'ecosistema naturale».

«Interessante...», mi limito a dire. Questo parco è bellissimo, ma ciò non toglie che le mie lenzuola lo fossero molto di più.

«E vedrai in primavera: questo posto è famoso per gli alberi di ciliegio in fiore. Uno spettacolo unico», continua a spiegarmi per nulla toccato dalla mia diffidenza.

Passeggiamo spediti per qualche centinaio di metri e poi azzardiamo una corsetta. Con mia grandissima sorpresa sono costretta a notare che le stradine brulicano di gente intenta a fare jogging. È evidente che soffrono tutti di disturbi del sonno. Dopo i primi duecento, massimo trecento metri, il mio respiro inizia a farsi irregolare per la fatica. Dopo circa cinque minuti di corsa sono del tutto stravolta. Devo avere il volto in fiamme per la mancanza d'ossigeno.

«Basta, io mollo», urlo a Mark mentre guardo la sua schiena allontanarsi. E poi purtroppo tornare indietro.

«Non puoi avere il fiato di una settantenne», mi riprende per nulla intenerito dal mio aspetto distrutto.

«Sì che posso», ribatto stizzita. Mi siedo sull'erba accanto al sentiero, inspirando profondamente.

«Forza, allora riprendiamo a camminare», mi propone porgendomi una mano.

«Tu vai pure avanti. Io rimango qui», rispondo ignorando la sua mano. Mi sono appena seduta e avrò bisogno di moltissimo tempo prima di riprendere a respirare come un essere umano.

Ma lui non si scompone. Mi afferra il braccio e con uno strattone mi fa rialzare. «Adesso camminiamo», scandisce lentamente le parole. «Fermarsi in questo modo non è un bene per i tuoi muscoli».

Per la cronaca, dubito di aver mai avuto dei muscoli in vita mia. E poi sono offesa dal suo modo di fare: non può trattarmi in continuazione come una bambina dispettosa. Ma non ho molto fiato per lamentarmi, quindi mi rassegno a seguirlo.

Ci incamminiamo prima a passo lento, aumentando pian piano la velocità di camminata. Ora mi sento molto meglio, ma non ho intenzione di ammetterlo e soprattutto di rivolgergli la parola.

«Fai l'offesa?», chiede divertito. Sono contenta che il mio malessere lo renda così contento.

Lo incenerisco con lo sguardo.

«Il tuo fisico mi ringrazierà. E dopo pensavo di invitarti a pranzo», mi informa.

L'idea del cibo ha sempre un certo effetto su di me. «Dove?», chiedo curiosa.

«Da me», dice solo.

«Tu cucini?», esclamo. Sono stupita.

«Certo che cucino. Chiunque viva da solo sa cucinare», mi risponde.

Questo non è proprio vero. Io vivo da sola da una vita e non cucino quasi niente, io mangio e basta. «Allora affare fatto. Ma niente coreano, per favore», lo imploro.

«Bistecca e insalata vanno bene?»

«Benissimo!», dico colpita. La prospettiva di una vera bistecca mi ha fatto venire l'acquolina in bocca tanto che, quasi senza rendermene conto, mi ritrovo persino a correre verso la meta.

Poche ore dopo sono seduta all'elegante tavolo da pranzo di Mark, intenta a domandarmi perché abbia accettato l'invito. Cibo a parte, non bisogna mai mangiare con il nemico. E per quanto negli ultimi due giorni Mark abbia cercato di mostrarsi più simpatico, la verità è che per me rimarrà sempre colpevole di non avermi aiutato a rimanere a Londra. Senza contare che mi ha deriso praticamente da quando ci conosciamo e che mi crede una sorta di testa vuota con i tacchi alti. Non devo mai dimenticarmi della sua vera natura, mai abbassare la guardia, potrebbe essere pericoloso. I tipi come lui sono insidiosi e ti colpiscono quando meno te l'aspetti.

«Allora, cosa mi dici della corsa? Ti ho convinta? A parte qualche difficoltà iniziale poi non te la sei cavata male...», mi domanda mentre finisce di cucinare le bistecche.

«Sia chiaro che oggi è stata la prima e l'ultima volta che ho fatto jogging in vita mia. Non voglio rifarlo mai più! Non capisco cosa ci troviate di tanto divertente. Sudi e fai fatica senza avere niente in cambio».

«E la mia bistecca non ti basta come premio?», mi prende in giro mentre mi serve una vera bistecca americana di dimensioni incredibili.

Ok, forse questa meraviglia potrebbe anche essere un premio sufficiente. Ma guai ad ammetterlo. «Senza offesa, ma no», gli rispondo e mi lancio a mangiare la spettacolare carne che ho nel piatto. «Dimmi un po', come fai a procurarti carne simile qui a Seul?», domando interessata. Non ho visto nulla di simile al supermercato.

«Ho i miei fornitori segreti», mi risponde soddisfatto di sé.

«Potresti anche condividere queste informazioni privilegiate...».

Pare rifletterci per qualche istante, sollevando il mento in aria con fare meditabondo. «Hmm, potrei, ma non credo che lo farò. Preferisco tenermi questa carta segreta».

«Sempre il solito guastafeste. Senti, non che non apprezzi il godurioso pranzo, ma qual è il vero motivo dell'invito?», domando posando la forchetta e facendomi seria.

Mark deglutisce in fretta e sposta il suo sguardo indagatore sul mio volto. «Pensi abbia un secondo fine?», domanda.

Annuisco con convinzione.

«E da cosa lo deduci?». Per fortuna il tono è più che altro curioso.

«Semplicissimo: io non ti piaccio nemmeno un po', né come persona né come donna. Quindi da qualche parte deve esserci la fregatura». Ora gli ho esposto nel modo migliore il mio punto di vista.

«Cosa ti fa credere che tu non mi piaccia?», chiede sorpreso.

La mia espressione è più eloquente di mille parole, ma se

vuole sentire anche quelle non ho alcun problema ad accontentarlo. «Andiamo, non mi offendo. Non posso mica piacere a tutti. E poi neanche tu mi piaci, quindi siamo pari».

Mi guarda e ride. È una cosa positiva?

«Ti giuro, una come te non l'ho mai conosciuta».

Insulto o complimento? Non sono in grado di capirlo.

«Ti direi grazie, ma non so bene come prendere la tua affermazione», ammetto.

«È un complimento sincero». È tornato serio, ma ha ancora gli occhi fissi su di me. Contro la mia stessa volontà sento le guance avvampare. C'è qualcosa nel suo sguardo che mi fa sentire a disagio.

«Allora, questo motivo nascosto?», provo a ricordargli. Ho come il sospetto di aver intuito correttamente e non voglio farmi sviare dall'argomento principe.

«Tenace, eh? Be', visto che insisti per saperlo, sappi che dovrai preparare una piccola valigia perché domani pomeriggio partiamo per Bung Ha», mi annuncia.

Dovrebbe dirmi qualcosa questo posto? Lo guardo dubbiosa senza dire niente.

«Cielo, Maddison, Bung Ha!», enfatizza posando la sua forchetta e guardandomi incredulo.

«Non mi dice niente. Si va alle terme?», azzardo mentre lo osservo bere un po' di vino. Peccato che gli vada di traverso nel momento in cui sente la mia frase. Quest'uomo ha dei seri problemi con le bevande.

Cerca di riprendersi, ma non fa altro che tossicchiare. «Ma vuoi uccidermi? Le terme? Solo tu saresti in grado di dire una tale stupidaggine», mi sgrida riprendendosi. «Questa è la seconda volta che quasi muoio soffocato a causa tua».

«È colpa mia se non sai bere?», domando innocente.

«Niente terme. Industria metallurgica, ricordi? L'hai preparato tu il report sulla zona di Bung Ha, e hai anche riclassificato i bilanci dell'omonima società», dice spazientito. Vedo che mi osserva dubbioso. «L'hai fatto davvero tu quel report?», chiede poco dopo.

Ora sta davvero esagerando. «Certo che l'ho fatto io!», gli rispondo seccata, incrociando le braccia. Quel dannato lavoro mi è costato una fatica disumana, era la prima volta in vita mia che mi impegnavo tanto in qualcosa. «E non è colpa mia se in questo Paese i posti hanno tutti nomi assurdi! Non me ne ricordo mezzo, ok?»

«Su, su, non fare la bambina. Ti credo, è normale per te fare qualcosa senza neanche leggere davvero quello che hai sotto il naso». È proprio il modo peggiore per farmi calmare! Ma come fa a non rendersi conto di dire sempre la cosa sbagliata nel momento sbagliato?

«Mark, posso chiederti una cosa prima di tornare alla metallurgia?».

Il suo sguardo è un invito a parlare.

«Ti comporti così con tutti oppure solo con me?».

Lui pare un po' sorpreso. «Sono troppo diretto?», chiede.

«No, non sei diretto. Sei cafone!». Spero sia riuscita a comunicargli tutta la mia esasperazione.

«Non pensavo fossi permalosa», dice, difendendosi.

«Non lo ero prima di conoscerti, ma tu sei...». Mi alzo dallo sgabello decisa ad andarmene.

«Forza, non fare così. Ti chiedo scusa, la prossima volta mi ricorderò di non *dirti* certe cose».

Cosa crede, ho notato benissimo che ha enfatizzato il concetto di non dirle più e non di smettere di pensarle. Ma sono rassegnata, tanto cosa ci posso fare?

«Torniamo alla metallurgia che è meglio», borbotto riprendendo il mio posto.

«Dove eravamo rimasti?», domanda teatralmente.
«Domani si va a Bung Ha, paradiso dell'industria coreana», rispondo poco convinta.
«In effetti dubito sia un posto bellissimo. Non proprio turistico. Credo che ci abbiano prenotato due stanze nell'unico hotel della zona».
«Allora speriamo bene», sospiro.
«Staremo fuori solo due notti, sopravviverai», mi rassicura Mark, addentando l'ultimo boccone rimasto della sua bistecca. Il cibo è stato eccellente, ma la compagnia discutibile.
«Mi chiedi quindi di lavorare anche di domenica», gli faccio notare.
«Non lavorerai mica, devi solo stare in macchina. Buona e zitta finché non arriviamo».
«Posso guidare?», chiedo speranzosa.
Sul suo volto vedo terrore. «Senza offesa, ma tu non guiderai mai una macchina in cui ci sarò anch'io». È ufficiale, in una vita passata è stato un diplomatico.
«Non mi hai mai visto guidare», gli ricordo. «Potrei essere una Schumacher mancata».
«Potresti, ma preferisco rimanere con questo dubbio. Non sono mai stato un grande fan della guida femminile».
Per un attimo rimango in silenzio. Forse non ho sentito bene. «Sono sicura che se ti pugnalassi a morte dopo questa frase qualsiasi giudice, anche quello coreano, non potrebbe che assolvermi. Te ne rendi conto, vero?».
Il signorino so-guidare-meglio-io ride. Ride tanto che quasi gli vengono le lacrime agli occhi.
«Hai sicuramente un primato», mi dice, «sei l'essere umano più comico che io abbia mai conosciuto».
Io non posso fare altro che sospirare rassegnata.

Il viaggio è stato piuttosto lungo: tre ore di macchina durante le quali Mark ha parlato esclusivamente di lavoro. Da spararsi. Se penso che oggi è domenica, mi assale lo sconforto. Il weekend è stato creato per l'ozio e non per fare jogging o lavorare. Qualcuno prima o poi glielo dovrà ricordare.

Ho cercato di distrarmi osservando il panorama, ma non c'è stato molto da vedere. Improvvisamente i grattacieli hanno lasciato il posto a una landa semideserta e un po' triste che si è mantenuta immutata per oltre due ore.

Quando ormai sono sul punto di morire per la noia, Mark imbocca una strada secondaria indicatagli dal navigatore coreano, che ci conduce diritti davanti a quello che sospetto essere il nostro albergo. La struttura mi ricorda vagamente una pagoda cinese antica. Ma d'altronde è risaputo che non capisco niente di architettura: questo edificio potrebbe essere qualsiasi cosa.

Parcheggiamo la macchina nello spiazzo davanti all'ingresso e ci incamminiamo con le nostre valigie fino alla piccola reception in legno, ornata con strani fiori mai visti. Una simpatica vecchietta ci accoglie e ci saluta. Visto che non ho ancora imparato una sola parola, nemmeno "buongiorno", mi limito a sorridere.

Mark inizia subito a parlare coreano con la signora. In fondo non dovrebbe essere complicato: dovrebbe solo presentarsi e farsi consegnare le chiavi delle rispettive stanze. Ho come il sospetto che qui le serrature elettroniche siano ancora lontane dall'arrivare. La signora parte però con un lungo monologo, interrotto solo da continui inchini e qualche suono gutturale da parte di Mark.

Non capisco nulla, ma la comunicazione non verbale per me non ha segreti. La conferma mi arriva dallo sguardo accigliato di Mark: c'è qualcosa che non va.

«Che succede?», gli chiedo. Ha organizzato tutto lui, è impossibile che gli sia sfuggito qualcosa. A Mark non sfugge mai niente.

Lui sospira. «C'è stato un problema dopo il temporale della notte scorsa. Il tetto perde. Morale, hanno una sola camera libera che possa essere utilizzata».

La cosa non mi sembra così drammatica. «Quindi torniamo a Seul?», gli chiedo con naturalezza.

Sembra esitare. «Non è proprio così facile. Domani mattina noi due dobbiamo incontrare i proprietari e il management dell'acciaieria. Alle otto».

«Sì, ma la camera è una sola. Cosa pensi di fare?», domando, iniziando ad allarmarmi.

«La signora proponeva di farci dormire nella stessa camera», ribatte serafico come se la questione non lo riguardasse. Ma è a disagio, tanto che si infila le mani nelle tasche.

Di fronte al bancone la signora che non fa altro che sorridermi speranzosa. Ma questo non era il Paese più bigotto della terra?

«La vecchietta non può seriamente pensare di farci dividere la stessa camera», gli rispondo rabbrividendo. «E se parlassi coreano glielo spiegherei io stessa. Ma siccome non lo so, tocca a te farlo. Forza», lo incito decisa.

Mark sospira. «Non penserai mica che io sia contento di dover dividere la camera con te?», chiede alzando leggermente la voce, come se fosse lui quello che potrebbe avere dei problemi. Ma cosa pensa, che gli salterò addosso durante la notte?

«Cosa ne so io di quello che ti passa per la testa...», mi difendo.

«Cosa vuoi che mi passi per la testa. Niente!», asserisce aggrottando la fronte.

«Ah, ah! E io dovrei cascarci? Quella tua testa dura pensa sempre a qualcosa».

«Maddison, per favore, la situazione è già abbastanza esasperante senza il tuo contributo. Te lo chiedo per favore, chiudi quella bocca». Il suo tono non ammette repliche e forse, tacere, questa volta potrebbe rivelarsi la soluzione migliore.

Mark pare riflettere per qualche istante sul da farsi, quindi riprende a parlare con la signora a cui verrà una paresi a forza di inchinarsi. Le porge un documento e afferra la chiave che gli viene porta. «Andiamo», mi dice a malapena, incamminandosi dietro la signora.

Sono sbigottita: ha davvero deciso che divideremo la camera?

Veniamo condotti in una grande camera con un bellissimo pavimento in legno. In mezzo alla stanza è posizionato un tavolino quadrato molto basso con due cuscini alle estremità. Completano l'arredamento frugale qualche armadio, tre mensole e pochi quadri alle pareti.

«Mi sfugge qualcosa. Allora, la camera è una sola, ma il letto, dov'è?», chiedo posando la mia borsa per terra.

«Non c'è», mi risponde Mark senza neanche guardarmi. Ma si sbaglia se pensa di cavarsela con una frase simile.

«Questo lo vedo anch'io. Perché non c'è?», chiedo seccata.

Mark si decide a voltarsi nella mia direzione e mi osserva con occhi minacciosi. «Perché questo è un dannatissimo albergo tradizionale coreano dove si dorme per terra», mi rende edotta. I suoi occhi lanciano fulmini e saette. E io che speravo in una risposta più rassicurante…

La signora apre un armadio a muro e ci mostra i nostri letti, le coperte e i cuscini da utilizzare. A quanto pare si dorme davvero per terra. Incredibile, e pensare che siamo nel ventunesimo secolo…

La proprietaria si allontana per ricomparire poco dopo con un gigante vassoio pieno di mille ciotole, che appoggia sul tavolino. La cena, a quanto pare. Anch'essa nel rispetto della tradizione coreana.

La vecchietta si congeda lanciando sempre sorrisi timidi e senza mai smettere di inchinarsi. Pur non felicissimo degli eventi, Mark si inchina a sua volta in segno di commiato. L'educazione prima di tutto.

«Ringrazia anche tu», mi istruisce duro. Così anch'io mi aggiungo a questa ondata di inchini e la ringrazio in inglese.

La padrona di casa, soddisfatta di aver sistemato la questione, se ne va richiudendo la porta dietro di sé.

Per un bel po' di tempo nessuno dei due osa dire niente: Mark è impegnato a scrutare l'orizzonte fuori dalla finestra mentre io mi accascio su uno dei due cuscini posti accanto al tavolo. Ma sento il sedere indolenzito dopo appena qualche secondo. Mi sistemo allora sulle ginocchia, solo per accorgermi che i dolori sono addirittura peggiori. Lontano dall'efficientissima capitale non sanno forse che nel frattempo sono state inventate le sedie?

Visto il clima nervoso che si è creato, provo a pensare ad altro. A questo punto tanto vale mangiare qualcosa. Afferro dal tavolo il mio paio di bacchette e con poca grazia infilzo quello che mi pare un pomodoro. Lo assaggio e scopro con gioia che si tratta davvero di pomodoro, anche se cucinato con strane spezie. Meglio non pensarci troppo.

Continuo i miei assaggi concentrandomi ora sul riso con erbette verdi. Tutto sommato non sono cattive, e io ho davvero fame.

Sono così assorta che quasi non mi accorgo della presenza di Mark, che si è avvicinato al tavolo.

«Cosa c'è?», gli chiedo alzando lo sguardo.

«Pensavo che non mangiassi queste cose...».

«Infatti. Ma sai com'è, quello che non uccide fortifica», gli ribatto saggiamente. Infilzo e sollevo una sorta di bizzarra verdura giallina: mi pareva zucca, ma all'assaggio scopro che sa di fagiolini.

Nel frattempo Mark si sistema sul cuscino di fronte, si toglie la giacca e la cravatta, arrotola le maniche della camicia bianca ormai spiegazzata e si siede perfettamente diritto incrociando le gambe. Io invece sono quasi sdraiata. Non so proprio come faccia a stare seduto in quel modo.

«Elegante come sempre, Johnsonn», mi rimprovera.

«Rompiballe come sempre, signor Kim», gli rispondo a tono mentre continuo a mangiare indisturbata.

«Non sei una che si lascia scalfire dalle critiche, vero?». Strana domanda la sua.

«Esatto, non mi toccano proprio. Mi scivolano addosso». Mi dipingo sul viso un sorriso furbetto. «Se non puoi cambiare le cose, non vedo perché prendersela», insisto.

Mark solleva le sue bacchette, afferrando da una strana ciotola sottili pezzetti di carne marinata. Sul suo viso compare poco dopo un sorriso genuino.

«Cosa c'è?», chiedo preoccupata.

«Hai del riso in faccia», e indica con una bacchetta un punto sopra la mia bocca.

«Per un attimo ho temuto che sul mio viso ci fosse una tarantola. Altro che riso...», borbotto.

«Per il tuo compleanno ti regalerò un'enciclopedia sulle buone maniere. Quando sei nata?»

«Il 15 aprile, ma non sprecare il tuo denaro: conosco benissimo le buone maniere. È che in alcuni casi decido deliberatamente di ignorarle». Che pensi pure quello che vuole, il pallone gonfiato.

«Sempre con me?», chiede appoggiando un braccio ben scolpito sul tavolino.
«Sì, sempre con te. Sei il mio preferito», ribatto facendogli l'occhiolino. Lui mi scruta cupo, mentre io riprendo a mangiare serena.

Questa notte non passerà mai. Sto contando di tutto, pecore, mucche e nuvole, ma non riesco proprio a chiudere occhio. Dormire accanto a Mark mi innervosisce e non so perché: non rischio assolutamente nulla con lui, so che non mi degnerebbe di uno sguardo neanche se fossi l'ultima donna al mondo, ma nonostante questo non riesco a rilassarmi abbastanza da addormentarmi.
Inoltre questo cosiddetto letto è scomodissimo, la schiena mi fa male, il sedere pure e ho anche freddo. A Seul fa ancora caldo a settembre, ma a quanto pare qui siamo in collina e il clima è decisamente diverso, con una forte escursione termica. Di riscaldare la stanza naturalmente non se ne parla neanche.
Mannaggia a me e alla mia stupida idea di mettere nella valigia una camicia da notte striminzita! La verità è che pensavo che avremmo alloggiato in un albergo di classe e per una volta ho lasciato a casa il pigiamone della mamma. Ora invece sono pentitissima. Senza contare il momento di incredibile impaccio, quando sono dovuta uscire dal bagno per arrivare al mio improvvisato giaciglio notturno. Mark mi ha guardato critico, senza dire niente, e io sono arrossita fino alla punta dei capelli. Sono una ragazza timida! Non mi si deve mettere in imbarazzo!
Mi sollevo dal giaciglio e mi metto a sedere osservando la stanza buia. Inutile cercare di dormire se il sonno non vuole arrivare.

Ma come cavolo sono finita in questo posto? Qualcosa del mio fantastico piano post università deve essere andato proprio storto. Eppure pensavo di aver fatto tutto correttamente!

Non troppo distante da me, nel giaciglio gemello, un'altra figura pare invece dormire beata. Lo invidio molto.

Scruto le ombre provocate dal suo corpo, quando si gira all'improvviso nella mia direzione. Quasi sussulto dalla sorpresa.

«Cosa c'è, Maddison?», chiede serio. Sempre acido quando pronuncia il mio nome, anche quando dovrebbe dormire.

«Non riesco proprio a prendere sonno», gli rispondo sconfortata.

Anche lui si solleva e si mette seduto, scoprendo un torace che intuisco essere perfettamente scolpito, pur da una certa distanza e solo grazie alla debole luce della luna. Per fortuna la penombra nasconde il rossore delle mie guance. Non avrei mai detto che fosse il tipo che dorme senza maglietta.

«Mangiato troppo?», domanda ironico.

Gli faccio una smorfia. «No, è che non sono abituata a dormire per terra. E poi fa freddo».

Lo vedo sorridere nel buio. «Certo, con quella cosa addosso...».

«Da che pulpito...», rilancio.

«Ma io non mi sto lamentando. Sto benissimo così», puntualizza.

«Sì, ma non stai neanche dormendo. Per quanto ne so potresti avere freddo anche tu».

Sbuffa, ma poi si alza e si mette a cercare qualcosa nell'armadio. Anche se la stanza è immersa nel buio vedo distintamente che ha delle belle spalle. Prima che io possa pensare altro, trova una coperta e me la lancia. «Copriti», mi dice, e si rimette a sedere nel suo letto improvvisato.

Faccio del mio meglio per sistemare la coperta e sto quasi per rimettermi a dormire quando in un momento di estrema magnanimità gli chiedo: «E tu? Perché non dormi?»

«Perché il letto è davvero durissimo. Che tu ci creda o no lo stile tradizionale coreano non mi si addice». E si mette a ridere di se stesso. «Senza contare che non sono abituato a sentire il respiro di un'altra persona nella mia camera da letto», conclude.

Questa affermazione è troppo allettante perché io non mi ci butti a pesce. «In genere scappi via subito dopo?»

«Scusa?», domanda sorpreso.

«Sì, insomma, sei uno di quelli che non si ferma mai a dormire dopo? Fuggi a dormire da solo nel tuo letto?», domando curiosa. Sta cercando di fare il finto tonto?

«Maddison, le ragazze perbene non parlano di certe cose», mi rimprovera. Ma è divertito dalla mia domanda, lo vedo anche al buio. «E se vuoi proprio saperlo, le ragazze coreane sono molto meno disinibite di quelle inglesi».

«Chi ti dice che io sia una noiosa signorina perbene? Niente sesso da quando sei qui?», chiedo a bruciapelo.

«Ma che razza di domande mi fai!», esclama. Non sembra affatto uno timido, penso solo di averlo preso in contropiede.

«Ti sto solo prendendo in giro, rilassati! Buonanotte», lo saluto e mi giro nella speranza di addormentarmi.

Sto cercando di pensare ai prati fioriti e alle montagne innevate. Non sono forse tra le cose che gli psicologi consigliano per rilassarsi? Se il sonno tarderà molto ad arrivare, domani sarò di certo uno straccio.

«E tu?», sento domandare all'improvviso.

Mi rigiro seccata dalla sua parte in modo da vedere il suo volto, che però non svela niente. «Io cosa?»

«Tu sei abituata a dormire da sola oppure...». Non conclude neanche la frase, lasciandola in sospeso.

«Sei pazzo se pensi che ti risponda», ridacchio.

«Infatti non mi aspettavo una risposta vera e propria. Ma ti ho vista arrossire visibilmente anche se qui è tutto buio, e mi è bastato quello per capire tutto». Si distende appoggiandosi a un gomito.

«Capire cosa?».

Lui alza le spalle con fare da saputello.

«Ti diverti a mettermi in imbarazzo».

«Cosa posso dirti, ho scoperto che è divertentissimo...». Ha una certa faccia tosta, questo glielo devo riconoscere.

«Sai che sei l'unico coreano cafone che conosco?». Mi risiedo per la seconda volta. A quanto pare non si dormirà ancora per un po'.

«Mi abbasso solo al tuo livello».

Sentendo la sua risposta afferro la sottospecie di salsiccia che qui chiamano cuscino e cerco di colpirlo, ma lui para il colpo.

«Peccato. Lo sai, vero, che ora dovrai dormire senza?». Mentre lo dice infila il mio cuscino dietro la testa.

Sì, lo so benissimo. Mi era chiaro ancora prima di lanciarlo, ma non ho resistito lo stesso. Mi giro dall'altra parte e, nel tentativo di fargli un dispetto, finisco anche per addormentarmi.

La cosa più deprimente che ricorderò di questo viaggio non sarà l'aver dovuto dividere la camera con Mark, o l'essere stata costretta a dormire per terra al freddo e senza cuscino... no, quello che diventerà senza ombra di dubbio il ricordo più terrificante si trova ora di fronte a me ed è la colazione. Giuro che in questo preciso istante, posato sul tavolo, alle sette del mattino, c'è un gigantesco pesce alla griglia che mi guarda con i suoi occhi cotti dal vapore. Non possono fare una cosa simile a una brava ragazza che ama la colazione alla francese. Questa è una tortura condannata dall'ONU. Anche i prigionieri politici hanno diritto a un trattamento umano.

Mi sono sentita impallidire nel preciso momento in cui ho visto la gentile padrona di casa entrare con il vassoio. E se già l'odore mi aveva messo all'erta, la vista è stata il colpo di grazia. Pesce, per colazione. Signore, cosa ho fatto di male?

Sono qui seduta, affamata, mentre il mio stomaco si contorce dall'orrore. Cerco di aguzzare la vista per scorgere il contenuto delle altre ciotole, ma la prima occhiata mi cade su quella contenente kimchi. E mangiare del cavolo fermentato di prima mattina non è esattamente quello che consiglierei come rimedio per dimenticare una nottataccia.

Distolgo lo sguardo dal poco rassicurante cibo e incontro gli occhi severi di Mark. Come da previsione lui sembra più riposato di una rosa, ha un colorito perfetto e nemmeno una traccia di occhiaie sotto quei suoi occhi dal taglio esotico. Io invece sembro uscita da un film sui morti viventi.

Mi sono cosparsa la faccia di fondotinta e cipria per quasi mezz'ora questa mattina, ma non è bastato a rendermi presentabile. Sento anche che sta per spuntarmi un fastidiosissimo brufolo sul mento.

«La colazione non è di tuo gradimento?», mi domanda fingendosi sorpreso.

«Mangia pure», lo incito. «Spero che una grossa spina di questo pesce ti si conficchi in gola».

«Ah, già, di pessimo umore appena sveglia», si ricorda sospirando.

«No, di pessimo umore a vedere te e quel pesce *appena*

sveglia», rispondo stizzita digrignando i denti e indicando la colazione davanti a noi.

Lui mi sorride, falso come Giuda, e si mette a mangiare un po' di riso bianco. So benissimo che condividiamo una certa avversione per questo genere di cibo al mattino, ma lui non vuole perdere l'occasione per mostrarsi superiore. Così si sforza di mangiare qualcosa. In fondo per vincere questa sfida gli basta mandar giù qualche chicco di riso.

«Buono vero? Mi raccomando, non esagerare con le quantità», lo prendo in giro.

«Prometto che dopo ti troverò un caffè», mi rassicura a un certo punto. Per un attimo ha abbandonato il tono ironico ed è diventato quasi serio. «Appena usciamo da qui», aggiunge ingoiando un altro, singolo, chicco.

«Vorrai dire che *ci* troverai un caffè. In ogni caso, grazie», gli rispondo alzandomi dal tavolo senza avere assaggiato nulla. Non molto dopo lui fa altrettanto.

Per fortuna ci imbattiamo in un posto in cui prendere il caffè, non appena usciamo dal portone d'ingresso dell'albergo. Pare sia un vero miracolo, perché da queste parti i caffè tendono a essere più una bevanda serale che mattutina. In ogni caso bastano anche poche gocce del caffè più annacquato della storia per rianimarmi. Il potere segreto della caffeina...

Abbiamo appena il tempo di riprenderci e incamminarci verso la sede delle acciaierie. Arrivati all'edificio grigio come il cielo di oggi, veniamo condotti in un'anonima sala riunioni. Non abbiamo neanche iniziato a lavorare e io già sogno di tornare a casa. Mi sento davvero a pezzi, la testa è sul punto di esplodere.

Sono tutti molto gentili e si sforzano di parlare inglese mentre discutono del piano di rilancio della società, ma io faccio comunque fatica a seguire il discorso. Mark invece è completamente a suo agio, tutti pendono dalle sue competenti labbra. È indubbio che stia dicendo delle cose molto giuste, ma non è solo questo. È il modo in cui le dice: si capisce che è uno che sa fare il suo lavoro, che sa argomentare le sue tesi e convincere chi gli sta di fronte. La sua presenza fisica gli è d'aiuto anche se lui non la sfrutta appieno. Solo quel poco che serve.

La segretaria del signor Lee, il proprietario della società, non riesce quasi a staccargli gli occhi di dosso. È una ragazza carina e minuta, ma con un'espressione dolce nei suoi begli occhioni scuri. Riesco a vedermela mentre gli prepara ottime colazioni coreane, dormendo per terra senza lamentarsi.

Qualche ora dopo la nostra presentazione è finita. È il momento della pausa caffè che ci hanno preparato.

«Direi che è andato tutto bene, vero?». Mark mi si avvicina senza che io me ne accorga. Quasi sussulto ritrovandomelo davanti.

«Hmm, sì. Tutto bene». Faccio fatica a dirgli che è stato bravo. Sono certa che si è già complimentato da solo con se stesso.

«E indovina un po', il signor Lee è rimasto così favorevolmente colpito, che la nostra presenza non è più richiesta domani. Quindi questa sera leviamo le tende».

«Yesss!». Non riesco a trattenermi. Impossibile nascondere il mio entusiasmo di fronte alla notizia.

«Ti vedo distrutta all'idea di non poter passare un'altra notte in camera con me...», dice ridacchiando sottovoce.

Lo incenerisco con lo sguardo. «Niente di personale, ma io per terra e senza un cuscino normale non dormo più. Se proprio vuoi dividere la camera, almeno procuraci qualcosa che assomigli a un letto».

«È un invito?», chiede curioso.

«Era tanto per dire!», mi affretto a precisare. È vero, mi sono espressa male, ma come fa a pensare, anche solo lontanamente, che ci sia qualcosa di serio nelle mie parole? Per mascherare l'imbarazzo gli infilo un gomito nelle costole. Sussulta per il dolore. Così impara a prendermi in giro.

La segretaria osserva la scena sbigottita: sono sicura che non ha mai colpito nessuno in vita sua.

Il signor Lee si avvicina sorridente e si rivolge a Mark: «Le faccio i miei complimenti, ha una collaboratrice davvero bella».

Per un attimo Mark mi pare titubante, ma poi si sforza di sorridere. Ha capito anche lui che il signor Lee non è per niente interessato alle mie capacità ma solo al mio aspetto. Il mio capo ne deve essere particolarmente infastidito, ma non può dire niente senza offendere chi gli sta di fronte. Rimango talmente sorpresa nel cogliere questa sua specie di dissidio interiore che le parole del signor Lee passano quasi in secondo piano. Per la prima volta nella storia sono invece piacevolmente sorpresa da Mark. Gli lancio un'occhiata furtiva che lui coglie al volo, facendomi un piccolo sorriso di scuse.

«Maddison non è solo molto bella, è anche una grande lavoratrice», precisa. Non sono sicura che lo pensi davvero, ma fa comunque piacere sentirlo.

«Certo...», si scusa subito il signor Lee. «Era sottinteso». Mica tanto, vorrei ribattere. Ma è meglio di no; la giornata è andata bene e non c'è motivo per creare tensioni.

Una volta in macchina, sulla via del ritorno, scopro che mi sono persino dimenticata dell'incidente.

«Ti chiedo scusa, ma non potevo dire altro senza offenderlo palesemente», mi dice Mark.

Sposto lo sguardo nella sua direzione: è concentrato nella guida, mentre il buio sta iniziando a calare. Il paesaggio è ovattato e silenzioso, siamo ancora lontani dal caos di Seul.

«Ho apprezzato le tue parole, davvero. E non sono affatto offesa: ho troppa considerazione di me stessa per prendermela», gli rispondo sincera. Da quando mi sono allontanata da Londra mi sento una persona nuova. Qualche volta mi chiedo cosa ne è stato della mia vecchia personalità, del mio essere sempre timorosa e spaventata da tutto. È evidente che situazioni insolite creano stimoli nuovi.

«E poi immagino che tu sia abituata a certi commenti», aggiunge Mark, interrompendo il flusso dei miei pensieri freudiani.

Da cosa lo ha dedotto? «Veramente no, affatto. Non sono mai stata considerata "bella": troppo alta e troppo comune per esserlo».

Non so bene dove voglia andare a parare con certe osservazioni così poco abituali per un tipo come lui.

«Non pensi di essere una bella ragazza?», chiede sorpreso lanciandomi una veloce occhiata.

«No, veramente no. Tu pensi di essere un bell'uomo?».

Ride divertito. «Io so di esserlo», afferma senza peli sulla lingua.

Che risposta sfacciata! Ma la cosa non mi sorprende. «E so anche come mi guardano tutte le donne», conclude.

«Veramente non proprio tutte», gli faccio notare distaccata.

Si volta ancora una volta e mi fa l'occhiolino. «Hai ragione bionda, tu non mi guardi così. Ed è il motivo per cui con te riesco a scherzare su certe cose».

«La segretaria del signor Lee invece sembrava molto interessata a te. Avresti potuto chiederle il numero di telefono».

«Non fare anche tu come mia madre, non cercare di fissarmi appuntamenti», mi ammonisce. La sua voce si è fatta subito più severa.

Oh oh, abbiamo toccato un tasto dolente: anche lui ha dei problemi con la madre!

«Cosa c'è di male? Ogni tanto bisogna uscire a divertirsi».

«Da che pulpito... immagino che la tua agenda sia piena di appuntamenti», mi punzecchia.

«Cosa c'entra, io mi trovo in un Paese straniero, conosco poche persone... e a dirla tutta non vedo in giro molti ragazzi disposti a uscire con me».

«Non li vedi perché li intimorisci e quindi non osano avvicinarsi. Dai l'impressione di essere cattivissima».

Davvero? Io?

«Be', non lo sono. Basterebbe che qualcuno me lo chiedesse e io non mi farei problemi ad accettare», affermo. Più o meno corrisponde alla verità.

Per un attimo tace, indeciso, prima di dire: «Allora esci con me una sera».

Sono sicura che sta cercando solo di essere divertente, ma nonostante questo, c'è qualcosa di strano nell'aria. Rido per alleggerire la tensione. «Che buffo che sei».

«È un no?», chiede continuando a guardare la strada.

«È un non prendermi in giro».

«Vabbe', lasciamo stare...».

Per il resto del viaggio entrambi siamo molto attenti ad affrontare solo discorsi assolutamente innocui. Come se ci fossimo appena scottati con il fuoco e ora non osassimo più dire nulla di personale.

Siamo sul pianerottolo in attesa di rifugiarci ognuno nel proprio appartamento, indecisi su come salutarci. «Be', è stato di sicuro un viaggio di lavoro diverso dal solito», mi congedo con un pizzico di imbarazzo.

Lui annuisce e azzarda un lieve sorriso. Non sforzarti troppo.

«Buonanotte», concludo e digito la mia solita combinazione. Giuro che prima o poi cercherò le istruzioni per scoprire come cambiarla.

«Buonanotte. Mi mancherà non poter dormire con due cuscini», e si infila veloce dentro casa.

Io lo guardo con aria interrogativa mentre scompare dalla mia vista.

5
Vita da turista

Questa volta quasi me lo aspetto. Voglio dire, c'è una certa prevedibilità in Mark. Come quasi tutto il genere maschile, tende a muoversi secondo schemi ben delineati. Ecco perché, quando sento bussare alla mia porta il sabato mattina seguente, non posso davvero dire di essere sorpresa. Era ovvio che non mi avrebbero lasciato dormire. Secondo lui sprecare tempo è proprio contro natura.

«Vai via! Non vengo a correre neanche morta!», gli grido coprendomi il volto con il cuscino.

Ma quel suo bussare si intensifica, invece di cessare del tutto. «È inutile! E ti informo che ho cambiato la combinazione dell'ingresso!», grido molto fiera di me.

Prima di coricarmi ieri sera ho avuto un vero e proprio colpo di genio. Ce ne ho messo di tempo per capire come modificare il codice d'ingresso, ma alla luce dei risultati odierni direi che ne è valsa proprio la pena. Un'ora spesa molto bene.

«Mi congratulo con te!», esclama dall'altra parte della porta, «ma giuro che questa volta non si tratta di sport».

Mai fidarsi degli sportivi, hanno la bruttissima abitudine di considerare i non sportivi come pedine da convertire alla loro causa. E non capisco il perché: io non gli impedisco mica di continuare con le sue corse? Non ho alcuna presunzione di volerlo portare dalla mia parte. Quindi perché fa altrettanto?

«Mark, sono solo le otto e mezzo», mi lamento, ma ho il sospetto che sia ben cosciente dell'orario.

«Appunto! Ti ho lasciata dormire abbastanza, non trovi? Forza, vieni ad aprire! Ci attende una giornata molto piena», mi incita con voce quasi gioiosa. Quindi non solo è uno sportivo, ma è pure uno di quelli che si alzano allegri? Un essere insopportabile...

«Ok! Arrivo!», gli grido dandomi per vinta. Prima me ne libero e prima riuscirò a tornare a dormire in santa pace. Mi avvio in direzione dell'ingresso e lascio aperto solo uno spiraglio della porta. «Cosa vuoi?», gli domando brusca.

Mark, vestito con dei jeans molto scuri, camicia azzurra e maglione grigio, mi fissa quasi divertito. Scruta con attenzione il mio ennesimo pigiama imbarazzante e poi scoppia a ridere. «Ma sono tutti così?», chiede, appoggiandosi alla porta.

«Ah ah... Amo i pigiami buffi. E allora? Hai forse qualcosa da dire contro le mie scimmiette?», lo minaccio.

«Mai! Sono deliziose. Senti, ho notato che la giornata è stranamente calda per essere l'inizio di ottobre e pensavo di sfruttarla per farti vedere alcune parti di Seul che non puoi proprio perderti. Voglio dire, ormai sei qui, quindi tanto vale fare la turista».

«Di solito sono quel genere di turista che passa le vacanze a prendere il sole ai bordi di una piscina con un buon frullato in mano», ammetto sincera.

Mi sorride tutto soddisfatto. «Lo sospettavo. Ecco perché mi prendo l'onere di trascinarti in giro. Mi sto guadagnando la mia parte di paradiso in quest'ultimo periodo».

«Prima o poi quel tuo sarcasmo ti si ritorcerà contro», sospiro, decidendo però di aprire del tutto la porta. Mi sposto quanto basta per lasciarlo passare.

«Johnsonn, detto da te mi pare quasi un complimento. Ma ora forza, vestiti! Farai colazione strada facendo», mi ordina, mettendosi comodo sul mio divano.

Grugnisco seccata ma eseguo. Quando riemergo dalla mia camera indosso i miei jeans attillati, una maglia bianca di cotone e delle ballerine azzurre. Meglio non osare con i tacchi, quest'uomo sarebbe capace di farmi fare dieci chilometri a piedi.

«Pronta?», mi domanda soddisfatto.

«Nata pronta», borbotto con un entusiasmo alquanto dubbio. Mark scoppia a ridere e mi apre la porta. Speriamo bene...

Questa volta il percorso con la metropolitana si rivela più lungo del solito. Prendiamo la linea viola in direzione est, scendiamo a Jongno 3(sam)-ga e cambiamo con la linea arancione che ci conduce fino a Gyeongbokgung, uscita numero 5. In tutte le altri parti del mondo se sbagli uscita della metropolitana puoi sempre rimediare, qui invece sei perso per sempre.

«Dove stiamo andando?», gli chiedo quando riemergiamo dal mondo sotterraneo.

«Siamo a Gyeongbokgung, pensavo fosse ovvio», mi risponde sorpreso. Sarà ovvio per lui che ha discendenze coreane, io invece non sono altrettanto perspicace.

«Lasciamo perdere... Senti, questa colazione che mi hai promesso?», gli ricordo sentendo il mio stomaco lamentarsi.

Mark si guarda intorno e mi trascina fino a un chiosco al bordo della strada, dove vendono delle strane ciambelline dolci ripiene. Ne compra qualcuna e me ne porge una.

«Non avrei mai detto che potesse piacerti il cibo in strada...», commento stupita. Io invece non mi sono mai fatta problemi, quindi addento la mia ciambella senza attendere grandi spiegazioni.

«Non vuoi neanche sapere di cosa si tratta?», ride Mark guardandomi mangiare di gusto. «Potrebbe esserci il tuo tanto amato cavolo cinese lì dentro…».

«Non mi freghi», rispondo masticando. «Qualsiasi cosa sia, è buona. Un'altra, grazie», gli dico allungando la mano.

«Si chiamano *hotteok*, se vuoi saperlo», mi istruisce.

«Frittelle ripiene, Mark. Non complicarti la vita. Più che altro cosa c'è dentro?».

«In genere un misto di miele, zucchero di canna, cannella, noci e noccioline».

«Il primo cibo coreano che approvo».

«E non è finita. Guarda lì…».

Scruto con attenzione la scena e quasi scoppio in lacrime per la commozione. «Uno Starbucks!», esclamo come se si trattasse di un miraggio. Senza quasi rendermene conto afferro Mark per la mano e lo trascino in direzione del negozio. «Ma ti rendi conto? Posso avere un cappuccino con il latte di soia!».

«Puoi provarci…», mi avvisa Mark. «Non so come mai, ma in questo Paese il latte di soia non è mai diventato di moda».

Pare infatti che il guastafeste avesse ragione, perché per l'ennesima volta mi tocca accontentarmi del solito caffè annacquato, tanto di moda in questa parte dell'Asia. La mia delusione è visibile, tanto che Mark si sente in dovere di sollevarmi il morale.

«Dài, non ti abbattere. Vedrai che la giornata sarà comunque interessante. Ciambellina?», mi chiede porgendomene un'altra.

Io sospiro e afferro: tanto vale mangiarci su.

Camminiamo ancora per qualche minuto in mezzo ad alti

palazzi finché sbuchiamo in una piazza, davvero immensa, che sembra di un altro pianeta.

«Gyeongbokgung è il nome del palazzo reale più famoso di Seul e questa, Gwanghwamun, è la porta d'ingresso principale», mi svela Mark mentre ci avviciniamo. La piazza tra l'altro è tutto un brulicare di persone che si muovono tra statue antiche e una modernissima fontana che spruzza getti d'acqua direttamente dal suolo.

Una volta giunti di fronte all'ingresso del palazzo rimango con la bocca spalancata per lo stupore. Non so cosa mi aspettassi di preciso, ma di certo non questa costruzione così unica. Mai visto niente di simile. «Quanti secoli ha?», domando.

Mark si trasforma in fretta in una perfetta guida turistica. «A essere sinceri è una copia: l'ultima ricostruzione di questa bellissima struttura risale agli anni Sessanta. Tutto il vasto palazzo che visiteremo oggi è stato infatti costruito più o meno alla fine del Trecento, distrutto alla fine del Cinquecento, poi ricostruito a metà del 1800 per essere di nuovo raso al suolo durante il dominio giapponese nel periodo tre il 1910 e il 1945. Questa porta in realtà era stata ricostruita da un'altra parte ed è stata trasportata qui, nel suo luogo originale, alla fine del 2010».

«Stai scherzando?», esclamo.

Mark mi guarda serio. «Purtroppo no. Questa terra è sempre stata molto instabile. E come vedi le tensioni tra le due Coree non sono destinate a spegnersi. Questo è il motivo per cui ai ragazzi tocca un periodo militare molto duro, di circa due anni», mi spiega.

«Un po' come in Israele», commento stupita della mia memoria. «Anche tu hai fatto due anni di militare?».

Lui mi osserva un po' a disagio. «Passaporto americano, ricordi? Non ho fatto nemmeno un giorno di servizio militare, da nessuna parte».

«Furbacchione», commento ridendo. Fossi stata al suo posto anch'io avrei fatto lo stesso.

«Forza ora, entriamo», mi incita anche per cambiare argomento. Apparire un po' meno perfetto non deve essergli piaciuto.

All'ingresso sono appostate due guardie in vestiti tradizionali. Mark mi spiega che anche qui il cambio della guarda è uno spettacolo da non perdere, anche se i vestiti tradizionali coreani sono quanto di più lontano ci si possa attendere da quelli londinesi.

Una volta entrati non facciamo che camminare in lungo e in largo visitando i numerosi edifici ricostruiti: quello del trono reale, la residenza della regina, la zona della preghiera con tante statue di Budda. Ma a mozzare il fiato sono soprattutto Hyangwon-jeong, una pagoda esagonale situata in mezzo a un laghetto artificiale, e Kyeonghoe-ru, la pagoda più grande della Corea del Sud, che si affaccia su un lago ed è sorretta da quarantotto grandi pilastri.

«Allora, cosa te ne pare?», domanda Mark soddisfatto, mentre siamo seduti sulla sponda del lago a contemplare quella meraviglia.

È davvero troppo compiaciuto della mia reazione. «È inutile chiederlo, sai bene che questo posto è incantevole».

«E che non ci saresti mai venuta da sola», si sente in dovere di precisare.

«Questo non puoi saperlo. Prima o poi magari mi sarei avventurata in giro da sola».

«Appunto, da sola. Meglio non rischiare di fare brutti incontri», mi dice enigmatico.

«Cosa vuoi dire? La Corea mi sembra un posto sicuro. Certo, minacce nordcoreane a parte…». La sera le strade brulicano di persone piuttosto brille, ma mi sono sempre sembrati tutti alquanto innocui.

«Se provassi a girare da sola in zone meno centrali non ti sentiresti così tanto a tuo agio. Non voglio dire che la gente sia pericolosa, ma ecco, potrebbero capitarti dei tentativi di abbordaggio da parte di signori di mezza età. Sei alta e bionda, e qui pensano tutti che…». Si blocca, indeciso su come proseguire con la spiegazione. Direi quasi che sembra in imbarazzo.

«Pensano che…?», ripeto, invitandolo a terminare la frase.

«Potresti essere scambiata per una russa», mi svela.

Lo guardo confusa. «Tutto qui? Non sono russa, mi pare ovvio».

«Sai alta, sei bionda, sei di carnagione molto chiara, quindi per loro potresti essere una *russa*. Che da queste parti vuol dire una… prostituta». Ecco, l'ha detto.

«Cosa???», mi alzo in piedi furiosa. «Ti sembro per caso una prostituta?»

«Certo che no», si affretta a rispondermi Mark, cercando di calmarmi. «Non ho detto che lo sembri, ti ho solo avvertito che potrebbero pensarlo».

Mi sembra fantascienza. «Una prostituta…», ripeto scioccata.

«Preferisco che tu sia preparata. Non è detto che ti capiti, ma meglio prevenire che curare. Sei occidentale, quindi attiri l'attenzione. Negli ultimi anni questo Paese è stato invaso da una vera ondata di squillo venute dalla Russia, ecco perché la frase è diventata una sorta di codice», mi spiega.

«E se una per sua sfortuna fosse davvero russa senza essere una squillo?», domando seccata. Mai nessuno mi aveva avvisato che avrebbero potuto scambiarmi per una donna di strada.

«Maddison, non cominciare a divagare. Non sei russa, sei inglese. In ogni caso, per evitare il più possibile strani incontri, ricordati di non scoprire troppo il seno», aggiunge.

E io, che mi ero quasi rasserenata, digrigno di nuovo i denti. «Mi vesto sempre in modo ineccepibile!», esclamo.

«Sei vestita in maniera assolutamente normale per un'inglese. Se invece tu fossi una coreana, qualche scollatura in meno sarebbe stata d'obbligo», precisa.

Lo fisso sbattendo gli occhi. Prima o poi ucciderò quest'uomo. Mi metteranno in prigione, ma ne sarà comunque valsa la pena.

«Stai scherzando? Ma quali scollature?»

«Ti sei mai chiesta come mai qui nessuno porti magliette senza maniche o come mai siano tanto di moda quelle a collo alto?», chiede.

«Senso estetico pari a zero?», provo a suggerire. Voglio dire, ho visto gente conciata in maniera davvero discutibile.

A Mark scappa una mezza risata. «Anche, ma è soprattutto un fatto culturale: per i coreani è molto importante avere il seno coperto».

«Ma compensano lasciando scoperte porzioni assurde di gambe», mi permetto di aggiungere.

«Sì, è vero. Le ragazzine coreane girano con certe minigonne davvero folli. Immagino sia un modo per ribellarsi, pur rispettando le regole».

Rimaniamo seduti ancora per un po', in silenzio, a riposarci dopo la lunga camminata. È stata una mattina strana: è chiaro che Mark non riesce a togliersi del tutto di dosso questa sua inclinazione al comando, ma nel complesso mi tocca ammettere di aver passato delle ore piacevoli. Certo, il merito è stato principalmente dei posti che abbiamo visitato, non della compagnia. Alla fine, rigenerati, decidiamo di incamminarci di nuovo in direzione della metropolitana.

Questa volta il viaggio è piuttosto lungo, perché dobbiamo arrivare fino al gu Gangnam. E per una volta so dove stiamo andando! Voglio dire, chi al mondo non conosce l'ormai super celebre quartiere da cui prende il nome anche l'omonima hit musicale? Per quanto mi riguarda la canzone è stata più un tormento che un tormentone, ma almeno posso dire di conoscere qualcosa della Corea.

Gangnam è un quartiere a sud del fiume, che è cresciuto rapidamente in questi anni ed è diventato simbolo di ricchezza e opulenza. Gli abitanti sono noti per essere una sorta di "californiani d'oriente": alta qualità della vita e tanti soldi. Pare che qui un metro quadrato arrivi a costare anche quattro volte la media nazionale.

«Cosa ne dici, andiamo a pranzo?», mi domanda Mark una volta usciti dalla metro.

«Lo sai, non dico mai di no quando si tratta di cibo», approvo.

«Ti senti coraggiosa?», domanda furbetto.

«Non abbastanza da mangiare coreano, se è quello che avevi in mente», lo precedo.

«Coreano speciale e di alta qualità, però», mi giura mettendosi la mano sul cuore.

«Devo proprio?», domando con pochissimo entusiasmo.

«Certo! E dopo pranzo ti porto a vedere un museo unico al mondo: quello dedicato al kimchi!». Di fronte alla mia espressione oltraggiata si scioglie in uno di quei rarissimi sorrisi sinceri. Mi rendo conto che si tratta di un evento unico, ma è proprio necessario un sacrificio simile da parte mia per riuscire a far ridere quest'uomo?

Il ristorante sarà anche di lusso, ma come tutti gli altri ristoranti coreani che ho visitato finora, le sedie rimangono un miraggio. Anche qui ci tocca accomodarci su dei cuscini.

«Devo ammetterlo Mark, temo proprio di non essere portata per mangiare con le gambe incrociate». Ho ormai qualche settimana di esperienza alle spalle, ma credo di non essere migliorata affatto: la grazia nello stare seduta per terra l'ho lasciata a Londra. Si è rifiutata di emigrare con me.

«Tutta questione di abitudine, come d'altra parte lo è correre, alzarsi presto o condurre in generale una vita sana», si sente in dovere di precisare.

Non avevo dubbi che avrebbe sfruttato l'occasione. «La questione del sonno è genetica a mio avviso: ci sono persone che semplicemente amano alzarsi presto. Io non faccio parte della categoria. E poi rimanere a dormire fino alle nove il sabato mattina non è strano. Lo fanno tutti. Sei tu l'unico che ha dei problemi», enfatizzo con un sorriso innocente.

Mark mi osserva attento, ma non aggiunge niente. Prende poi il menu, tutto in coreano e senza foto, e si mette a scrutarlo con attenzione. «Ti fidi se ordino io per entrambi?».

Temo che la fiducia sarà qualcosa che Mark e io difficilmente conquisteremo, anche dopo un anno di lavoro insieme, ma situazioni estreme richiedono decisioni estreme. Voglio dire, non c'è speranza che io indichi una riga a caso e riesca a non ordinare la pietanza più disgustosa fra tutte. «Ma certo», gli rispondo fingendomi convinta.

Mark alza un sopracciglio con espressione dubbiosa ma pochi secondi dopo è già intento a selezionare cosa ordinare.

«Ti chiederei cosa hai appena scelto, ma preferisco non vedere le mie speranze deluse ancora per qualche minuto», gli confesso. «Se c'è di mezzo del kimchi, meglio vivere nell'ignoranza».

Non ho nemmeno finito la frase che il cameriere torna con una serie innumerevole di ciotoline. Il posto d'onore spetta come da programma al kimchi.

Mark inizia a ridere senza riuscire a trattenersi. «Ti giuro che non l'ho ordinato io», dice tra una risata e l'altra. «È gratis, o meglio, è incluso qualsiasi cosa tu abbia ordinato».

«Certo, va bene con tutto...», borbotto rassegnata.

Poi ci portano della carne tagliata sottilissima, marinata in una salsa non meglio precisata, che da soli dobbiamo cuocere su una piastra al centro del tavolo. L'esperienza è divertente e la carne davvero gustosa, se non fosse per quel maledetto kimchi, di cui non riesco a ignorare l'odore.

«È scientificamente dimostrato che anni fa la Corea ha avuto pochissimi casi di aviaria rispetto per esempio alla Cina, perché le spezie contenute nel kimchi sono servite a disinfettare l'organismo della popolazione. Il kimchi è un vero vanto nazionale», mi spiega mentre osserva la mia estrema diffidenza. «Dovresti se non altro provarlo...».

Su questo ha ragione: da un lato lo so benissimo che un cibo tanto speziato non fa assolutamente per me, ma dall'altro la curiosità è forte. Quanto sarà cattivo da uno a dieci?

Senza ragionare troppo chiudo gli occhi e porto il cibo alla bocca. La prima sensazione è di stupore: mi aspettavo che il cavolo cinese fosse più morbido, invece è croccante, e il sapore del peperoncino non è così forte. Ho l'illusione di stare masticando qualcosa di normale. L'ondata invece giunge a tradimento, e non è piacevole. Afferro pronta il mio bicchiere di acqua e lo scolo tossendo.

«Ma quanto cavolo di peperoncino usate? Due chili per ciotola?», domando rossa in viso.

Il bastardo ne prende un po' e lo manda giù come se nulla fosse. «Questo è di media intensità. Non ti lamentare sempre».

«Potreste derattizzare il pianeta con il vostro kimchi», borbotto continuando a mandar giù acqua.

«Sempre lo stesso problema, Maddison: non sei abituata...», sentenzia ridacchiando. «E poi questa è una versione base: in quelle più evolute qualcuno aggiunge pezzi di calamari freschi lasciati nel sale per oltre una settimana».

Il mio volto impallidisce, il mio stomaco emette uno strano lamento. Questo è davvero troppo. Io amavo i calamari, ma qualcosa mi dice che non li mangerò mai più.

La mia difficile esperienza con il kimchi riesce a farmi evitare il museo dedicato al glorioso piatto coreano. Pare infatti che contenga una sala dedicata agli assaggi, ma io, dopo un solo cucchiaino, penso di aver già fatto fin troppo. Mark tenta fino alla fine di convincermi che consumando spezie ogni giorno finirei per apprezzarle. Sarà, ma in questo momento non mi sento molto convinta.

Passiamo il resto del pomeriggio a spasso per il quartiere di Gangnam, a camminare come due perfetti turisti in cerca di stranezze. E qui non mancano di certo: mi colpiscono subito le numerose coppiette che girano per la città, abbigliate e accessoriate nello stesso identico modo. È come avere di fronte due gemelli, mentre invece sono fidanzatini. Se ne vanno in giro mano nella mano con le stesse scarpe, magliette identiche o felpe coordinate. Finisci per chiederti se abbiano anche le mutande uguali e cosa facciano con i vestiti nel caso in cui si lascino.

In ogni caso, nella remotissima ipotesi che prima o poi mi capiti di trovare un fidanzato, non mi vestirò certo come lui. Le felpe unisex non fanno per me. E avrei qualcosa da ridire anche nel caso in cui il mio eventuale lui decidesse di imitare il mio abbigliamento. Immagine destabilizzante...

Dopo aver girato a lungo tra le trafficatissime vie piene di negozi, finiamo per imbatterci in un vero tempio buddista, che spunta quasi ostinato tra imponenti palazzoni dalle vetrate luminose. Si tratta del tempio di Bongeunsa ed è una piccola oasi di tranquillità in mezzo al caos. Il contrasto è così forte che sembra di entrare in un'altra dimensione. Mark e io ci sediamo sulla scalinata dell'edificio ad ammirare in pace i palazzi che continuano a brillare all'orizzonte.

«Sono stanca», mi lamento massaggiandomi un piede.

«Lo immagino. Ma è stata una giornata interessante, vero?»

«Lo puoi dire. Quello che ho visto oggi di Seul potrà bastarmi per almeno sei mesi».

«Avevo in mente ancora un'ultima cosa. Mangiare da qualche parte in fretta e andare a vedere il ponte di Banpo».

Io quasi non mi reggo più in piedi. Altro che andare a visitare altri posti. «Abbi pietà di me...», lo imploro.

Mark distoglie lo sguardo dall'orizzonte e lo sposta su di me. Ha un'espressione intensa. «Ti prometto che ne varrà la pena», mi dice, quasi seducente.

L'ho già visto utilizzare questa tecnica: se non riesce a convincere subito qualcuno, trova sempre il modo di stregarlo. Ha questo modo di trapassarti con quegli occhi così particolari, modulando attentamente la voce. Alla fine finisci per cedere, anche se avresti tanto voluto dirgli di no.

«Ma facciamo in fretta», gli chiedo. «O ti toccherà portarmi a casa sulle spalle».

Così usciamo dal tempio, optiamo per un veloce hamburger come cena e riprendiamo la metro per arrivare fino al suo tanto amato ponte di Banpo. Quando raggiungiamo la riva sud il sole è quasi calato e le luci del ponte sono già accese. E questo è tutt'altro che un semplice ponte: è una gigantesca fontana i cui spruzzi d'acqua sono illuminati da mille luci colorate, che creano l'effetto di un arcobaleno. Lo spettacolo è da togliere il fiato.

«Cielo...», sussurro mentre continuo a fissare la scena.

«Fa sempre quest'effetto quanto lo vedi per la prima volta. Suggestivo, vero?».

Annuisco, rapita. Questo è più che suggestivo, è incantevole.

«È la più lunga fontana-ponte del mondo. È persino nel Guinness dei primati», puntualizza il piccolo secchione. Immagino che per i coreani detenere o meno un record sia di fondamentale importanza. Per me invece conta poco, sono le sensazioni di stupore che mi suscita a essere importanti.

Rimaniamo in religioso silenzio ancora a lungo, ognuno con lo sguardo su quel gioioso arcobaleno di colori.

Poi, con un solo cenno del capo, ci avviamo in direzione della metropolitana per tornare finalmente a casa.

6
Gita aziendale

Questa mattina mi sono svegliata alle cinque in punto, mentre fuori era ancora buio pesto. E non trovo altre parole per descrivere quello che mi attende se non… terrificante!

Mi trovo compressa in uno scomodissimo sedile di un dannatissimo autobus diretta chissà dove. La missione segreta di oggi è sopravvivere alla gita aziendale in programma. Un incubo… ma forse questa parola l'ho già usata fin troppe volte oggi. In realtà è un vero e proprio mantra, me lo sto ripetendo da quando la mia sveglia ha suonato, o meglio tuonato, solo poche ore fa. Era così presto quando sono uscita di casa per recarmi all'appuntamento che in giro non c'era nessuno. Persino dell'alba, neppure l'ombra.

Siamo un fiume in piena di dipendenti assolutamente decisi a divertirsi. Anche se a me sfugge del tutto cosa possa esserci di buono in una giornata in cui il programma principale è il rafting. Il rafting!!!

Gommoni impazziti pieni di gente che vuole suicidarsi a tutti i costi, sballottati dalla forza delle onde, lanciati addosso a sassi giganti. In uno scontro tra essere umano e un ammasso di rocce chi potrebbe mai uscire vincitore? Mah, io azzarderei un'ipotesi, ma forse qualcuno potrebbe definirmi pessimista…

L'autobus si inclina pericolosamente a destra e io finisco per la millesima volta contro il povero braccio di Seung

Hee, che come sempre non dice niente. Dannate stradine di montagna.

Se i ruoli fossero invertiti io mi sarei già arrabbiata, ma sono tutti così felici della gita che niente riuscirebbe a rovinare la loro giornata. Nemmeno io, che invece sembro la personificazione del cattivo umore.

Questa allegra scampagnata unisce insieme tutte le cose che detesto di più: la sveglia all'alba, o meglio la sveglia di notte, un lunghissimo viaggio in autobus e per finire un'attività sportiva pericolosa e inutile. Per provocare il mio cattivo umore sarebbe bastata l'idea di attività sportiva.

«Maddison, mi sembri davvero terrorizzata all'idea di fare rafting», mi dice la mia compagna di viaggio, fingendo comprensione. Qui nessuno si rende conto del perché io ami poltrire, e non mi illudo certo che qualcuno prima o poi lo capisca. In fondo il passatempo nazionale non è passeggiare, bensì salire e scendere dalle montagne. La maggior parte dei parchi, persino quelli cittadini, è quasi sempre sul cucuzzolo di un monte proprio per questo motivo.

«Non sono terrorizzata, sono solo molto, molto seccata di essere su questo maledetto autobus...», rispondo sincera, cercando di aggrapparmi al sedile mentre il nostro allucinante mezzo affronta l'ennesima curva a gomito.

Ma dove diavolo stiamo andando? In Nepal?

Seung Hee mi lancia un'occhiata di sincero turbamento. Cielo, è turbata per me.

In verità ho cercato ogni scusa per evitare di partecipare a questa spedizione suicida, ma Mark mi ha minacciato. Non lo dico tanto per dire, mi ha *letteralmente* minacciato nel caso avessi deciso di non andare. A quanto pare, qui in Corea, tutto quello che è aziendale è un obbligo. È come una specie di postilla al contratto di assunzione: non devi firmarlo, ma devi rispettarlo, perché la causa aziendale qui viene prima di qualsiasi altra cosa. Prima della propria vita privata, prima del diritto al riposo e al sonno, prima del diritto di infischiarsene delle spedizioni suicide. E io che m'illudevo che fossero solo i giapponesi quelli disposti ad alienarsi per la causa; a quanto pare sono dei banali dilettanti in confronto ai coreani.

Avrei dovuto non sottovalutare la classifica in base alla quale i coreani sono la popolazione con la media più alta di ore lavorate al giorno. Jane mi ha inviato la statistica qualche giorno fa, anche se non ho ancora capito cosa sperasse di ottenere. Farmi lavorare di più? Non avrà mica pensato che bastasse così poco...

Quindi sì, le gite aziendali si devono fare, costi quel che costi, e si devono anche fare con il sorriso sulle labbra.

Quello che forse ha alimentato la mia rabbia riguardo a questa vicenda è che Mark mi ha prima costretto a partecipare iscrivendomi lui stesso, e poi si è dileguato. La causa ufficiale è un viaggio di lavoro, ma per me non è una giustificazione sufficiente. Quello che conta è che oggi il bastardo non ci sarà... Anche se è sabato. Da quando le trasferte durano anche il fine settimana?

Da una parte dovrei essere contenta, e lo sono, perché non sarò continuamente ripresa come fossi una bambina, ma dall'altra parte c'è qualcosa che mi causa insoddisfazione. Il che mi infastidisce ancora di più.

«Sei delusa perché Mark non ci sarà?», mi chiede la dolce fanciulla. Innocente, ma non del tutto scema a quanto pare.

Io la guardo scioccata e nego con convinzione. «Ma sei matta? Meno male che non c'è...», brontolo.

Quand'è che sono diventata così trasparente che anche una persona così poco perspicace come Seung Hee finisce per intuire certe scomode verità?

Lei mi squadra per un attimo, ma alla fine decide di lasciar cadere l'argomento. Scelta molto saggia, brava ragazza.

Dopo un viaggio interminabile, il malefico pullman si ferma aprendo le sue porte. «Benvenuti all'inferno», mi dico a voce bassa. Seung Hee fa finta di non aver sentito.

Eccoci quindi arrivati. Squadro velocemente l'ambiente: davanti a noi prati verdi, un boschetto che sembra uscito da una favola, e poi un ronzio fastidioso. Ma che cos'è questo rumore? Oddio, è il frastuono del fiume che non si vede ancora, ma si sente, eccome se si sente!

Non ho neanche il tempo di riprendermi che veniamo subito divisi in squadre. Una dozzina di persone per ogni gommone. Una dozzina???

Ci fanno indossare una ridicola muta in neoprene, una giacca imbottita e ci consegnano caschetto e giubbotto salvagente.

Il super lecchino Andrew mi si è subito appiccicato non appena mi ha visto con la muta indosso. Non vorrà mica palparmi dentro il gommone? Ma che idea assurda! Deve essere la montagna a farmi male. Con tutta questa gomma toccarmi sarebbe assolutamente impossibile.

Un tizio ci spiega il funzionamento dei giubbotti salvagente, e come era attendibile lo fa in coreano. Panico.

Non ho bisogno di capire le spiegazioni, cerco di tranquillizzarmi, in fondo è solo un dannato giubbotto e le istruzioni saranno le stesse che precedono ogni decollo sull'aereo. Una mera formalità.

Ma perché mi è venuta in mente la parola "decollo"? Prima di riuscire a fermarle mi scorrono davanti agli occhi immagini di me che volo fuori dal gommone e plano su una roccia. Scuoto decisa la testa per scacciare la terribile profezia. Siamo in Corea, qui è tutto super sicuro e lo sarà anche il rafting!

Sono così immersa nei miei vaneggiamenti che non mi accorgo nemmeno che a uno a uno i dipendenti della banca stanno saltando dentro l'acqua del fiume. Qualcuno mi spinge e volo dentro anch'io… volo e per poco non muoio a contatto con l'acqua gelida.

Sono così costernata che non riesco nemmeno a urlare.

Seung Hee si è di nuovo materializzata accanto a me, deve aver intuito la mia difficoltà.

«Tutto bene, Maddison?», domanda premurosa. Lei non sembra affatto avere problemi con la temperatura. È bagnata fradicia, proprio come la sottoscritta, ma sembra quasi felice di essersi rinfrescata, il che è grottesco perché fuori ci saranno sì e no quindici gradi. E io stavo bene anche senza ulteriori bagni nel ghiaccio.

Annuisco solo con il capo perché ancora non riesco a proferire parola.

«In effetti è un po' freddina…», mi dice come per rincuorarmi.

Freddina? Ma da dove diavolo sfocia? Direttamente dal polo? Faccio un sorriso di circostanza. Maledetto Mark Kim, giuro che se ti prendo ti uccido, come prima cosa. Come si fa a condannarmi a un'esperienza simile e poi svignarsela? Se ci teneva tanto doveva essere qui a dare il buon esempio e gelare insieme a tutti noi!

«Ci hanno buttato in acqua con lo scopo di farci acclimatare, così se qualcuno dovesse cadere dal gommone lo shock per la temperatura non sarà eccessivo», mi spiega.

Come no… così se non muoio per lo spavento ci rimango secca per la polmonite. Non so cosa scegliere…

«Credimi, in genere preferisco dedicarmi ad altro il sabato mattina, più che ad acclimatarmi…».

Mi faccio paura da sola, sono davvero incavolata nera e non

so più come nasconderlo. Andrew deve aver annusato aria di guai e si è infatti volatilizzato, mentre Seung Hee ha sgranato gli occhi di fronte al mio tono duro. Non per quello che ho detto, ma per il modo. Sembro la sorella cattiva di Cenerentola. Mark, se ti prendo…

Sto ancora immaginando tutte le torture a cui vorrei sottoporlo quando il signor-so-tutto-io sbuca improvvisamente nella radura, sorridente e con abiti sportivi. Ma che ha da sorridere?

Poi il suo sguardo cade su di me, sulla mia assurda muta e sulla mia espressione di puro odio, e se possibile il suo sorriso si accentua. Durante la nostra giornata da turisti avevamo quasi trovato un modo per andare d'accordo, ma questo scherzetto cambia le carte in tavola. Tendo a essere vendicativa.

«Mark, che bello che ce l'hai fatta!», esclama Andrew. Gli si avvicina e gli dà una pacca sulla spalla.

«Be', sì… mi sarebbe dispiaciuto perdermi la giornata aziendale. Il mio volo è atterrato questa mattina e sono venuto con la mia macchina», spiega.

Per un istante sono quasi colpita: avrebbe potuto far finta di niente e rimanere a casa, invece eccolo qui. Ricaccio in gola una sensazione di gioia.

Vengo però catturata dal suo sguardo beffardo e capisco. È qui perché non vuole perdersi lo spettacolo, perché pensa che combinerò un casino… ma che grandissimo bastardo!

Si avvicina alla sponda del fiume dove sono ancora immersa fino alla vita, ormai cianotica credo, e mi porge una mano per aiutarmi a uscire. Pensa davvero di cavarsela con così poco?

Faccio finta di non vederla, e con un balzo per me davvero sorprendente esco dall'acqua. Seung Hee invece ha accettato la mano di Andrew.

Mentre mi rialzo in piedi rimango incastrata dallo sguardo del mio capo. Non ho la minima intenzione di distogliere gli occhi dai suoi, questa è una sfida che ho tutta l'intenzione di vincere.

«Sempre di cattivo umore il sabato mattina, Maddison?», mi punzecchia.

«Sempre odioso come tutti gli altri giorni, Mark?», ribatto a bassa voce. In fondo questa è una cosa tra noi due e non c'è bisogno che anche gli altri sappiano che stiamo litigando per la gita.

«Non vorrei mai deludere le tue aspettative al riguardo», mi risponde con tono leggero, come se mi stesse parlando delle previsioni del tempo. Il mio sguardo di risposta, invece, non lo è affatto.

«Non ti cambi?», domando arrabbiata, cercando di cambiare argomento. Noto che indossa ancora jeans e maglione.

«Io non partecipo», ha il coraggio di dirmi, come se fosse la cosa più naturale del mondo.

Cooosa??? Lui non partecipa?

Sono sbigottita. Quindi il vigliacco non si butta in questa ghiacciaia?

«E perché mai sua grazia non si unisce a noi?», chiedo con un tono civile di cui io stessa mi stupisco.

Mi rivolge un sorriso di soddisfazione. «Siccome non pensavo di farcela non mi sono iscritto».

E io dovrei anche crederci? Così non solo non partecipa, ma si gode anche lo spettacolo.

Prima che io possa azzardare una risposta sensata vedo Seung Hee che mi afferra per un braccio.

«Vieni Maddison, ci chiamano». E in men che non si dica mi trascina di nuovo verso la riva del fiume.

Prima di voltarmi per l'ultima volta riesco ancora a scorgere le labbra di Mark che si stanno incurvando in un sorrisetto odioso.

Ridi, ridi pure, penso dentro di me. Questa me la paghi.

Sono dentro il gommone con indosso il mio caschetto e un remo in mano. Un tizio sta di nuovo parlando in coreano.

«Vuoi che ti traduca cosa sta dicendo?», mi chiede Seung Hee.

«Fa niente, tanto cosa ci vuole a saper usare un banale remo?», le rispondo.

«Sei sicura? Neanche le basi?», insiste.

Insomma, è solo un remo! Sospiro paziente come si fa con i bambini piccoli. «Davvero, so come si fa a remare». Me lo ha spiegato papà quando siamo andati sul laghetto della zia Mildred. Certo, si trattava di un piccolo lago assolutamente immobile, mentre questo fiume sembra portare alle cascate del Niagara, ma la tecnica di base deve essere sempre la stessa, no?

Prima che io finisca l'operazione di autoconvincimento alcuni addetti allentano le corde della barca. Oddio si parte.

Il gommone inizia a muoversi prima lento, prendendo però sempre più velocità e iniziando a sobbalzare. Mentre tutti gli altri remano con vigore, io riesco solo a osservarli impotente.

Veniamo sballottati da una parte all'altra della riva con sempre maggiore violenza, tanto che gli spruzzi si alzano più forti di secondo in secondo, inondando il gommone. Ma affonderà questa benedetta carriola?

Cielo, Maddison, non sei mica sul *Titanic*, mi ripeto cercando di controllarmi. No, non lo sono, ma qui l'acqua è così fredda che mi aspetto di veder comparire un iceberg sulla nostra traiettoria. E se qualcosa ci colpisse?

La mia mente è talmente presa dall'elaborazione di piani di salvataggio che non mi accorgo neanche che stiamo per affrontare un salto. A mia discolpa posso solo dire che l'omino deve averci gridato qualcosa in coreano, quindi al momento del volo non sono per niente preparata. Anzi, non me lo aspetto proprio, e questo non solo mi fa sobbalzare molto più degli altri ma mi fa anche prendere il volo. Letteralmente.

In pochi istanti plano fuori dal gommone e finisco con un tonfo poco elegante nella stessa acqua gelida in cui sono stata spinta solo pochi minuti fa. Con la differenza che ora l'acqua mi sembra ancora più fredda. Per forza, sono completamente immersa.

Prima che io me ne renda conto la corrente inizia a trascinarmi prepotente verso il basso. Sento ovunque gente che grida, ma il rumore dell'acqua è così forte che non capisco un accidente di quello che stanno dicendo. E di sicuro lo stanno facendo in coreano.

Quello che provo non è proprio panico, ho troppo freddo per sentirmi spaventata. Non riesco a riflettere su niente.

All'improvviso ecco una voce che grida molto più forte delle altre. Sollevo gli occhi per un attimo e vedo il volto di Mark dall'altra parte della riva.

«Maddison, aggrappati!», urla.

La fa facile lui... come se non ci avessi pensato, ma a cosa?

«Dannazione, stupida donna! Aggrappati alla roccia!».

Sono così arrabbiata per il suo ennesimo insulto che mi aggrappo subito alla roccia più vicina senza fare neanche troppa fatica. L'odio mi ha così accecato che è stato facilissimo.

«E ora rimani lì dove sei!», urla ancora Mark.

Come se potessi andarmene...

In men che non si dica lo vedo gettarsi dentro il fiume e, facendosi largo tra gli ammassi rocciosi, venire verso di me.

«Ora ascoltami bene: al mio tre ti stacchi e afferri la mia mano. Chiaro?», mi urla.

Sempre quella voce arrabbiata, ma è possibile che non sia capace di usare altro tono?

Vorrei dire qualcosa di adatto all'occasione, ma non mi viene in mente niente, quindi annuisco solo. La mia roccia sta diventando sempre più scivolosa, meglio non perdere tempo inutile.

«Uno, due e tre!».

Al tre mi lancio con tutta la forza che ho verso Mark, che mi afferra per un pelo, davvero per un pelo.

Sospiro per il sollievo e mi rendo conto di stare tremando, per il freddo e per la paura.

«È tutto a posto», mi dice. «Vedo subito di tirarti fuori di qui».

Dalla riva, Dong Woo e Chul Ju, che stavano attendendo pazienti di partire con il prossimo gommone, ci buttano una corda. Mark l'afferra prontamente e, tenendola sempre stretta, riesce a condurci pian piano a riva.

Chul Ju mi tende la mano tirandomi fuori dall'acqua gelida. Mi accascio sulla sponda sdraiandomi senza forza. Il cielo è azzurrissimo, limpido, senza nemmeno una nuvola.

Accanto a me sento il rumore del corpo di Mark. Volto lo sguardo e incontro il suo, esausto e arrabbiato.

Lo so che cosa devo dire, ma mi costa fatica, anche perché una parte di me sa che è colpa sua se mi trovo qui, in questo stato.

«Grazie Mark», dico cercando di non riflettere troppo.

Lui mi osserva e per un po' sembra non aver niente da aggiungere. Ma poi ci ripensa.

«La prossima volta giuro che ti lascio sfracellare contro una roccia», dice minaccioso e cerca di alzarsi. Mi rendo conto solo ora che è bagnato fradicio, visto che a differenza di me non indossava una muta ma solo jeans e maglione quando si è tuffato.

Non starà mica pensando di andarsene così, convinto davvero di aver ragione?

«Ehi, aspetta un po'!», gli dico, rimettendomi prontamente a sedere. «Niente di tutto questo sarebbe accaduto se tu non mi avessi costretta a partecipare a questa gita del cavolo!».

Mark si ferma, si volta verso di me e, rimuovendosi un ciuffo fradicio di capelli dalla fronte, mi osserva costernato.

«Stai scherzando?», sibila.

«Affatto», rispondo convinta.

Silenzio per un paio di terrificanti secondi. Vedo che Chul Ju e Dong Woo fanno finta di non sentirci. Molto saggio da parte loro.

«Io non volevo partecipare, non volevo congelarmi, non volevo farmi male. E tu lo sapevi, dannazione».

Sorrisetto beffardo di derisione, eccolo di nuovo sulle sue belle labbra. «Molto maturo, Maddison, continua pure a dare sempre agli altri la colpa dei tuoi fallimenti e dei tuoi errori».

E detto ciò, si gira e se ne va.

Sono finalmente a casa. Questa catastrofica giornata sta per finire! È stato orribile, sembravo l'invitata a nozze sfigata con cui nessuno voleva avere a che fare per tutto il resto della giornata. Solo la povera Seung Hee ha avuto compassione di me.

E che diamine, vuoi vedere che ora è colpa mia se sono finita nel fiume?

Mi sono appena fatta una meravigliosa doccia bollente, mi sono infilata il mio pigiamone caldo e, non contenta, mi sono pure messa la vestaglia di lana rosa. Ho smesso di tremare dal freddo solo da poco.

Ma l'aver recuperato un'accettabile temperatura corporea non è servito a domare la mia rabbia. Nemmeno per un po'. Sono nervosa, agitata e muoio dalla voglia di finire la litigata con Mark iniziata questa mattina.

L'idiota è tornato a Seul nel primo pomeriggio mentre io ho dovuto attendere che l'autobus ci riportasse tutti a casa solo verso sera. Infine ho dovuto prendere la metro per raggiungere il mio appartamento. Una sana di mente al mio posto avrebbe preso un taxi…

Lo so che sto per fare una stupidaggine, ma non riesco a resistere, mi prudono le mani.

Prima di poterci ripensare esco al volo dalla mia sala e mi precipito nell'atrio. Forza codarda, suona alla porta.

Conto fino a tre e schiaccio con decisione il campanello. Aspetto, aspetto, ma nessuno viene ad aprire.

È uscito? In fondo è sabato sera, magari aveva un appuntamento galante. Tiro un sospiro di sollievo: in realtà è stata una pessima idea quella di affrontarlo così conciata. Cielo, ho indosso il mio pigiamone, ma cosa pensavo di fare?

Be', in realtà non pensavo affatto, ero solo accecata dalla rabbia.

Sto ancora riflettendo sul mio abbigliamento quando all'improvviso la porta si apre facendomi sobbalzare. Sembra la grotta di Alì Babà. Ho forse pronunciato senza accorgermene la parola magica?

Di fronte a me si materializza un Mark stranamente pallido, oserei dire… malato. Se non fosse che un tipo come lui di certo non si ammala mai.

Come prima cosa noto uno sguardo di evidente sorpresa nei suoi occhi spenti. Sarà colpa della mia *mise* un po' strana?

«C'è un ballo in maschera da qualche parte?», chiede a voce bassa.

Ridi, ridi pure di me.

«Cos'hai?», gli chiedo subito a bruciapelo, ignorando la provocazione.

«Ho la febbre», ammette seccato. «I bagni nell'acqua ghiacciata senza muta possono farti ammalare, se covi già da prima un raffreddore. Che poi è anche il motivo per cui avevo deciso di non partecipare, alla fine».

Non devo sentirmi colpevole, non devo sentirmi colpevole, non devo... al diavolo, mi sento colpevole eccome!

«Hai mangiato qualcosa?», gli chiedo.

«No».

Non sembra intenzionato ad aggiungere altro, ma sta per richiudere la porta quando lo blocco con una gamba.

«Dovresti mangiare. Ti posso preparare qualcosa». Non so nemmeno come mi è venuta in mente una cosa simile. «Prometto di non metterci il veleno».

Esitazione. Tentennamento. Resa. Lo so che ho vinto. Si fa da parte per permettermi di entrare. Indossa una maglietta bianca e dei semplici pantaloni neri stile tuta. Ed è nuovamente a piedi scalzi.

«Se hai la febbre per prima cosa dovresti coprirti. Inizia mettendoti delle calze».

«Vuoi farmi stare peggio?», chiede mentre si infila un maglione.

«Veramente ero venuta per litigare, ma visto che sei malato aspetterò un'altra occasione. Non mi godo le vittorie se il mio nemico non è in piena forma».

Mark si sdraia sul divano e chiude gli occhi.

«Ti dispiace se non ti rispondo? Sto davvero troppo male per litigare con te ora».

Ma allora deve essere vero! Alzo le spalle come a dire "fai pure".

«Hai preso qualche medicina?», domando.

«Non ancora. Prima volevo mangiare qualcosa, ma poi mi sono addormentato».

«Bene, allora vedo di mettermi all'opera».

Apro il frigorifero alla ricerca di qualcosa con cui preparare una zuppa. Sono una pessima cuoca, ma vedrò di ingegnarmi. Trovo dei piselli e delle carote surgelati e inizio a far bollire il tutto.

«Hai anche delle patate?», gli domando, senza ottenere risposta.

Mi sporgo dalla cucina e mi avvicino al divano.

«Mark?», lo chiamo.

Si è addormentato di nuovo. Il respiro è però agitato, la pelle lucida. Gli tocco la fronte con la mano scostando la solita ciocca di capelli neri: è bollente.

In tutta fretta finisco di preparare la mia zuppa e poco dopo ritorno vicino al divano.

«Mark, svegliati», gli dico scuotendolo appena. «Forza, Mark, devi mangiare».

Lui apre confuso gli occhi e per un attimo mi guarda senza capire. Ha un aspetto molto diverso dal solito, sembra quasi vulnerabile. Ma poi si ricorda tutto e si rimette a sedere con fatica. Gli passo la ciotola e il cucchiaio. Senza dire niente inizia a mangiare.

«È pessimo», si lamenta dopo una prima cucchiaiata, «ma ti ringrazio comunque».

«Non sapevo dove trovare gli ingredienti», mi difendo.

«Sei qui perché ti senti in colpa?», domanda.

«No», mento malamente.

«Puoi anche ammetterlo. Anch'io mi sono sentito in colpa quando sei finita in acqua oggi. Siamo pari in un certo senso».

Ci rifletto un attimo. «Ok, potresti avere ragione. È senso di colpa».

«Suona molto strano sentirti ammetterlo. Sono davvero così malato da immaginarmi le cose?», domanda tra una cucchiaiata e l'altra.

«Decisamente malato», gli rispondo. «Ma lasciando perdere chi ha ragione e chi torto e passando alle cose serie, hai delle medicine?».

Mi indica un pacchetto sul tavolino. «Tutto pronto. Finisco la tua terribile zuppa, prendo una dose massiccia di paracetamolo e me ne vado a dormire».

«Molto sensato, da parte tua. Hai bisogno di qualcosa?». Il mio tono è insolitamente servizievole.

«Non sto per morire, non dovrai avermi sulla coscienza», dice ridendo.

«Va bene, allora ti lascio riposare».

Mi alzo dal divano. Mark solleva lo sguardo e mi dice semplicemente: «Grazie».

Per la prima volta una sua frase rivolta a me ha un suono quasi... gentile.

«Di niente». Gli sorrido e mi avvio verso la porta, ma prima di uscire per sempre mi fermo un'ultima volta. «Comunque, per la cronaca, avevo ragione io a non voler partecipare. Niente più rafting per l'amor del cielo».

«Ma sei matta? Un'altra esperienza del genere potrebbe uccidermi», concorda.

7
New York

Sono arrivata presto in ufficio questo lunedì. Ero ansiosa di sapere se Mark si sarebbe fatto vivo oggi. Temevo infatti che stesse ancora male, ma è chiaro che le sue capacità di recupero sono eccezionali. Gli è bastata la giornata di ieri per riprendersi ed eccolo già al lavoro. E a quanto pare è qui dall'alba.

Scruto la sua immagine avvicinandomi alla porta del suo ufficio: si direbbe pure in splendida forma. Ma anche di cattivo umore, ora che ci penso. Quel suo sopracciglio nero sollevato sembra esserne la prova.

È al telefono con qualcuno, e ha un'aria piuttosto seccata. Non invidio per niente il suo interlocutore.

«Maddison!», tuona infine sbattendo la cornetta. «Invece di spiarmi vedi di renderti utile!».

Ah, a quanto pare è straguarito.

«Non ti stavo spiando», rispondo ferma, alzandomi dalla sedia e affacciandomi alla sua porta. Non ho molta voglia di entrare nella tana del lupo, ma a quanto pare sono costretta.

«Sappi che vedo la tua immagine riflessa anche se sono con la schiena voltata, quindi non raccontarmi frottole. Sto meglio comunque, grazie per non averlo chiesto», aggiunge. Sorriso odioso.

E come si fa a porgergli anche una banale domanda se non

te ne lascia l'occasione? Decido di non abboccare alla provocazione.

«Cosa posso fare per te?», domando con tono innocente.

«Per iniziare ho bisogno quanto prima dei bilanci a cui state lavorando, mi servono le previsioni per i prossimi tre anni e mi servono per ieri», mi istruisce rimettendosi a sedere con grande agilità.

Come se questa fosse una novità, qui è tutto da fare *per ieri*.

«Muoversi!», mi intima agitando la mano nella mia direzione.

Perché mai sabato mi sono fermata a casa sua a preparagli da mangiare? Magari, se non avessi suonato alla sua porta, non si sarebbe svegliato, non avrebbe mangiato e non avrebbe preso le medicine. E magari oggi sarebbe costretto a starsene a letto... che sbaglio che ho fatto!

Sto per uscire dalla sua stanza quando mi richiama di nuovo. «Maddison!».

Non sono mica un cane! La mia espressione non deve essere delle più simpatiche in questo momento.

«Sì?», rispondo molto meno controllata.

«Dimenticavo, ho una buona notizia per te».

«Mi trasferiscono?», mi sfugge dalle labbra e quasi sorrido all'idea.

«Non sognare cose impossibili a occhi aperti», mi avverte per niente colpito. «Nuovo viaggio di lavoro, andiamo a New York. Partiamo mercoledì. E questa volta camere separate», mi dice serio, anche se cerca di nascondere un mezzo sorriso.

«E io che pensavo che ti piacesse tanto la mia compagnia notturna...», lo stuzzico. Vorrei non essere colpita dalla destinazione, ma non ci riesco. Tutto quello a cui riesco a pensare è che vado a New York! Io vado nella Grande Mela!

Be', sì, peccato che ci vada con lui... ma in fondo cosa importa? Posso sempre seminarlo.

«Per questa settimana ho deciso di non rispondere alle tue provocazioni», mi informa. Ma ormai non m'interessano le sue risposte. Faccia quello che vuole. Purché mi porti a New York, chiaro.

«Non mi stai ascoltando affatto, vero?», mi chiede osservandomi sognare a occhi aperti.

«Se proprio vuoi saperlo, no», gli sorrido soddisfatta.

«Bene, allora vedi di tornare alla tua scrivania, perché deve essere tutto pronto prima del nostro viaggio».

«Sì. Ho capito, padrone».

«Sei ancora qui?»

«Vado, vado». Sono fuori dal suo ufficio in un secondo esatto.

New York, capitale dello shopping, arrivooooo!!!!!!

Siamo appena atterrati all'aeroporto JFK di New York. Sono così eccitata che ho persino rimosso l'orrore del volo nel momento stesso in cui l'aereo è atterrato. Questa volta non ci sono state molte turbolenze, ma non mi sono certo rilassata. Il collo è ancora rigido e in un punto è particolarmente indolenzito.

In realtà sono anche un po' seccata per il fatto che il grande capo bastardo ha volato in business mentre la sottoscritta dipendente zerbino in economica. Certo, il sedile scomodo in realtà è un prezzo che ho pagato volentieri pur di non averlo tra i piedi. La sua espressione accigliata avrebbe di certo peggiorato questo lungo volo.

Al momento del check-in Mark ha farfugliato qualcosa del tipo «se vuoi rinuncio alla business e volo in economica anch'io», ma l'unico suggerimento che avrei potuto accettare sarebbe stato quello di volare *io* in business e *lui* in economica. E siccome quest'idea non gli è passata neanche per l'anticamera del cervello, ho rifiutato con molta convinzione. Francamente, cosa può esserci di peggio che passare quindici ore a stretto contatto con Mark?

Deve aver intuito il mio pensiero perché ha lasciato subito cadere il discorso e si è rifugiato in un pesante mutismo. Vuoi vedere che si è anche offeso? Ma dovrei essere io la parte lesa! Quale razza di uomo non offre alla povera damigella il sedile più comodo?

Sì, probabilmente lui è quanto di più lontano possa esserci da un gentleman e io sono la fanciulla meno indifesa che lui conosca, ma avrei comunque apprezzato il gesto.

«Ti fa male il collo?», mi domanda Mark mentre ci stiamo incamminando verso il controllo passaporti. Almeno mi ha aspettato all'uscita. Molto magnanimo da parte sua.

Gli lancio un'occhiataccia come per dire "secondo te?".

«Certo, tutto questo tempo compressa come una sardina non mi ha fatto di certo bene...». Poi mi ricordo che sono a New York, quindi al diavolo Mark e il torcicollo. Tutto passerà in secondo piano da questo momento in poi.

Di fronte a noi si aprono due file: una è lunghissima ed è per gli stranieri, l'altra, molto più contenuta, è per i cittadini americani.

«Io vado da questa parte», mi avverte Mark indicando la fila degli *US only*. Me ne ero dimenticata, questa è casa sua.

«Ci vediamo allora tra un po'. Non sarà breve, temo».

«Ok, ti aspetto al recupero bagagli», e se ne va.

Come da previsione impiego una mezz'ora buona a passare i controlli.

Mi dirigo rapida verso i nastri su cui scorrono i bagagli, quando vedo in lontananza che Mark ha già recuperato anche la mia valigia ed è occupato in una telefonata. Non si è accorto della mia presenza e ha una voce stranamente gentile. Ride persino. Un'amica, penso subito. Probabilmente ha un sacco di amiche da questa parte dell'oceano.

Tossisco perché si accorga della mia presenza.

«La mia collega è arrivata. Devo andare ora. Allora domani a cena? Affare fatto», conclude troncando la telefonata.

Sono curiosa, è più forte di me. «Un'agenda piena?», lo stuzzico.

Lui alza un sopracciglio e mi lancia un'occhiata divertita. «Questa curiosità tipicamente femminile...», dice lasciando la frase in sospeso.

E cosa dovrebbe mai significare? Avrei gradito qualche indizio più succulento! Lo guardo delusa, mentre lui ride della mia espressione.

«Forza, curiosona, i taxi sono da questa parte».

Attendiamo con pazienza in fila il nostro turno ed entriamo in uno di quei taxi gialli che ho visto tante volte nei film. Come da copione l'autista è indiano.

«Allora non mi merito qualcosa per averti permesso di accompagnarmi a New York?», chiede Mark.

Lo guardo seria. «Non mi sembrava che si trattasse di un gesto magnanimo, non sono qui per lavorare come una schiava?», domando.

Ride guardando fuori dalla finestra. «Certo, ma sei pur sempre a New York e lo devi a me».

Adesso... non esageriamo. Gli lancio un'occhiataccia abbastanza eloquente, ma per qualche miracolo Mark sembra di ottimo umore e non ci fa nemmeno caso.

Il resto del viaggio lo passiamo in un silenzio piacevole e rilassante: sono così rapita da quello che vedo che non riesco a scollare la faccia dal finestrino.

Dopo circa mezz'ora il taxi accosta e si ferma. Mark paga

la corsa mentre io scruto la zona: siamo in pieno centro, a pochi minuti da Central Park.

«Bello!», esclamo osservando le ampie vie della città.

«Sì, hai ragione. Ho adorato vivere a New York».

Il tassista esce dall'auto per tirare fuori le nostre valige e ci saluta con un forte accento straniero. Ah, l'America.

L'usciere dell'albergo si precipita subito verso di noi e ci fa strada verso la reception. È tutto molto lussuoso, osservo felice. Sbrigate le formalità del check-in, ci viene consegnata una chiave elettronica a testa. Adoro il fatto di poter entrare in camera senza troppe complicazioni alla coreana. La mia mente è già impegnata nel programmare una qualche escursione lungo le strade modaiole, da cui penso mi separino solo pochi minuti. Giusto il tempo di lasciare la valigia nella mia stanza. L'eccitazione di essere in questa città fa passare in secondo piano persino l'effetto del jet lag.

Mark mi osserva preoccupato mentre saliamo in ascensore. «Lo sai, vero, che dobbiamo andare in ufficio ora?»

«Cosa?», domando come se avessi sentito male. Non può essere, speravo almeno di avere questa mezza giornata!

«Abbiamo una riunione tra meno di un'ora», mi svela.

«Davvero?», chiedo. sentendo la fiamma della speranza spegnersi pian piano dentro di me.

«Davvero», conferma.

«Ah...», borbotto, a corto di parole. Ma come ha potuto fissare una riunione così presto?

Cerco di mascherare la mia profonda delusione, ma non credo di riuscirci del tutto. Pazienza, aspetterò questa sera. New York non dorme mai, avrò tempo dopo.

Le nostre camere sono attigue. Ognuno entra nella propria. Prima di richiudere la porta Mark aggiunge solo: «Ci vediamo tra mezz'ora giù nell'atrio».

Sospiro rassegnata. Forza, forza, devo farmi forza, mi ripeto. Butto la valigia sul letto... e che letto, ora che lo guardo meglio! Un meraviglioso letto matrimoniale, al centro di un'ampia camera con mobili neri di ottimo gusto. Questa sì che è vita. Anzi, questa sì che sarebbe vita se Mark non avesse fissato questa pallosa riunione.

Cerco di ricordarmi che sono qui per lavorare. Lo sapevo che questo era prima di tutto un viaggio di lavoro... Ma non c'è niente da fare, la mia delusione è forte.

Mi cambio velocemente dopo una breve doccia e mi dirigo decisa nell'atrio. Sono una ragazza in carriera a New York, indosso un meraviglioso completo nero con una fantastica camicia di seta rosa, sono molto glamour, e i miei tacchi alti non fanno che completare il quadro. Eccomi, sono una donna di successo, mi dico specchiandomi.

Che palle però, forse sarebbe stato più divertente essere qui da normale turista. Butto un'occhiata invidiosa su una signora che esce dall'albergo con in mano una macchina fotografica. Io mi sono persino dimenticata di metterla in valigia. Una sorta di sesto senso?

«Cos'è quell'aria abbattuta?», mi chiede una voce familiare alle mie spalle.

Sussulto per la sorpresa. «Mark, ti dispiacerebbe non farmi prendere certi colpi?».

Mi guarda dubbioso. «Veramente ho solo parlato. Pensavo aspettassi me. O forse qualcun altro?»

«Ma certo che aspettavo te!», gli rispondo spazientita. «Forza, abbiamo fretta o sbaglio?», gli domando incamminandomi verso l'uscita.

«Certo che abbiamo fretta», risponde seguendomi.

Una volta fuori scopro che la sede della banca è a soli pochi passi dall'albergo. Camminiamo veloci, proprio come ci si potrebbe aspettare da due veri newyorkesi. Provo di nuovo quel brivido di eccitazione guardando le strade gremite di gente.

«È bellissimo qui», sospiro mentre siamo fermi a un semaforo.

«Sì, lo vedo che ti piace», conferma sorridendo.

«Quando hai vissuto qui di preciso?», gli domando.

«Da ragazzo, e poi quando ho iniziato a lavorare», mi informa.

«E te ne sei andato? Io non lascerei mai un posto simile...».

«Anche Londra è una città meravigliosa, sotto certi aspetti ancora più bella», dice.

«Sì, ma guarda quanta vita c'è qui», gli rispondo, indicando il fiume di persone attorno a noi.

«Non mi sembra che le folle manchino a Seul». Ride. «Forza, ora si inizia a lavorare. Sei pronta?», mi domanda, indicandomi l'ingresso di un elegantissimo edificio su cui vedo il logo dell'Investment Bank per cui lavoriamo.

Per una volta mi concedo un battuta. «Pensavo che ormai lo sapessi: io sono nata pronta», gli dico convinta.

Mark non riesce a trattenere una sonora risata. E nemmeno io.

Sono le nove e mezzo di sera. Non è possibile. Non è assolutamente possibile.

Il tempo passa con una lentezza che ha dell'incredibile.

Guardo per la millesima volta il tizio che sta parlando da *troppo* tempo, intento a proiettare una serie di dati barbosissimi. Accanto a me la faccia di Mark è invece perfettamente professionale. Ma come fa? Io sto per tagliarmi le vene dalla noia. Senza contare che ormai tutti i negozi saranno chiusi e non potrò vedere un bel niente.

Il mio stomaco emette un lamento. Poco tempo fa due segretarie ci hanno servito del tè con dei biscotti, ma io ho fame! Io non voglio un pasticcino, voglio un hamburger! E lo voglio grosso, succulento e con un mare di patatine fritte. A quest'immagine il mio stomaco si fa di nuovo vivo, questa volta ancora più rumorosamente. Mark dirige il suo sguardo nella mia direzione e si rende conto di cosa mi stia capitando.

Aspetta ancora qualche minuto e poi interrompe il tizio soporifero. «Scusami Jeremy, ma credo che per oggi dovrà bastare. Sai, il fuso mi sta letteralmente uccidendo».

L'ominide annuisce senza troppa convinzione ma molla la presa. Ma secondo loro uno deve anche dare delle giustificazioni perché è stanco e affamato alle dieci di sera? Ma questa gente ha una vita?

In meno di dieci minuti siamo fuori dal malefico edificio. L'aria della sera è frizzante, ma le strade sono luminose e ancora piene di gente.

«Hai fame, presumo».

«Ho *super* fame!», affermo convinta.

«E cosa ti andrebbe di mangiare?»

«Un hamburger!», rispondo senza nemmeno rifletterci.

«E la linea?», mi domanda Mark furbetto.

«Ma che linea e linea… A Seul muoio di fame, ho bisogno di riprendermi. Non avrei mai pensato che fosse possibile, ma sono quasi troppo magra».

Mark mi scruta con attenzione dall'alto verso il basso. «Troppo non direi…».

Adesso non gli sembra di esagerare? Gli lancio solo un'occhiataccia che però coglie al volo. «E hamburger sia, allora».

Con un gesto teatrale mi indica la strada e mi porge il braccio. Sono indecisa sul da farsi, ma alla fine cedo. Sono davvero stanca, questa giornata è stata interminabile.

In pochi minuti arriviamo al *deli* prescelto, ordiniamo i nostri panini e ci sediamo a un tavolo.

«Sai, saremmo potuti andare anche in un posto un po' più raffinato», dice Mark.

«Mica vorrai cenare in un ristorante stile nouvelle cuisine dove le porzioni sono invisibili?», ribatto davvero convinta. Per quanto mi riguarda questo *deli* è perfetto.

«No, ma potevamo davvero scegliere qualcosa di più adatto all'occasione», insiste.

«E che occasione sarebbe?», domando curiosa. «Non è mica un appuntamento questo».

«Perché, a un appuntamento tu non mangi hamburger?», domanda.

«Certo che no. Non posso mica far vedere al possibile fidanzato quanto mangio davvero», gli rispondo seria, addentando feroce il mio panino.

«Allora fingi?», chiede colpito.

«Cielo, Mark, tutte le donne fingono! Pensavo lo sapessi! L'avrai pur avuto qualche appuntamento. In genere le fanciulle quanto mangiano quando le porti fuori?», provo a farlo ragionare.

«Molto poco, in effetti», constata massaggiandosi la mascella.

«Chiaro, mica possiamo spaventare subito il pretendente... le brave signorine muoiono di fame piuttosto, dovresti saperlo».

Ride, colpito dalla mia affermazione. «Forse hai ragione».

«Certo che ho ragione, so bene quello che pensano le donne».

«E invece ora stai mangiando peggio di un camionista perché...», dice solo lasciando la frase in sospeso.

«Perché con te non devo fingere. C'è un lato positivo nel tuo essere odioso», gli confesso.

Mark stringe le labbra incredulo. «Ti sembra politicamente corretto definire il tuo capo odioso in sua presenza?», chiede canzonatorio.

«Sì, se il mio scopo è essere rimandata a Londra quanto prima».

«Ah, già, la storia che non volevi partire per Seul... ma ora sei a New York, quindi il tuo trasferimento non è stato del tutto svantaggioso, no?».

Lo osservo mentre mangia il suo panino con perfetta eleganza. Il mio non fa che colare.

«Non penserai mica di addolcirmi con due giorni chiusa in un ufficio a New York?», gli chiedo. «Vedrò mai la luce del sole finché sarò qui?»

«Forse, se fai la brava, domani ce la fileremo via presto», promette in un momento di bontà.

«Quanto presto?», chiedo bramosa. Mi sto già immaginando le vetrine della quinta strada.

«Mah... diciamo verso le sei?», propone.

Ma sta scherzando? Lo osservo con aria battagliera.

«Magari verso le cinque?», rilancio.

«Stai tirando la corda, ma va bene, facciamo le cinque. Ti lascerò scappare. A me toccherà rimanere, naturalmente...».

Non mi interessa molto di quello che farà o non farà. Coglie il mio disinteresse dalla mia eloquente espressione e sospira. «Ah Maddison, Maddison... cosa mi toccherà fare con te?»

«Lasciarmi fare shopping?», azzardo con un sorrisetto furbo.

Mark inarca le sopracciglia come avvertimento, ma dall'espressione divertita del suo visto intuisco che alla fine l'ho spuntata. Meno male...

Devo ammettere che è stato di parola. Sono uscita alle cinque e quattro minuti precisi dall'ufficio. L'unico inconveniente è che oggi il fuso si sta facendo sentire molto più di ieri. Prima di uscire mi sentivo talmente stanca che per un istante ho anche preso in considerazione l'ipotesi di andarmene dritta in albergo a dormire. Ma è stato solo un attimo: mi trovo a New York e sto andando a fare shopping! La sola idea riesce nell'impresa di farmi dimenticare il sonno.

Giro instancabile per negozi per ben tre ore. Sono piena di sacchetti e sono felicissima perché ho trovato un sacco di cose davvero carine.

Guardandomi intorno mi rendo conto che mi sono spinta parecchio a sud. Per tornare in albergo dovrò prendere la metropolitana. Così mi armo di pazienza e inizio a scendere una scalinata infinita. Mi sarei aspettata una metropolitana più pulita in una città così all'avanguardia. A Seul, per esempio, esterni e carrozze sono uno specchio. Qui invece è tutto abbastanza uno schifo. Ma cerco di non pensarci troppo mentre mi siedo su un'orribile panchinetta di plastica.

Non appena mi accascio sul sedile mi sento come rapita da un'immensa stanchezza. Come vorrei dormire... Chiudo gli occhi solo per un secondo, perché persino qualche secondo è meglio di niente. Solo che non deve essersi trattato proprio di qualche secondo, perché quando sollevo le palpebre mi rendo conto di aver clamorosamente mancato la mia fermata. Oh cazzo!

Mi precipito fuori dal vagone senza neanche riflettere su cosa fare. Poco dopo sono in strada. Il sole è tramontato, è buio, la strada è deserta. Ma dove diavolo sono finita? Mi incammino alla ricerca di un incrocio con un'indicazione della strada, ma qui paiono non esserci. Questo non mi sembra un quartiere molto alla moda...

Devo capire se mi conviene riprendere la metro oppure se c'è speranza di arrivare in albergo a piedi. Ma per farlo è essenziale che scopra dove mi trovo di preciso. Tiro fuori il cellulare dalla borsa, intenzionata ad attivare il localizzatore GPS, quando il telefono mi squilla tra le mani.

«Dove diavolo sei?», tuona Mark dall'altro capo del telefono. «È mezz'ora che cerco di chiamarti! Dove cazzo sei finita?».

Lo ammetto: non ho mai sentito Mark dire parolacce. Ora invece sembra un fiume in piena. Allontano la cornetta dal mio orecchio per evitare una perforazione del timpano.

«Vuoi calmarti?», grido dopo averlo lasciato sbraitare. «Devo essermi addormentata nella metropolitana. Sto cercando di capire dove sono finita. E tu non mi stai aiutando!».

«Cosa? Non sai neanche dove caspita ti trovi???». Ora il suo tono è quasi isterico. Poi sospira e cerca di riprendere il controllo. «Allora guarda cosa c'è scritto a un maledetto incrocio!», mi istruisce.

«Se aspetti un secondo il cellulare mi svelerà la mia posizione precisa», ribatto. «Allora, vediamo un po'... sono, sono tra la 135esima e la quinta», gli comunico.

«Che cosa???». Di nuovo un urlo folle, spero se ne renda conto. Di questo passo, chiederò i danni alla fine di questa conversazione.

«Mi hai sentito: mi trovo sulla 135esima, angolo quinta», ripeto come se avessi a che fare con un deficiente. Il mio tono è piatto, disinteressato.

«E come diavolo sei finita a Harlem, Maddison?», mi incalza.

«Mi sono addormentata in metropolitana! Mi sembrava di avertelo già detto!». Questo suo tono sta incominciando a infastidirmi non poco. «Senti, ora cerchiamo di calmarci entrambi. Vedrò di riprendere la metro per tornare indietro».

«Non ti muovere da dove sei! Non osare muoverti! Sono già in giro con il taxi. Ti passo a prendere. Dio santo, una donna bianca, bionda, la notte a Harlem… non ti muovere, arrivo». Poi aggancia senza aggiungere altro.

Io mi appoggio con le spalle all'edificio che avevo di fronte poco prima. In effetti, ora che mi guardo intorno, questo posto ha un che di sinistro. Ogni tanto passa qualcuno, ma le occhiate che mi lanciano non sono proprio rassicuranti. Qui gli edifici sono *decisamente* meno alti, parecchio degradati, c'è sporcizia in giro, e del fiume di persone che avevo incontrato oggi pomeriggio in centro non c'è traccia. Mi stringo nel mio cappotto nero. Non vorrei, ma inizio ad avere paura. Ma non dicevano che Harlem era stato ripulito?

Per fortuna dopo dieci minuti vedo comparire all'orizzonte un magnifico taxi giallo. In mezzo a questo buio sembra quasi una stella cometa. L'auto accosta e Mark esce più inviperito che mai.

«Sali!», tuona nero.

Il suo è un ordine secco. Io abbasso lo sguardo ed entro velocemente in macchina.

«Grazie», sussurro.

Mark si passa una mano tra i capelli stranamente scompigliati. «Non osare farmi mai più una cosa simile, chiaro?». Il suo tono è durissimo.

«Non l'ho proprio fatto… a te, intendo…», dico piano, cercando di far valere il mio punto di vista.

Lui solleva un sopracciglio irato e io mi zittisco. Ma poi rifletto: ma che cavolo, mi sono solo appisolata in metropolitana e mi sono persa in una città che non conosco. Non ho mica ucciso nessuno!

«Senti un po' Mark», gli dico con voce decisamente più elevata di prima, «vediamo di chiarirci una volta per tutte.

Non sei mio padre, non sei mia madre, non sei il mio fidanzato…».

«Dio me ne scampi!», borbotta in fretta con una mezza risata che vorrebbe essere ironica. Vorrebbe, ma non lo è.

«Sei solo il mio dannatissimo capo, quindi vediamo di ridimensionare questo dramma! Mi sono addormentata e, che tu ci creda o no, non l'ho fatto per dispetto. Ti sono molto grata dell'aiuto, ma non ho intenzione di flagellarmi per una cosa del genere». Lo fisso con aria di sfida, molto fiera del mio discorsetto.

Mark però non sembra altrettanto colpito. Ho sempre pensato che non sapesse dare il giusto peso alle cose. «Sei un'incosciente, dannazione! Lo sai! Questo è solo l'ennesima conferma. Devi crescere una volta per tutte e assumerti le tue stramaledette responsabilità!».

«Sto cercando di farlo!», grido io. Se inizia ad alzare la voce non ho nessun problema a seguirlo a ruota. «Mi sono trasferita in un Paese nuovo dove non conosco nessuno, di cui non parlo la lingua, di cui non riesco a mangiare il cibo… e tutto questo per crescere! Quindi non venire a farmi ramanzine, perché per me è già abbastanza difficile anche senza di te! Ma con te… con te sta diventando impossibile».

Per qualche istante ci osserviamo come due combattenti su un ring. Mi sento sfinita. Mi volto dall'altra parte del taxi per non guardarlo. Ma poi qualcosa mi torna in mente. «Oh cavolo, tu avevi un appuntamento questa sera!», esclamo mortificata. «Arriverai in ritardo a causa mia!».

Mi osserva stupito, domandandosi con grande probabilità come diavolo faccia a saperlo. «Sì…», ammette piano, «ma ho avvisato che avrei tardato».

«Mi dispiace, Mark. Non dovevi far attendere la tua ragazza!», gli dico contrita.

«La mia ragazza?», ripete dubbioso. E poi scoppia a ridere. «Hmm, la mia ragazza. Sì, forse hai ragione, è la mia ragazza».

Lo squadro come se stesse vaneggiando. In ogni caso, momento di follia o meno, almeno si è ammorbidito.

«Scusami Mark, non volevo farti preoccupare», gli dico dopo che entrambi abbiamo cambiato registro. E mentre gli faccio le mie scuse mi rendo conto per la prima volta del motivo della sua rabbia: era davvero preoccupato per me.

«Scusami tu se ho urlato», dice a sua volta, «non avrei dovuto farlo. Ma mi hai fatto prendere un colpo».

Sì, me ne sono resa conto. Anche se in ritardo.

«Pace?», gli propongo porgendogli la mano.

«Pace», si mostra d'accordo afferrando il mio palmo. Le nostre mani rimangono incatenate un istante di troppo. Sollevo lo sguardo e incontro i suoi occhi scuri. Mi sta osservando curioso, ma senza lasciarmi andare.

«Mark? Questo sarebbe un buon momento per lasciare la mia mano...», gli propongo titubante.

«Trovi?», chiede ridendo ma tenendomi ancora per mano.

«Hmm, sì». Mi sta facendo confondere, sento che sto lentamente arrossendo. Con uno strattone mi libero dalla presa. Ma cosa diavolo gli prende?

«Puoi tranquillamente scaricarmi in albergo e proseguire con la tua cena», gli suggerisco cercando di cambiare argomento.

«Tu hai già cenato?»

«Io... io no».

«Allora avrai fame. Ti unisci a noi?», domanda come se fosse la cosa più normale del mondo.

«Vuoi portarmi a un appuntamento con una donna?», chiedo costernata. «Ma, lei... cosa mai potrebbe pensare?»

«E chi lo sa...», mi dice sibillino. «Forza Maddison, accetta», mi istiga. «Sarà divertente».

Ma è davvero serio? «Dove?». Sento che sto cedendo, contro il mio stesso volere.

«Ristorante francese», mi risponde con voce seducente. Bastardo.

Il mio stomaco borbotta. «Potrei... forse potrei venire. Un rapidissimo salto». Non so più se è la fame oppure la possibilità di conoscere la sua ragazza a guidarmi. Non che siano affari miei, sia chiaro...

Mark sorride come un predatore. «Eccellente risposta, signorina Johnsonn».

In pochi minuti arriviamo al ristorante. Io scendo ancora un po' incerta su cosa fare. Un posticino extra lusso a giudicare dall'aspetto.

«Forza», mi incita Mark. Senza riflettere oltre mi decido a entrare e mi faccio condurre al tavolo incriminato. E qui... sorpresa, sorpresa... ehhh?

«Avete fatto in fretta, Mark», gli dice una signora anziana seduta di fronte a noi. Si alza e mi porge la mano. «Piacere, sono Margaret Kim, la nonna di Mark».

La nonna??? Cena con la nonna???

«Piacere, Maddison Johnsonn», balbetto imbarazzata, mentre stringo la sua mano ferma e decisa. È una donna alta, con i capelli bianchi e meravigliosi occhi azzurri. Caspita che nonna! Ma nella sua famiglia sono tutti bellissimi? Vengo subito invasa da una strana sensazione di inadeguatezza.

«Sono colpita, Mark», dice sua nonna mentre ci sediamo tutti quanti. La mia mascella è ancora spalancata per lo stupore. Non molto signorile, me ne rendo conto.

«E da cosa?», le chiede il nipote mentre mi porge un menu.

«Mi aspettavo una ragazza coreana... Mi avevi detto che dovevi andare a salvare una collega di Seul. Invece Maddison mi sembra molto inglese dall'accento».

Ma come ha fatto a capirlo? L'unica parola che ho pronunciato è stata "buonasera".

«Inglesissima», confermo colpita.

«Una sorpresa piacevole per te», aggiunge Mark con sicurezza, senza alzare lo sguardo dal menu.

«Piacevolissima», ammette la signora con un sorrisetto impudente.

Ho come l'impressione di non comprendere a pieno quello che sta succedendo.

«Ti sei trasferita a Seul con tuo marito, Maddison?», si interessa la signora sorseggiando del vino rosso.

«No», mi limito a dire, temendo quasi di rispondere in maniera più articolata.

«Allora avrai lasciato a casa un fidanzato...».

«Hmm, no». Ma è un interrogatorio? Cerco di nascondermi anch'io dietro le pagine. Qui il menu dovrebbe essere in un idioma a me comprensibile, ma non riesco comunque a leggere niente per quanto sono nervosa.

«Ottimo!», esclama soddisfatta. «E tua madre lo sa?», si rivolge con un sorrisetto al nipote. È evidente che questi due stiano parlando in codice.

Mark muove la testa in segno di diniego. «Ero certo di farti felice, nonna», ammette poi con una risata.

«Cosa mai ho fatto per meritarmi un tale angelo di nipote!», esclama sua nonna con eccitazione.

Il cameriere passa a prendere le nostre ordinazioni e ci versa del vino. Forse è meglio bere per cercare di dimenticare il tutto. Afferro veloce un bicchiere e mando giù un abbondante sorso di vino.

«E ti trovi bene a Seul, Maddison?», mi chiede la signora Kim.

«Non particolarmente. Voglio dire, Seul è una bellissima città moderna, ma io non parlo la lingua e ho sempre l'impressione di non sentirmi del tutto a mio agio», rispondo sincera.

La signora Kim mi guarda con simpatia. «Capisco molto bene cosa vuoi dire», mi confida.

Improvvisamente il cellulare di Mark squilla impietoso. Lui lo recupera dalla tasca e guarda il numero. «Devo rispondere, è una telefonata di lavoro», si scusa allontanandosi.

«È sempre al lavoro», si lamenta la signora Kim. «Un ragazzo così bello e non fa che lavorare. Non capisco proprio. Certo, visto che vive per il lavoro e non si muove dall'ufficio, forse potrebbe conoscere qualcuno *in* ufficio...», mi dice ammiccando speranzosa.

Ho come l'impressione che questa conversazione stia prendendo una brutta piega.

«Signora Kim, Mark è il mio capo...», le faccio notare sulla difensiva.

«E allora?», mi chiede, come se non capisse il senso della mia frase. Come "e allora"?

«Allora, io non sono il tipo che se la fa con il capo...», mi vedo costretta a dirle in tutta sincerità.

«Ma chi parlava di una tresca, io intendevo una relazione!», esclama energica.

Ma Mark, quando diavolo torna?

«Mio nipote è un bel ragazzo, non trovi?», mi domanda incalzandomi, dato il mio silenzio.

«Immagino di sì, se a qualcuno piace il genere». Non so davvero cosa dire per non ingarbugliare ancora di più la situazione. Non vorrei offenderla, ma nemmeno darle corda.

«E a te il genere piace?», riprende, con un luccichio divertito negli occhi azzurrissimi.

Per mia fortuna non ho il tempo di rispondere perché alle mie spalle sento una voce che mi precede: «Non credo proprio di corrispondere ai gusti di Maddison, nonna. Sono desolato di darti questo dispiacere».

«Sciocchezze. Certo che le piaci. Tu piaci a tutte!», esclama convinta sua nonna. «Non è forse vero, Maddison?».

Cosa diavolo devo dire? Ammettere o negare? La verità è che su questo argomento sono un po' confusa anch'io: Mark non è assolutamente il mio genere di uomo, eppure... è assolutamente magnetico. Forse sua nonna ha ragione: lui potrebbe davvero piacere a tutte. Ma è meglio non far gonfiare troppo l'ego del signor-so-tutto-io-e-strego-tutti-io.

«Io preferisco i biondi con gli occhi azzurri», oso dire nella speranza di riportare la conversazione su un binario più normale.

«Lo pensavo anch'io prima di conoscere suo nonno. Eppure, come vedi le cose cambiano, si evolvono...», aggiunge per nulla scoraggiata.

«Nonna, sono davvero un caso così disperato? Devi proprio cercare di piazzarmi a tutti i costi?», domanda ridendo Mark. Felice di vedere che almeno qualcuno si diverta.

«Tu non sei affatto disperato, ma solo maledettamente ostinato. E lo hai anche ereditato da me», gli replica lei, secca.

«Quindi è una buona caratteristica...», sottolinea Mark.

«Non cercare di cavartela in questo modo, mio caro. Sai bene che non mi fregherai con qualche complimento. Allora, cos'ha questa ragazza che non va?», gli domanda.

Già, cos'ho che non va? Ci voltiamo entrambe nella sua direzione, sguardo da guerriere.

«La serata non è abbastanza lunga per elencare tutti i suoi difetti», osa rispondere.

«Ah ah!», esclama trionfale la signora Kim. «Lo sapevo! Lo sapevo!», continua a ripetere.

Io non ho capito niente, ma Mark deve invece aver colto il significato sibillino della frase. Le sue guance si colorano di un rossore piuttosto anomalo. Mi sembra di capire che abbia fatto un errore dando quella risposta. Non so quale, ma deve esserci stato.

«È questo il ringraziamento che mi merito per averti portato Maddison questa sera a cena?», le chiede dopo un generoso sorso di vino rosso. Vedo che anche lui sta optando per la mia strategia: ubriacarsi per dimenticare.

«Va bene, se vuoi lasceremo stare il discorso», gli concede facendogli l'occhiolino. «Comunque sappi che Maddison ha la mia completa approvazione».

«Perché?», chiedo come ridestandomi all'improvviso da un lungo sonno.

Mark mi guarda in maniera penetrante. «Perché non piaceresti a mia madre, e questo divertirebbe molto la nonna. Non è forse così?».

La signora non conferma, ma nemmeno smentisce. Saggia. Poi mi si avvicina all'orecchio e mi sussurra: «Mi dicono che baci benissimo, dovresti provare mia cara».

Riprendo il mio bicchiere e mando giù un altro sorso abbondante.

«Perché non piacerei a tua madre, Mark?», gli chiedo curiosa dopo qualche secondo, cercando di non pensare a quello che ha appena detto sua nonna. Sapevo che non era una domanda opportuna, ma non ho resistito. Qualsiasi cosa, pur di non pensare ai baci.

«Perché lei approverebbe solo una ragazza coreana, e tu sei

quanto di più lontano...», si affretta a spiegarmi la nonna di Mark, prima che lui riesca a proferire parola. «Non ho mai capito perché tuo padre l'abbia sposata», aggiunge secca.

«Nonna...», l'ammonisce Mark con un tono molto severo.

«Lo so, lo so... è tua madre, ma davvero, sposare una ragazza coreana... pensavo di averlo educato diversamente», insiste.

«Tu hai sposato un uomo coreano», le fa notare Mark.

«Esatto, una cosa molto scandalosa all'epoca. Tuo padre ha fatto una scelta molto banale, invece», commenta dispiaciuta. «Ecco perché nutro la massima speranza che anche tu faccia una scelta scandalosa come la mia».

«E io che m'illudevo che ti stesse a cuore il mio bene. Tu miri solo allo scandalo...».

Sua nonna ride impertinente. «Vedrai, dare scandalo ti divertirà parecchio».

«Mark? Scandaloso?», chiedo inserendomi nella conversazione.

Mark mi guarda sornione. «Non mi trovi scandaloso?», domanda con un'espressione da predatore.

«Hmm, no, no... credo di no», rispondo. Ma se continua a guardarmi così potrei non esserne più tanto sicura. Riapro nervosamente il menu, ma è in francese e non capisco niente. Ecco perché anche prima mi era parso arabo! Lo richiudo altrettanto in fretta, arrabbiata per essere condannata a sentirmi un pesce fuor d'acqua in tutti i ristoranti di questo mondo.

Mark mi sta osservando con la coda dell'occhio, spero abbia capito il problema.

«Signore, mi permettete di ordinare per voi?», dice solenne.

La nonna lo guarda curiosa. «Se proprio insisti...».

«Insisto», afferma deciso. E poi mi sorride e, santo cielo, mi sento quasi persa.

Per fortuna il resto della cena trascorre tranquillo senza ulteriori incidenti diplomatici. Roba da pazzi, se uno pensa a com'è cominciata.

Mark e io abbiamo deciso di tornare in albergo a piedi: in fondo la serata è molto bella e sarebbe un peccato non sfruttare l'occasione di fare una passeggiata a New York di notte. Domani saremo costretti a tornare a Seul, il nostro tempo è quasi scaduto, e quindi voglio godermi ogni istante che mi rimane.

Il mio capo si è gentilmente offerto di aiutarmi con parte dei miei sacchetti dello shopping. Mi ha lasciato solo quelli più leggeri.

«Mi dispiace, pensavo che sarebbe stata più discreta», si scusa Mark.

«Figurati, in realtà la serata è stata divertente», lo rassicuro. E scopro in maniera inaspettata di pensarlo davvero.

«Be', sì, immagino sia divertente se non si è coinvolti», commenta.

«Guarda che ero coinvolta eccome!», gli faccio notare. «Non sai cosa mi ha suggerito...», mi lascio scappare. Giuro che non era mia intenzione far riferimento all'argomento, ma il vino deve avermi sciolto la lingua.

Mark emette uno strano sbuffo. «Non ti devi sforzare. Conoscendola immagino ti abbia detto che a letto sono bravissimo e che dovresti provare», ipotizza ridendo.

Lo guardo imbarazzata. Quindi avrebbe potuto dirmi anche di peggio?

«Non mi ha assolutamente suggerito una cosa simile!», esclamo scandalizzata. «Veramente ha solo parlato di un bacio...», ammetto abbassando il mio tono di voce.

«Allora questa volta si è trattenuta! Sta quasi migliorando...», ridacchia.

«Comunque lo sei?»

«Cosa?», chiede stupito, tornando serio per un attimo.

Non so davvero come abbia potuto fargli una domanda simile.

Lui si ferma e mi osserva, poi scoppia a ridere a crepapelle. «Dico, mi stai davvero chiedendo se sono bravo a letto?», ripete incredulo e con le lacrime agli occhi.

In effetti non ha tutti i torti...

«Era solo per fare conversazione...», rispondo sulla difensiva.

«E che razza di conversazione sarebbe? Vorresti parlare della mia vita sessuale? Perché non mi dici qualcosa della tua allora, se ci tieni tanto?», mi punzecchia.

Perché se la prende tanto? Basta rispondere buttandola a ridere. «Non c'è bisogno di arrabbiarsi. Se non sei un bravo amante, poco male... voglio dire, ci sono altre cose...».

Mark però mi si piazza davanti. «Posto che non sono affari tuoi, vediamo di chiarire un concetto: io sono bravissimo in tutto. Nei baci, e anche a letto», afferma arrogante.

«È un giudizio un po' di parte», gli faccio notare non molto convinta.

«Io non sono mai di parte», si permette di insistere.

«Tutti sono di parte quando si tratta di se stessi!», esclamo esasperata dal suo atteggiamento.

Non penserà davvero di essere diverso dai comuni mortali? Conoscendolo, è probabile che ne sia davvero convinto.

«Io sono solo oggettivo», ribatte fermandosi. «Devo darti una dimostrazione?», chiede come se niente fosse.

Mi sento avvampare in un secondo. Cielo, ora che ci penso, credo che mi piacerebbe averne una. Allontano in fretta il pensiero.

«Non essere ridicolo», riesco a rispondergli sembrando davvero convinta. Dentro di me prego affinché non si accorga della mia indecisione.

«Non sai cosa ti perdi...».

«Pazienza, vorrà dire che vivrò nell'ignoranza», gli rispondo.

Grazie a Dio siamo arrivati in albergo. Ancora cinque minuti e avrei finito per ripensarci.

8
La movida coreana

Abbiamo rimesso piede a Seul sabato, dopo un volo che è stato molto meno emozionante di quello dell'andata. Un conto è soffrire sapendo che stai per goderti la Grande Mela, ben altra cosa è somatizzare il terrore dell'aereo con l'idea di tornare alla solita quotidianità.

Per fortuna ho potuto sfruttare la domenica per rimettermi in pari con il sonno perso a causa del fuso sballato. Mi sono goduta un'intera giornata di sana pigrizia, spostandomi dal divano al letto e viceversa. Ho persino dormicchiato con qualche strampalato episodio dei drama coreani in sottofondo. Sono molto di moda da queste parti. Ogni tanto Seung Hee prova a sondare il mio interesse verso il principale passatempo nazionale, ma temo che la barriera linguistica incida molto sulla mia capacità di apprezzare le produzioni televisive locali.

Anche la settimana successiva al rientro da New York è passata senza che quasi me ne rendessi conto: questo è un periodo intenso e siamo tutti pieni di lavoro. Anche se non ho lavorato fino a orari strampalati, la stanchezza generale mi ha impedito di condurre qualsiasi tipo di vita mondana.

Devo inoltre ammettere che mi sento molto fiera dei miei "ragazzi": per incredibile ammissione dello stesso Mark, il mio arrivo deve averli motivati a impegnarsi più del solito. Non posso che constatare che non solo loro stanno imparando molto in fretta, ma che persino io sto scoprendo nuovi lati di me stessa.

Mi sento quasi come una mamma chioccia nei loro confronti, ed è davvero una novità. In genere faccio fatica a rispondere per le mie azioni, figurarsi anche per quelle degli altri. Questo lavoro mi sta invece dimostrando che qualche volta abbandonare le proprie sicurezze in cerca di sfide può davvero portare a risultati insperati.

Nei giorni seguiti al nostro rientro Mark è stato molto preso, o ha fatto finta di esserlo, e mi ha rivolto la parola sì e no tre volte. Da quando siamo tornati è quasi più severo, non gli sfugge il mio più piccolo errore sul lavoro. Quindi se apre bocca è solo per riprendermi o bacchettarmi. Tanto vale quindi che stia zitto del tutto. Per fortuna ormai ci sono abituata.

Peccato, però, speravo che New York ci avesse aiutato non dico a diventare amici, ma almeno a sentirci più a nostro agio l'uno con l'altro. Evidentemente mi ero sbagliata.

Cerco di scacciare la malinconia che mi assale tutte le volte che ripenso a New York, tentando di interessarmi al prossimo appuntamento "da non perdere". Tutto l'ufficio è infatti scosso da una grande agitazione perché venerdì sera è in programma una festa aziendale. A quanto pare si va a ballare. Si tratta dell'ennesima attività in comune, come sempre reputata fondamentale per un clima disteso in azienda.

A Londra la cena di Natale bastava e avanzava, secondo il modesto parere di tutti. Se avessero osato organizzare così tante attività aziendali fuori orario lavorativo sarebbe scoppiata una rivolta. O si sarebbero verificati tassi d'incremento statisticamente inspiegabili di raffreddori, polmoniti, lutti o allagamenti in casa.

A Seul no. Qui sono tutti pazzi per queste occasioni, tanto

che non possono non replicare i festeggiamenti almeno cinque o sei volte l'anno. Deprimente.

Seung Hee brilla di luce propria all'idea della festa. Cerco di dare un senso a questo suo essere elettrizzata imputandolo alla giovane età: sospetto che quando si avvicinerà alla trentina, anche lei non sarà più così festaiola. Ma è coreana, quindi chi può dirlo...

«Maddison, cosa ne dici di andare insieme a fare shopping per la festa durante la pausa pranzo?», mi propone con un sorriso speranzoso sul suo bel visetto.

Da quando sono arrivata a Seul non ho mai nemmeno osato entrare in un negozio. Il terrore di non farmi capire è stato superiore persino alla mia dipendenza da acquisti. Ragionandoci bene, da quando sono in Corea mi sono trasformata in una specie di risparmiatrice. Mio malgrado.

Il suo bel sorriso e le sue capacità di interprete mi convincono ad accettare. Mi sorprende la sicurezza con cui Seung Hee entra in certi negozi e ne evita altri. Vuoi vedere che l'ho sottovalutata?

«Sono già passata qui nei giorni scorsi a ispezionare tutto. So esattamente quali abiti dobbiamo provare!», mi svela. Non immaginavo proprio che fosse così determinata.

Come prima cosa decide di indossare un bel vestito verde svolazzante. Dopo averglielo visto addosso non posso fare altro che implorarla di prenderlo: il colore le dona molto, svela una generosa porzione di gambe ma senza farla apparire volgare. Quando esce dal camerino mi porge un mini abito blu scuro cortissimo, con una serie di brillantini sulla scollatura. Dico, non penserà mica di farmi indossare una cosa simile? Posso anche essere un tipo modaiolo, ma non ho mai osato tanto... Credo di aver perso la mia opportunità oltre dieci anni fa, ora sarebbe davvero ridicolo conciarmi in questo modo. Seung Hee è però molto determinata e non so come, ma riesce a convincermi almeno a provare il minuscolo abito.

Mentre mi ammiro nello specchio devo ammettere che mi sta alla perfezione. Eccezion fatta per i chilometri di gambe che lascia scoperti. Ho come il sospetto che questo vestito sia stato pensato per qualcuno dalla statura molto più minuta.

«Assolutamente indecente», dico seria alla mia collega.

«Ma no, è perfetto!», ribatte lei con un tono che non ammette repliche.

«Scherzi, vero? Mi arresteranno nel momento in cui uscirò di casa conciata in questo modo!». E va bene che la morale coreana permette di scoprire le gambe, ma questo look rischia davvero di provocare degli incidenti diplomatici.

«Io fossi in te lo metterei. Finché puoi...», aggiunge impertinente.

La sua osservazione va a segno. Così, contro la mia stessa volontà, decido di fare una pazzia e compro il vestito.

Quando, qualche ora dopo, torno a casa con il sacchetto in mano, non sono ancora decisa se infilarmi davvero il controverso abito. So che voglio destare un certo effetto, ma a tutto c'è un limite. Lo riprovo nella speranza di convincermi a indossarlo. È vero, è scandalosamente corto, ma Mark non mi ha detto forse che qui è permesso scoprire le gambe? E in fondo la mia scollatura è molto discreta.

La mia guerra interiore dura solo qualche minuto: la verità è che mi piaccio con questo vestito e quindi lo metterò!

Mi faccio una doccia veloce e mi asciugo con attenzione i capelli, arricciando qualche ciocca che mi incornici il viso. Per questa sera farò uno strappo alla regola e li lascerò sciolti. Il tocco finale è un trucco sfumato, piuttosto scuro, che riservo solo alle occasioni speciali. Mi infilo il vestito e cerco nel mio armadio le scarpe più adatte: ne ho proprio un paio blu con tacco alto adatto all'occasione. Decido infine per un cappottino beige e mi siedo sul divano, attendendo con pazienza che Andrew passi a prendermi. Questo pomeriggio si è offerto di darmi un passaggio in taxi e ho accettato. Sapendo che Mark sarebbe stato preso fino a tardi con non meglio precisate riunioni, ho pensato che un po' di compagnia non mi avrebbe fatto male.

Qualche minuto dopo, un Andrew puntualissimo prima citofona e poi bussa alla mia porta. Quando mi vede esclama entusiasta: «Ma sei splendida!».

Mentre lo ringrazio non posso fare a meno di arrossire. Ogni tanto una fanciulla ha bisogno anche di complimenti e non solo di critiche.

Giungiamo alla festa fin troppo in fretta, ben prima che io riesca a prepararmi mentalmente alla serata. Mi blocco all'ingresso, indecisa se togliere o meno il cappotto. In fondo mi sta salvando dall'imbarazzo di dover mostrare il mio vestito a tutti i colleghi. Dopotutto non è stata proprio una grande idea quella di conciarmi così.

Per mia sfortuna Seung Hee mi individua all'istante, pur trovandosi dall'altra parte del locale, e mi corre incontro. «Forza, fai vedere a tutti che bel vestito ho scovato per te!», esclama con una convinzione che in ufficio le manca del tutto. O che tiene nascosta.

«Tra un attimo», rispondo cercando di prendere tempo.

Dopo ormai qualche settimana di esperienza alle spalle posso dire con assoluta certezza che il resto del mondo ha un'idea sbagliata delle donne coreane: quelle di mezza età, note anche come *ajumma*, sono sfacciate e senza peli sulla lingua, e quelle più giovani, che hanno il buon gusto di fingere per non spaventare i pretendenti, nascondono in realtà una determinazione di ferro. E Seung Hee non è da meno. Mi toglie quasi forzatamente il cappottino e lo consegna al posto mio al guardarobiere.

Inspiro profondamente facendomi coraggio. Ok, posso superare l'imbarazzo. In fondo ho messo quest'abito proprio perché per una volta nella vita non volevo fare la scelta più sicura. Volevo osare. E forse inconsciamente, volevo anche scatenare qualche reazione. Quale, però, non mi è ancora chiaro.

Il mormorio nel locale cessa come se qualcuno avesse premuto un interruttore nascosto. Tutta la sala, camerieri compresi, si ferma a guardarmi. Direi che la mia curiosità è stata saziata a sufficienza: farsi notare non è affatto divertente se non hai anni di pratica alle spalle. Ora lo so.

Gli sguardi maschili si sono incollati all'istante sulle mie gambe, facendomi diventare rossa come un peperone. Andrew, sempre al mio fianco, non riesce a nascondere una certa eccitazione negli occhi. Immagino si stia congratulando con se stesso per essersi offerto di accompagnarmi.

«Forza, andiamo a ballare». Lo trascino via dall'ingresso nella speranza di disperdermi tra la folla presente sulla pista da ballo. Non che io sia chissà quale fanatica della danza, ma a questo punto sono disposta a qualsiasi disperata azione pur di rendermi invisibile.

La pista è gremita di gente. I coreani non sono secondi a nessuno quando si tratta di divertimento. Inizio a muovermi a ritmo della musica, cercando di mantenermi il più lontano possibile da Andrew. Non mi risulta infatti che i balli da discoteca richiedano quel genere di vicinanza che ha in mente lui. I suoi tentativi vengono respinti da parte mia con qualche gomitata casuale di troppo, ma visto che neanche questo basta a spegnere i suoi entusiasmi, gli calpesto allora più e più volte i piedi. Ora il messaggio dovrebbe essere chiaro, ma pare che la perspicacia di Andrew sia rimasta in America. E pensare che l'ho trovato affascinante la prima volta che l'ho visto... Sembra proprio che le mie prime impressioni non siano da prendere molto sul serio.

Dopo appena due canzoni mi sento esasperata: ne ho abbastanza del ballo e dei tentativi di difendermi dalle attenzioni non gradite. Raggiunto il limite della sopportazione, sto per dirgliene quattro, quando sulla scena compare Mark. Non so da dove sia sbucato, ma in ogni caso la sua presenza mi è quasi gradita.

Appena arrivata al locale avevo provato a cercarlo con lo sguardo nella speranza che le sue riunioni si fossero concluse prima del previsto. Non certo perché mi interessasse sapere davvero se ci fosse o meno. Ma è pur sempre il mio capo. In ogni caso, non l'avevo visto. Quindi o era nascosto da qualche parte, oppure è appena arrivato. Noto che indossa ancora il completo grigio di questa mattina. Gli indizi sembrano indicare che non sia passato da casa per cambiarsi. Si è solo tolto la cravatta e slacciato qualche bottone della camicia bianca. Il suo viso ha un aspetto stanco, e per una volta non ha alcun interesse a nasconderlo.

«Ciao Andrew, ti dispiace se ti rubo la ragazza?», gli domanda senza attendere però alcuna risposta. Prima che l'altro riesca anche solo ad aprire la bocca, mi afferra deciso per un braccio e mi trascina via lontano dalla pista da ballo, in un angolo buio della sala.

«Ciao Mark», gli dico esitante, cercando di liberarmi dalla sua stretta e ricordandogli che non mi ha neanche salutato.

Lui non mi risponde nemmeno. «Cos'è questa *roba*?», chiede cupo, scrutando con attenzione ogni centimetro del mio corpo.

«A che cosa ti riferisci?», domando facendo finta di non capire.

Lui si innervosisce. «Questa sottospecie di vestito che ti sei messa. Anche se definirlo un vestito mi sembra davvero troppo…». È seccato, non c'è alcun dubbio. Non urla, ma forse proprio per questo sembra più letale del solito.

«Lo ha scelto Seung Hee, non ti piace?», lo punzecchio con un sorrisetto innocente.

«È una domanda seria la tua?». Mi incenerisce con un'occhiata di cui possono vantarsi solo lui e James Bond. E nemmeno Sean Connery regge il confronto.

«Insomma, c'è qualcosa che non va?», domando indispettita dal suo atteggiamento burbero.

«Io davvero non so se sei completamente pazza o solo incosciente».

Cielo, non capisco proprio quest'uomo. Alzo il mento in segno di sfida. «Agli altri è piaciuto molto», ci tengo a fargli sapere.

«Non faccio fatica a crederlo», borbotta ironico e solleva una mano, tanto che per un attimo ho paura che possa usarla per strozzarmi. Invece mi incastra tra il suo corpo e il muro a cui sono appoggiata facendomi sussultare.

«Ok, senti, facciamo così. Cerca di rimanere al mio fianco e vedrai che nessuno oserà importunarti». Il suo tono non ammette repliche.

«Sono venuta con Andrew», gli ricordo. A dire la verità non vedevo l'ora di liberarmene, ma Mark non deve saperlo.

«E ora invece starai con me», insiste.

«Ti ho già detto che non ho bisogno di una balia», rispondo ferma.

Stacca la mano dal muro e mi afferra per il braccio nel tentativo di bloccare una mia eventuale fuga. Non posso davvero tollerare che mi si tratti in maniera simile. Il suo atteggiamento di questa sera, così diverso dal solito, quasi mi spaventa.

Non che in realtà abbia capito molto dei suoi stati d'animo, di recente: a New York era gentile, poi torniamo e non mi rivolge la parola per giorni. E se lo fa è solo per sgridarmi. Ora al puzzle c'è da aggiungere questa scenetta assurda. Quel che è troppo è troppo!

Tra l'altro non offre alcuna giustificazione per questo suo modo di fare, come se tutto gli fosse permesso. Eh no, con me casca male!

«Davvero non so che diavolo ti prenda ultimamente. Comunque stammi lontano, Mark», gli intimo liberando la mia mano. «Direi che stai proprio esagerando».

Con un'occhiataccia m'incammino in direzione di Seung Hee, che ha assistito a tutta la scena e mi guarda preoccupata. «Dio, Maddison, tu e Mark avete litigato?»

«Lascia perdere, un cretino è un cretino e basta». Lo dico a voce sufficientemente alta affinché Mark mi senta.

Per quanto non voglia ammetterlo con Seung Hee, la verità è che sono abbastanza scossa. Ci avviciniamo al bancone del bar: questa sera si beve gratis, quindi quale modo migliore per affogare i dispiaceri?

Qualche ora dopo mi sono scolata almeno tre Long Island, la testa non fa che girarmi e mi viene da ridere per qualsiasi cosa. In effetti ho sempre sopportato malissimo l'alcol. La mia giovane collega è visibilmente preoccupata. «Ti senti bene, Maddison?», non fa che domandarmi ogni cinque minuti.

«Non mi vedi? Finalmente sono felice!», esclamo con una gioia che poi tanto gioia non è. E infatti il mio aspetto non deve essere proprio lieto, perché lei mi lancia un'occhiata compassionevole.

«Credo che tu e Mark dovreste far pace», azzarda a bassa voce. «Non è saggio ubriacarsi per un litigio».

La sua affermazione mi colpisce come un pugno allo stomaco. «Ma io non bevo mica a causa sua! E poi è lui che mi deve chiedere scusa! Non ho fatto proprio niente per farlo irritare», le ricordo offesa.

La vedo esitare, saltellando sullo sgabello. «Aspettami qui», mi dice infine e si allontana. Con la coda dell'occhio la vedo dirigersi verso Mark, seduto comodamente su un divanetto nero. È intento a conversare con una bellissima ragazza dagli occhi a mandorla, che manifesta in maniera aperta il proprio disappunto di fronte all'interruzione.

Seung Hee si china per sussurrargli qualcosa all'orecchio. Lui pare ascoltarla con attenzione, indugia qualche secondo riflettendo sul da farsi, poi solleva lo sguardo nella mia direzione. Determinata a non farmi intimorire decido di non abbassare gli occhi, mentre incontrano i suoi. Il cuore inizia a battermi forte. Spero sia davvero una conseguenza dell'alcol e non del fatto che Mark si è alzato dal divano e sta venendo verso di me.

Lo guardo avanzare senza mai interrompere il contatto visivo. A questo punto però non si tratta di una sfida. Non riesco proprio a smettere: mi ha come imprigionato con quel suo sguardo magnetico.

Il panico minaccia di impadronirsi di me, così cerco di scendere dallo sgabello per darmi alla fuga. Ma il mio tentativo di svignarmela in tempo viene rallentato dalla mia forma fisica tutt'altro che eccelsa. Una volta toccato terra tento di riprendere l'equilibrio, ma il giramento di testa che ne consegue non è dei più incoraggianti. Le mie ginocchia cedono, rischiando di mandarmi gambe all'aria.

Ma invece di trovarmi stesa sul pavimento, sorte infelice ma molto meritata, due mani forti mi afferrano all'ultimo secondo salvandomi dal capitombolo.

«Presa», mi dice Mark. Mi rimette in piedi senza mai smettere di tenermi stretta a sé. Per qualche istante rimango ferma, appoggiata a lui e ho persino paura di respirare.

«G-grazie», balbetto arrossendo come una cretina. «Credo di aver bevuto troppo», commento.

«Credo anch'io che tre Long Island e due Martini possano definirsi troppo...», lo sento borbottare.

«Hai contato tutto quello che ho bevuto questa sera?», domando stupita, staccandomi solo in parte da lui per poterlo guardare negli occhi.

Mark però non risponde e si limita a osservarmi severo. Lo scuoto leggermente con una mano, ma niente. Pare che sia stata condannata alla pena del silenzio.

«Sei muto?», domando.

«No, ma ho paura che qualsiasi mia risposta finisca per essere interpretata male», ammette.

Sto quasi per aggiungere qualcosa di provocatorio, ma il suo tono sincero mi convince a chiudere la bocca. C'è un attimo di pausa in questo nostro antagonismo odierno: mi abbandono e inspiro il suo profumo, visto che la sua vicinanza mi impedisce di farne a meno.

«Prima di andare avanti, credo tu mi debba delle scuse», dico a bassa voce.

Mark alza gli occhi al cielo. «Se ti chiedo scusa la finiamo con questa discussione assurda?», chiede.

Faccio finta di rifletterci un momento. «Visto che sono molto magnanima, immagino che potrei dimenticarmi di tutto, in cambio delle tue scuse...».

Mark tossicchia nervoso. «Allora ti chiedo scusa, anche se ho detto certe cose solo per il tuo bene», precisa.

«Non ti devi preoccupare per il mio bene. A quello posso pensare io», dichiaro decisa.

«Preferisco non commentare la tua ultima frase, se per te va bene».

Le sue parole mi strappano un sorriso che non riesco proprio a trattenere.

«Sei ubriaca, vero?», mi domanda pur conoscendo la risposta. Il mio sorriso ebete deve essere eloquente.

«Preferisco non commentare», gli rispondo allo stesso modo. Lui ride.

«Sei completamente ciucca ma riesci comunque a essere spiritosa, complimenti».

Non ci rimane che staccarci quando Seung Hee compare accanto a noi come per magia.

«L'accompagna a casa?», chiede preoccupata a Mark.

«Direi che è la cosa più saggia». Poi, rivolto a me: «Sei pronta ad andare, Maddison?».

Ma io non ho ancora voglia di andarmene, e non so bene perché. «No, non voglio andar via. Ho ballato così poco questa sera…», mi lamento.

Mark è titubante sul da farsi perché si rende conto che forzandomi provocherebbe una nuova lite. «Un ultimo ballo?», mi propone.

«Un ultimo ballo con te?», chiedo. Devo essere ubriaca persa per fargli una domanda simile.

La sua espressione è esitante, ma poi cede.

«Va bene», risponde porgendomi una mano, che io afferro prima che possa cambiare idea.

Ci incamminiamo verso la pista da ballo, dove ormai da almeno mezz'ora il repertorio prevede solo lenti. Ne ero consapevole nel momento in cui ho proposto un ultimo ballo?

Senza perdere altro tempo Mark mi avvicina a sé e mi posa

con delicatezza una mano su un fianco. Io faccio altrettanto con un movimento che è automatico più che deliberato. Le nostre mani libere si incontrano a metà strada, senza che nessuno dei due possa prendersi la colpa o il merito di essere arrivato prima. C'è un attimo finale di esitazione, poi Mark inizia a ballare trascinandomi con sé. Devo essere ancora sotto il forte effetto dell'alcol, perché sento la testa girare sempre di più. Le mie narici vengono invase dal suo profumo, i muscoli della sua schiena si muovono sotto la mia mano. Sono sorpresa della reazione del mio corpo. Mi sento confusa ma anche attratta. Mi sembra di essermi avventurata su un terreno pericoloso.

La canzone termina velocemente, troppo velocemente. Mark mi riprende per mano e mi accompagna in direzione del guardaroba. Entrambi ritiriamo in silenzio i nostri cappotti e ci prepariamo a uscire dal locale.

Mark saluta con un breve cenno del capo Seung Hee, mentre io faccio altrettanto con la mano. Mi spiace lasciarla qui da sola, ma sono sicura che Chul Ju e Dong Woo, ancora bloccati al bancone del bar, all'occorrenza sapranno prendersi cura di lei.

Mark estrae il cellulare dalla giacca per chiamare un taxi. «Arriva tra cinque minuti», mi avvisa senza guardarmi. L'attesa si rivela lunga, visto che nessuno osa proferire parola. Più che di cinque minuti, mi pare si tratti di cinque ore. La serata è molto fredda, tanto che un brivido tutt'altro che piacevole parte dalle mie gambe per arrivare fino alla schiena. Inoltre, la testa è più confusa che mai. E temo che l'ubriacatura c'entri solo in minima parte.

Il taxi arancione compare all'improvviso nel buio della notte, accostando per farci salire a bordo. Una volta che ci siamo accomodati Mark informa il tassista circa la nostra comune destinazione. Mentre la macchina riparte veloce cerco di rilassarmi chiudendo gli occhi.

Questa serata è stata un tale fiasco, penso amareggiata. Tra l'altro non capisco cosa abbia fatto precipitare così gli eventi. Qual è stato l'elemento scatenante?

Le mie palpebre sono pesanti, la presenza di Mark al mio fianco un disturbo costante. Cerco di serrare ancora più forte gli occhi tanto che a un certo punto, sfinita, mi addormento.

Quando, poco dopo, la voce di Mark mi desta dal sogno, non riesco subito a mettere a fuoco gli eventi della serata. «Maddison, siamo arrivati, forza», mi scuote. Sbatto le palpebre parecchie volte prima di ricordare tutto.

Mentre Mark sta saldando il conto della corsa, il tassista gli dice qualcosa che lo fa sorridere. Cosa darei in questo momento per capire almeno in parte il coreano.

«Cosa c'è di buffo?», chiedo curiosa.

«Niente, lascia perdere», mi risponde mentre saliamo le scale che ci conducono presto all'ascensore.

«Sai bene che non lascerò perdere», gli dico decisa.

Solleva un sopracciglio dubbioso, ma poi alza le braccia in segno di resa. «E va bene. Se vuoi proprio saperlo il tassista pensa che tu sia bellissima».

Lo guardo confusa. «Ha detto così?»

«Praticamente».

«Allora non ha detto proprio così...», insisto.

«Mi ha solo detto di considerarmi un uomo molto fortunato», ammette infine uscendo sul pianerottolo.

Io lo seguo a ruota. «Ti senti fortunato a stare con me questa sera?», gli chiedo a un tratto, senza sapere bene perché. In fondo la nostra vicinanza è dovuta solo al fatto che condividiamo lo stesso pianerottolo di casa.

Si volta verso di me mentre mi risponde. «No, a dire il vero no», sentenzia. Ha uno strano luccichio negli occhi.

Mi appoggio sul muro cercando di riflettere sul significato della sua misteriosa frase.

«E se ti chiedessi qualche delucidazione in più riguardo a quello che mi hai appena detto, non mi risponderesti, vero?»

«Ragazza perspicace», risponde enigmatico, con un beffardo sorriso dipinto sul volto. Rimane fermo davanti alla sua porta d'ingresso, indeciso se inserire o meno il codice.

«Cosa c'è che non va?», gli domando osservando il dubbio dipinto sul volto.

«Sai che non ne sono sicuro nemmeno io?». Il suo tono vorrebbe essere lieve, ma non lo è affatto. Per la prima volta da quando conosco Mark, lo vedo davvero in difficoltà.

«Forse avresti dovuto bere anche tu questa sera. Almeno ti saresti rilassato un po'». Provo a buttarla sullo scherzo.

La sua reazione non è di quelle sperate. Invece che riderci sopra lo guardo sbuffare. «Non è davvero il caso che io beva quando decidi di metterti vestiti simili...», mi ammonisce.

«Ah ah ah», provo a ridere almeno io.

«Ero serio, Maddison», mi avverte spegnendo il mio tentativo di alleggerire il clima.

Il suo atteggiamento mi confonde, senza contare che l'alcol mi ha tolto ogni inibizione. Per qualche strano motivo inizio a rendermi conto del fatto che è un uomo davvero molto attraente. O forse me ne ero accorta da subito ma non volevo ammetterlo.

L'idea mi rende nervosa, e per sfuggire ai miei pensieri cerco di provocarlo con un gioco. Mi avvicino a lui con fare seducente, scherzando apertamente.

«Allora, mi trovi provocante questa sera?», gli chiedo, imbronciando a dovere le labbra.

«Vai a dormire, Maddy», mi dice invece, chiamandomi con il mio nomignolo per la prima volta nella storia e indicandomi la porta del mio appartamento. «Sei ubriaca, non sai quello che fai», mi avverte.

Questo non mi ferma affatto, anzi. È divertente vederlo arrossire. «No, ancora no. Non ne ho proprio voglia».

Invece che indietreggiare mi avvicino ancora di più. Gli infilo le mani dentro la giacca con l'intenzione di fargli il solletico ai fianchi. Sotto il morbido cotone della camicia sento arrivare il calore della sua pelle. Le mie mani si bloccano come scottate, senza però abbandonare il contatto.

«Stai giocando con il fuoco», mi avverte con un tono stranamente controllato.

Incurante della minaccia decido di continuare la mia tortura. Le mie dita gli accarezzano i fianchi uno, due, tre volte.

«Basta», sbotta poco dopo afferrandomi le mani fredde. Non mi lascia però andare, incatenandomi con una presa salda. Sollevo lo sguardo e incontro i suoi occhi tormentati.

«Vuoi dirmi una buona volta cosa c'è che non va?», ripeto per l'ennesima volta. Mark tace e continua a fissarmi con uno sguardo ipnotico.

Solleva la sua mano libera e mi accarezza una guancia. Il tocco dovrebbe essere appena percepito, invece sento una scossa attraversarmi tutto il corpo.

«Te ne dovresti andare, lo sai?», mi sussurra senza interrompere il contatto.

Io annuisco incapace di dire altro. Quei suoi occhi scuri… potrebbero quasi convincermi a fare una pazzia.

Nella speranza di spezzare l'incantesimo sposto lo sguardo su qualche altro punto del viso. Grave errore: gli occhi mi cadono quasi senza volerlo sulle sue labbra. E che labbra. Si incurvano leggermente quando intuisce che sono l'oggetto della mia ammirazione.

Sospira mentre combatte chissà quale guerra interiore. L'attimo dopo mi rendo conto che la sua bocca si sta avvicinando piano alla mia. Di questo passo solo qualche istante mi separa dal sentire quelle stesse labbra piene sulle mie.

Potrei allontanarmi, mi dico. Anzi, dovrei allontanarmi. O forse no...

Un secondo dopo mi bacia.

All'inizio il suo è un bacio leggero, appena accennato, tanto che mi domando se si tratti davvero di un bacio o di un sogno. Dopo qualche istante però sento che allunga le braccia e mi stringe con decisione, facendo aderire il mio corpo al suo. La pressione delle sue labbra aumenta, le mie si aprono, la sua lingua mi invade. E il mondo prende a girare a velocità doppia.

La mia sorpresa dura poco, visto che la risposta a questo bacio sempre più esigente si tinge di una foga che quasi mi spaventa. Le labbra continuano a toccarsi, le lingue si stuzzicano, le menti sono del tutto offuscate.

Andiamo avanti a baciarci per un bel po', strusciandoci addosso l'un l'altro. Le mani iniziano a vagare, il fiato si fa corto. Mi sono completamente dimenticata di trovarmi sul pianerottolo di un palazzo.

Quest'uomo aveva ragione, penso mentre la sua bocca mi cattura per l'ennesima volta: bacia divinamente. Altro che esagerazioni...

Tra i due, a riconquistare per primo il controllo è Mark. Rallenta il ritmo cercando di riportare il bacio alla normalità. Sospira e appoggia le labbra sulla mia fronte.

«Cosa c'è?», chiedo. Questa volta la mia domanda ha un significato molto diverso dalle altre volte.

Cercando di riprendere a respirare, Mark si allontana da me. «E ora è davvero il caso che tu te ne vada a dormire», conclude.

Sono stata appena baciata come non mi capitava da tanto tempo, sono brilla quanto basta e con gli ormoni in subbuglio. «Perché?», farfuglio senza nascondere la delusione.

«Perché, che tu ci creda o no, non è mia abitudine approfittare di fanciulle ubriache», risponde quasi spazientito.

Prende la mia borsetta, caduta per terra, me la rimette in mano e mi trascina di fronte alla mia porta d'ingresso.

«Inserisci la combinazione», mi ordina.

«E se l'avessi dimenticata?», chiedo innocente.

«Maddison...», mi minaccia pronunciando solo il mio nome. Seccata, ubbidisco aprendo la porta.

«Buonanotte», mi saluta, spingendomi dentro e richiudendo l'uscio con un colpo secco.

«Buonanotte anche a te», dico a me stessa, visto che lui non può più sentirmi.

Poi mi tocco le labbra e sospiro. Oh cielo!

9
Risvolti drammatici del post sbornia

Sono passate ormai due settimane da quella "famosa" serata. Non che stia tenendo il conto... Perché è ovvio che non lo sto facendo affatto. A malapena mi ricordo del bacio. Ormai sono arrivata a pensarci solo tre volte al giorno. E contando che sono partita da trenta, direi che sono a buon punto.

Da allora Mark mi evita come la peste, non vuole rimanere da solo con me nemmeno in ascensore. Se non lo conoscessi direi che sta scappando. Ma è impossibile che un tipo come lui fugga per evitare un confronto, o no? La verità è che mi sento in parte sollevata: se anche cercasse di parlarmi, non saprei davvero quali spiegazioni dargli. In un primo momento ero riuscita a convincermi che fosse tutta colpa dell'alcol: in fondo la motivazione mi era parsa *estremamente* ragionevole. Ora che sono passate ben due settimane non ne sono più così sicura. Ero di certo ubriaca, ma non ho il coraggio di negare che una parte di me sapesse bene cosa stava facendo.

Mark non mi piace, su questo non ho dubbi. Trovo che sia una persona dannatamente rigida, supponente e con un brutto carattere. Con lui non si può parlare perché non sa ascoltare, non mette mai le persone a proprio agio e pensa di avere sempre ragione. Oddio, in genere ha ragione, ma non è questo il punto. Un conto è aver sempre ragione e un altro è esserne certi a priori.

Non riesco a capire cosa sia successo quella notte da indurci a un comportamento simile. Il ricordo di quel bacio, però, non vuole proprio andarsene dalla mia mente, è come se si fosse impiantato e avesse messo radici: non riesco a dimenticare il suo sapore, la pressione della sua bocca e il gioco della sua lingua con la mia.

«Maddison, non ti paghiamo per startene con il naso per aria!», tuona Mark, che sta passando accanto alla mia scrivania, proprio mentre rifletto per l'ennesima volta sull'*incidente*. Devo avere un'espressione un po' assente, in effetti.

«No, certo che no», gli rispondo per stemperare la tensione. Sospiro e torno a concentrarmi sui bilanci che ballano sullo schermo.

«Se hai finito puoi andartene a casa. Se non hai finito vedi di farlo il prima possibile», aggiunge il capo, che deve sempre avere l'ultima parola. Sembra un ordine che non si può discutere. Entra a grandi passi nel suo ufficio e sbatte la porta.

«Il capo è nervoso da giorni», sospira Seung Hee.

«Sì, in effetti...», concordo.

«Non credo sia il lavoro. Mi sembra che il progetto della ristrutturazione che state seguendo stia andando molto bene. Ho sentito delle persone complimentarsi con lui in ascensore, prima. Tu non sai niente?», mi chiede guardandomi con l'aria di chi la sa lunga.

Chi, io?

«E come faccio a sapere cosa gli è successo?», cerco di rispondere il più sorpresa possibile.

«Pensavo che essendo vicini di casa...», insinua senza terminare la frase.

«Giuro che non so niente!», mi affretto a confermare prima che le possa venire in mente altro.

Yoo Chul Ju ha sentito i nostri discorsi e trova doveroso intromettersi. Per la cronaca, a differenza dei giapponesi, che sono in effetti abbastanza riservati, qui in Corea non si fanno problemi a interrogarti sulla tua vita privata. È quasi un dovere. Strano popolo quello coreano: sono un mix di pudore per quel che riguarda il sesso (repressi, direi io) e amore per il gossip più spinto.

«Forse sarà per l'appuntamento al buio a cui deve andare questa sera». E sgancia così la notizia bomba.

Seung Hee si anima all'istante. «Chi te l'ha detto?», sussurra sottovoce. L'orco si sarà anche barricato dentro il suo ufficio, ma ha comunque un orecchio bionico.

«Me l'ha raccontato Lee Ma Ri, quella bella ragazza che sta alla reception. L'ha sentito parlare al telefono con sua madre e confermare l'appuntamento», ci svela Chul Ju.

Dentro di me gongolo, la notizia è davvero interessante. Ecco un modo per prenderlo un po' in giro e stemperare una volta per tutte il clima che si è creato tra di noi.

Verso del caffè bollente in una delle tazze accanto alla macchina di cui ho chiesto l'installazione qualche tempo fa e, armata di coraggio, mi incammino verso l'ufficio del capo. Busso, e una volta ottenuta una risposta che sa molto di grugnito, impugno la maniglia per spalancare la porta.

Mark è seduto alla scrivania, occupato al telefono in una conversazione in coreano di cui distinguo solo qualche parola. Forse alla fine di questo lungo anno d'esilio riuscirò a pronunciare una frase di senso compiuto. Approfittando del fatto che non mi può riprendere, visto che è impegnato, gli porgo la tazza di caffè. Un'espressione dubbiosa si dipinge sul suo viso, ma alla fine, non sapendo che altro fare, la prende. Mi accomodo sulla sedia di fronte alla sua e attendo paziente che termini la conversazione.

Ci osserviamo guardinghi, senza che nessuno dei due abbassi lo sguardo. È una sorta di comunicazione non verbale, ma persino più misteriosa del coreano, per quanto mi riguarda.

Pochi minuti dopo posa la cornetta e beve un sorso del caffè che gli ho portato. Mi sembra stia cercando di guadagnare tempo.

«A cosa devo il gesto?», chiede appoggiando la testa allo schienale e mettendo in bella mostra il suo collo.

Deglutisco sforzandomi di non farci troppo caso. «Così arriverai pieno di energie all'appuntamento di questa sera», gli rispondo fingendomi gioiosa e spensierata.

È stato solo un bacio, mi ripeto. Tanta gente si bacia senza che significhi niente. Gli attori, per esempio, si baciano tutti i giorni per lavoro. Un bacio a volte non vuol dire nulla.

La mia frase lo costringe a bloccarsi con la tazza in mano. Se anche stava per mandar giù un nuovo sorso, è ovvio che ora non lo farà. «E tu cosa ne sai?», pretende di sapere, facendosi subito più cupo.

«Solo quello che sanno già tutti...», rispondo misteriosa.

Per un minuto o due non dice niente. «Sei proprio un mastino, eh?», sentenzia infine, con una punta di sincera ironia nella voce. Non proprio la reazione che mi sarei aspettata.

«Scusami?», domando stupita.

«Hai sentito, non sei affatto sorda», ribatte molto più sereno di quando sono entrata. Cosa temeva, che avrei tirato fuori il discorso della festa?

«Era un'occasione troppo ghiotta per non prenderti un po' in giro... Ultimamente eri un tantino teso, l'hanno notato tutti», mi giustifico in fretta. Questo è il nostro primo scambio di battute dalla festa, o meglio dal dopo festa. Una parte di me è sollevata di aver voltato pagina, ma una parte è quasi... delusa.

Nessuno dei due riesce ad aggiungere niente. Il silenzio inizia a farsi fastidioso. Mi alzo per andarmene, ma non prima di aver lanciato un ultimo dardo. «Allora immagino che ti debba augurare in bocca al lupo per questa sera».

Sto per dargli un buffetto sulla guancia quando intercetta la mia mano e l'afferra, stringendola. Il contatto è elettrico, intenso. La mia mano inizia a sudare alla sola vicinanza con la sua, il battito accelera. Devo smetterla di farmi prendere dal panico ogni volta che mi sfiora, non ho più quindici anni da un pezzo!

«Voi ragazzi cosa fate invece questa sera?», chiede interessato senza lasciare la mia mano.

Il contatto prolungato tinge di un rossore evidente le mie guance. La sfortuna di avere una carnagione cadaverica. «Andiamo a cena fuori», riesco a stento a rispondere.

«Allora divertitevi. Vi invidio. La mia non sarà certo una serata piacevole», commenta pensieroso.

Come mai tutto questo pessimismo?

«Cosa ne sai, potrebbe essere la donna della tua vita...», provo a scherzare.

Alza il sopracciglio per mostrare la sua scarsa convinzione. «Permettimi di dubitare che possa piacermi una ragazza che ha scelto mia madre...», borbotta.

Per quanto ne so sua madre potrebbe anche essere una selezionatrice di future mogli perfette. Mai giudicare le altre madri dalla propria.

Finalmente lascia andare la mia mano, che ritraggo come un fulmine. Mi piacerebbe molto illudermi che la sensazione che ne è seguita sia stata di liberazione e non di delusione. Nulla mi impedisce di provarci.

«Sono sicura che sarà un serata istruttiva. Buon divertimento», gli auguro scappando in fretta fuori dal suo ufficio.

È stato un incontro bizzarro, che non doveva andare così. Sarei dovuta risultare molto più distaccata e fredda. Sarei dovuta uscire dal suo ufficio rassicurata sulla sincerità del mio disinteresse verso di lui.

Ma cosa mai mi è saltato in mente?

Io e i ragazzi siamo seduti al ristorante cinese, intenti a scambiarci bocconi e assaggi dei numerosi piatti che abbiamo ordinato. Io ho scelto riso cantonese, pollo in agrodolce e i ravioli al vapore. So benissimo di essermi decisa per qualcosa di banale e comune, ma io sono europea. La cosa strana è che i miei gusti sono invece alquanto esotici per i miei colleghi coreani. Senza contare che a Londra si mangia seduti al tavolo, mentre qui siamo di fatto sdraiati per terra. Tanto per cambiare.

In Inghilterra se chiedi una forchetta nessuno ti guarda storto, qui invece è meglio non provarci nemmeno.

Infilzo coraggiosa un grosso raviolo mentre gli altri ridono della mia raffinata tecnica anglosassone. A onor del vero ormai anche la maggior parte degli europei ha imparato a utilizzare le bacchette in maniera almeno dignitosa. Io rimango una delle poche eccezioni viventi. Sono rassegnata a esserlo, sarebbe meglio dire.

«Non so come abbiamo fatto senza di te, Maddison. Le cene non erano mai così divertenti prima che tu arrivassi. Mai visto nessuno affrontare un raviolo come stai facendo tu ora», si congratula Chul Ju, che sta invece mangiando spaghetti alla soia e bastoncini di carne di maiale.

Felice che i miei limiti servano a dilettare così tanto i miei colleghi. Sempre al servizio.

Seung Hee è d'accordo con lui. «Oh sì, Maddison, prima di te alcune cose non erano proprio permesse!», esclama.

«Volete dire che era Mark a non permetterle?», domando interessata.

«Anche. Lui era così rigido prima del tuo arrivo», risponde Dong Woo. In genere parla poco, è un tipo piuttosto chiuso, e questa sua osservazione mi incuriosisce. Anche perché avrei scommesso che avesse una sorta di venerazione nei confronti di Mark.

«Oddio, non mi sembra così "ammorbidito", adesso!», puntualizzo cercando di sollevare il mio pezzo di pollo con le bacchette. Per un attimo m'illudo di esserci riuscita, ma la distanza tra la ciotola e la mia bocca si dimostra fatale. Il petto di pollo in salsa agrodolce plana sulla tovaglia sollevando uno schizzo che mi manca per un pelo. Oggi deve essere la mia giornata fortunata: di norma le macchie mi centrano sempre. Siamo quasi una cosa sola.

«Perché non l'hai conosciuto prima...», insiste Seung Hee contenendo a stento una risata. Su questo potrebbe avere ragione.

Da quando sono qui i miei tre ragazzi sono molti più uniti di prima, scherzano tra di loro e trattano Seung Hee come una loro pari. Era stata lei stessa a confidarmi che prima del mio arrivo non accadeva quasi mai. Ma l'essersi ritrovati con una donna a capo della squadra, deve avere aperto un po' le loro menti.

Stiamo discutendo delle prossime vacanze di Natale e di quello che ognuno di noi farà per l'occasione quando veniamo interrotti dall'acuto squillo del mio cellulare. Quello aziendale. Chi può chiamarmi a quest'ora e di venerdì sera?

Cerco alla rinfusa nella borsetta e non senza fatica, dato il mio ordine, riesco a trovare il mio cellulare coreano. Lo schermo mi indica che la chiamata proviene da Mark.

Per un istante mi blocco, indecisa se rispondere o meno, ma poi la curiosità ha la meglio.

«Pronto?», dico cercando di mostrarmi serena.

«Grazie al cielo hai sentito lo squillo!», esordisce a sorpresa. La sua voce è acuta e agitata.

«Che succede?», domando a bruciapelo. Voglio dire, deve essere accaduto qualcosa di grosso perché abbia deciso di telefonare proprio a me, tra tutte le persone che conosce.

«Qui è un inferno. Devi aiutarmi», si limita a dire. Come era prevedibile Mark non chiede, non è il tipo. Lui pretende. Sto per avanzare un'obiezione quando, come se lo avesse intuito, pronuncia la frase magica. «Ti prego», aggiunge a bassa voce, tanto che sono quasi in dubbio di non aver sentito bene. L'ho forse sognato?

«Dove sei?», gli chiedo. Ho ceduto in fretta, è vero, ma sentirlo supplicare è stato piuttosto convincente.

«All'albergo in centro, quello con la fontana, dove si è tenuta la conferenza di M&A il mese scorso», mi spiega.

«Ho almeno il tempo di ingoiare i miei ultimi ravioli al vapore?», domando. Non erano niente male, e di questi tempi è quasi un evento che il cibo sia di mio gradimento.

Lo sento ridere. «Certo, credo di poter resistere. Non vorrei mai farti saltare la cena», ironizza.

Sto per salutarlo quando mi viene in mente un dettaglio fondamentale. «Ah, giusto per non fare figuracce, che ruolo devo fingere?»

«Devi mostrarti stupita di vedermi e accusarmi di tradirti. Questo mi renderà molto meno attraente ai suoi occhi. O almeno lo spero... Te la senti?»

«Di impersonare una pazza gelosa? Assolutamente! A dopo», lo saluto troncando la comunicazione. I tre, che della perspicacia quando serve sanno fare un'arte, parlottano ridacchiando.

Seung Hee, in particolare, è molto divertita. «Vai a salvare il capo?», chiede.

«Così pare...», ammetto. Abbasso le spalle in segno di rassegnazione. Non sto morendo dalla voglia di andare a tirarlo fuori dai guai, ma in fondo lo ha chiesto per piacere...

«Mi raccomando, cerca di essere convincente», mi motiva Chul Ju, che deve avere molto a cuore le sorti di Mark.

«Lo prometto. Sarò bravissima», dico solenne. Addento l'ultimo raviolo che ho nel piatto, afferro la mia borsetta e mi incammino verso l'ingresso. «Fate i bravi voi tre», li saluto mentre mi gridano *fighting* all'unisono. Prima o poi qualcuno li dovrà informare dell'accento corretto della parola. O forse lo conoscono benissimo ma continuano apposta a pronunciarlo alla coreana, apostrofando con decisione la T. In ogni caso, in Corea la parola *fighting* è diffusissima: la usano tutti, in ogni ambiente, e serve a motivare le persone.

La metropolitana, che sto imparando a conoscere piuttosto bene, mi conduce davvero in fretta all'albergo. L'ingresso in marmo nero è immenso, fatto per togliere il fiato. Mi dirigo decisa verso il bar, con gli occhi all'erta alla ricerca di Mark.

Non impiego molto a individuarlo. La ragazza che gli è seduta di fronte è piuttosto piccolina, anche se non sembra magrissima. Esistono coreane in carne? Mi era quasi venuto il sospetto che le tenessero segregate in casa. In questo Paese la linea è una vera ossessione e non si è mai magri abbastanza. Non solo, circa metà della popolazione europea, che noi consideriamo assolutamente normale, qui finirebbe per essere catalogata come grassa.

Anche da una decina di metri di distanza si nota subito che la fanciulla pende dalle labbra di Mark. Letteralmente. Se lo sta guardando come un dolce, che spera di assaggiare quanto prima. Povero Mark, ma come fa sua madre a trovargli donne simili? Deve avere un grande rispetto per i suoi genitori se accetta simili intrusioni: io non mi sarei mai prestata a qualcosa di analogo.

Facendomi forza mi incammino in direzione del loro tavolo. Mark, che con la coda dell'occhio deve avermi visto subito, cerca di fingersi sorpreso.

Io parto all'attacco e balzo come una lince su di loro. Afferro il bicchiere di vino bianco lasciato incustodito in mezzo al tavolo e lo lancio in faccia a Mark. Centro perfetto e reale stupore da parte del finto fedifrago. Voglio dire, se proprio devo fingere tanto vale fare le cose per bene, no?

«Razza di gran bastardo!», grido arrabbiata.

La ragazza sussulta, si porta le mani alla bocca e poi inizia a farfugliare qualcosa in coreano. Ne deduco che abbia capito, anche se ho parlato in inglese.

Rincaro la dose. «Come hai potuto farmi questo, Mark!», esclamo teatrale.

Il suo sguardo è abbastanza smarrito, non si aspettava di essere innaffiato con il vino.

«Maddison, ti posso spiegare...», cerca di calmarmi. E poi aggiunge qualcosa in coreano rivolto alla ragazza affranta.

Io lo prendo per mano e lo trascino via. Lui cerca di scusarsi con la fanciulla, inchinandosi più e più volte, ma poi mi segue fuori dalla hall dell'albergo.

Non appena usciti, iniziamo a correre per qualche centinaio di metri e poi scoppiamo a ridere.

«Ma come diavolo hai fatto a farti incastrare così da tua madre?», gli domando divertita, con il fiato corto a causa della corsa.

«Non lo so. Ma è l'ultima volta, lo giuro», promette solenne. Sembra molto più sollevato ora che si è liberato della divoratrice di esemplari maschili.

«Perché hai chiamato me?», gli chiedo tornando seria.

«Nessun'altra sarebbe stata in grado di inscenare una cosa simile. Voi inglesi siete così...». Ma non finisce la frase, limitandosi solo a sorridermi come se mi dovesse essere chiaro tutto.

«Tua madre lo verrà a sapere, te ne rendi conti? Cosa pensi di dirle?»

«Niente. Assolutamente niente», risponde calmo, come se fosse l'unica decisione possibile. O finge benissimo oppure ha un lungo passato di scontri con sua madre. Non che io non possa capire...

Lo fisso curiosa. «Se si trattasse di mia madre, ti assicuro che non te la caveresti con così poco. Ti sfinirebbe pur di avere qualche risposta. A ogni modo, cosa aveva di tanto sbagliato quella ragazza?».

Mark si appoggia a un lampione della luce e solleva il risvolto del suo cappotto grigio. Decisamente attraente. E sa di esserlo.

«È la figlia di qualche primario o qualcosa di simile, motivo per cui mia madre ha sorvolato su tutto il resto. Peccato che sia matta da legare. Dopo nemmeno cinque – dico cinque – minuti di conversazione era già convinta che fossimo anime gemelle. Insisteva pure per fissare la data delle nozze! Secondo lei avremmo dovuto mettere al mondo minimo tre figli», mi confessa rabbrividendo al solo pensiero. A quanto pare essere un uomo attraente e di successo non ti evita incontri imbarazzanti. O meglio, se anche uno se li evita da solo, poi ci pensa la famiglia a procurarteli. Questo suo lato umano me lo rende quasi simpatico.

Io scoppio a ridere. «Ma perché diavolo non ti trovi da solo una brava ragazza coreana da sposare? Una normale, che piace a te e non a tua madre, così da poter mettere al mondo dei marmocchi con quei begli occhi a mandorla?», gli suggerisco.

«E tu perché non metti al mondo dei bei bambini con i capelli dorati e gli occhi verdi?», mi domanda a sua volta. Mi sembra di essere tornati alla nostra conversazione in aereo.

«Perché non sarebbero biondi comunque», ammetto. Mi avvicino e gli sussurro in un orecchio: «Io mi faccio i colpi di sole. In realtà sono castana». Se fosse una donna capirebbe quanto mi sia costata una tale confessione. Ne conosco alcune che hanno bruciato tutte le foto di quando erano ragazzine per eliminare scomode prove sul vero colore dei loro capelli.

Mi guarda fingendosi sorpreso. Pare che ci fosse arrivato anche da solo. Notevole, mi tocca ammettere. La categoria maschile non è di certo nota per le grandi doti di osservazione, quando si tratta di trucco e parrucco.

«E ora che siamo riusciti a scappare dalle grinfie delle tue pretendenti, dove andiamo?», gli domando. Sono da poco passate le nove e mezzo, non ho ancora voglia di andarmene a casa. In teoria potrei sempre ritornare dai tre moschettieri, ma per qualche strano motivo non sono così disposta a separarmi da Mark. Ignoro del tutto il campanello d'allarme che scatta nella mia testa.

«Ovunque tu voglia, mia salvatrice», recita lui inchinandosi. Non so se è il pericolo scampato ad averlo reso di buonumore, ma non mi lascerò certo sfuggire l'occasione. Di questi tempi avere a che fare con un Mark allegro sta diventando raro quasi come la neve a luglio.

«Hmm, vorrei andare a mangiare un gelato!», esclamo gioiosa, dopo attenta meditazione.

«Va bene allora. Di qua», e mi indica la strada, porgendomi il suo braccio. Accetto senza ragionarci troppo e ci incamminiamo lungo la strada gremita di gente.

Dopo circa un quarto d'ora di camminata arriviamo alla gelateria. A Seul non abbondano di certo, ma si riesce ancora a trovare qualche negozio che non sia la solita catena di gelati americana. Io prendo caffè e cioccolato fondente, Mark sceglie invece crema e stracciatella. Hmm, ora che lo vedo con il gelato alla crema in mano, lo vorrei anch'io.

«Cosa stai fissando?», mi chiede ben cosciente degli sguardi di apprezzamento che sto lanciando al suo gelato.

«Niente...», rispondo innocente.

Mi porge la sua coppetta. «Forza, assaggia», mi invita. E io non me lo faccio ripetere due volte.

«Buona la crema», mi tocca ammettere mentre la cucchiaiata mi si scioglie in bocca. Lo sapevo che avrei dovuto prenderla anch'io...

«Certo. L'ho scelta io», puntualizza Mark. Questa volta il tono è senza ombra di dubbio canzonatorio.

«Scemo», gli dico dandogli un colpetto coi fianchi.

Mentre tiene salda in mano la sua coppetta, mi cattura con l'altra, avvicinandomi a sé. «Sempre dispettosa», sussurra al mio orecchio. Ha abbassato la voce almeno di un'ottava nel pronunciare la frase, spero se ne renda conto.

Nonostante il suo sia un gioco sporco, non posso fare a meno di sentire i brividi percorrermi la schiena; il suo odore riempie le mie narici, mi sento il suo fiato sul collo. Per un attimo rimaniamo immobili, incapaci di staccarci. Come colpita da un fulmine a ciel sereno mi rendo conto – in questo angolo scarsamente illuminato di un'affollata strada di Seul – che c'è una chimica notevole tra di noi. L'attrazione fisica, a giudicare dai segnali che mi sta lanciando il mio corpo, è davvero molto forte.

Oh mio Dio. OMG.

Mi allontano e riprendo a camminare e mangiare il gelato.

Mark invece non si è mosso, non sento il rumore dei suoi passi dietro di me. Quando mi volto, quel che vedo è un viso preoccupato. Sorrido come a dire che è tutto a posto, che non si deve preoccupare di quello che è successo.

Invece lui mi stupisce. «Maddy...». Il modo in cui pronuncia il mio nome mi fa sussultare.

«Cosa c'è?», chiedo avvicinandomi di nuovo.

«Sei proprio sicura di non volerne parlare?»

«In tutta sincerità non credo di volerlo», gli rispondo nervosa.

Lui guarda per terra, come se cercasse ispirazione. «Allora cosa facciamo?»

«Mark, io non ti piaccio. Tu non mi piaci. Abbiamo una pessima opinione uno dell'altro...», gli ricordo.

«Ma siamo attratti», proclama solenne, troncando la mia frase.

Non mi aspettavo che lo dicesse ad alta voce.

«Lo sai che è assurdo. Tu sei un uomo ragionevole. Forza, non complichiamo le cose», lo supplico.

«Lo so che hai ragione», sibila. «Dannazione...». E così dicendo si gira, butta il suo gelato nella spazzatura e si incammina in direzione della metropolitana, lasciandomi sola e perplessa con la mia coppetta in mano. Pensavo di aver detto quello che voleva sentire!

Che spreco il gelato alla crema. Piuttosto che buttarlo via, avrebbe potuto offrirmelo.

10
Natale a Seul

Tra una storia e l'altra sono passati ormai due mesi e mezzo dal mio arrivo a Seul. Non sono proprio volati, ma non mi sono nemmeno pesati. La considero già una piccola vittoria.

Mancano in tutto dieci giorni a Natale, e per quanto l'esperienza alla fine si sia mostrata meno catastrofica di quello che avevo preventivato, inizio comunque ad accusare la lontananza da casa. Mia madre, che nelle ultime settimane sento piuttosto spesso, non perde occasione per ricordarmi che Natale è la festa della famiglia e che devo tornare a casa. Preferisco non svelarle quanto io stessa muoia dalla voglia di riabbracciare tutti e di rimettere piede sul suolo inglese.

Jane mi manca da morire. Non sono ancora riuscita a confidarle niente di quello che mi è successo. Sto aspettando di vederla dal vivo per farlo. Certo, ci scriviamo brevi email tutti i giorni, in cui lei mi racconta degli amici comuni, della sua famiglia, del lavoro, del lavoro e ancora del lavoro; io la intrattengo con le stranezze della Corea e le parlo dei casi che sto seguendo in ufficio. Ma finora non le ho mai scritto di Mark. O almeno, non al di là del suo ruolo di capo. E non so bene perché.

Forse non saprei bene cosa scriverle. I nostri ultimi incontri/scontri non sono finiti bene, senza contare che ho come l'impressione che cerchi in tutti i modi di allontanarsi da me.

E siccome io sono una donna che capisce quando non è desiderata, adesso sto uscendo con Thomas. Mica per ripicca. Assolutamente no. Al massimo per dispetto.

Mi sono fatta portare al cinema, a ballare, qualche volta persino a cena fuori. Ma del dopo cena non si è mai parlato. Lui ha cercato di baciarmi qualche volta ma io ho sempre schivato i suoi gesti d'affetto. Dopo alcuni tentativi andati a vuoto ha capito che sarebbe stato meglio evitare altre porte chiuse in faccia. Così ora siamo amici. E ho tutta l'intenzione di rimanerlo.

«Allora Maddison, cosa fai per Natale?», si interessa Chul Ju mentre mi porta il caffè alla scrivania. Questo ufficio ormai si sta quasi convertendo al vero caffè, a forza di frequentarmi.

«Vorrei tanto tornare a casa. Sono quasi tre mesi che non vedo la mia famiglia», sospiro facendomi malinconica.

«Londra deve essere bellissima», aggiunge Seung Hee.

«Oh, lo è. Specialmente in questo periodo», confermo mentre sorseggio il mio caffè bollente. Non è il massimo, ma lo reputo comunque migliore di quello che si può acquistare in giro.

«E il capo ti ha già concesso le ferie?», chiede la mia collega.

«Veramente no. Speravo di aspettare ancora un po' a parlargliene... magari finché lo spirito natalizio non lo colpirà dritto al cuore», scherzo speranzosa. La verità è che ho una paura folle che Mark mi dica di no solo per farmi un dispetto. Non lo reputo così superiore alle piccole vendette personali. Almeno non quando si tratta di me.

In quel momento, *lupus in fabula*, eccolo uscire dall'ascensore. Come si dice, parli del diavolo...

«Capo», richiama la sua attenzione Chul Ju, «Maddison vorrebbe andare dalla sua famiglia per Natale».

Mark volta la testa nella mia direzione e mi fissa con uno sguardo non proprio rassicurante. È chiaro che ipotizza che io abbia chiesto aiuto ai ragazzi per farmi autorizzare le ferie. Be', per una volta pensa male.

«Vero che la fa partire capo? Sono tre mesi che non vede la sua famiglia...», rimarca Seung Hee, rischiando solo di peggiorare la situazione. Lo so che vorrebbero aiutarmi, ma temo che finiranno invece per complicare ancora di più il mio rientro a Londra.

Mark sospira rassegnato. «Ma non sono mica il Grunch, certo che può tornare a casa dalla famiglia», sentenzia.

Tiro un sospiro di sollievo grande come una casa.

«Ma avrei preferito che me lo avesse chiesto lei», conclude seccato e si incammina verso il suo ufficio.

In questo caso ha ragione. Non che mi piaccia ammetterlo, ma avrei dovuto parlarne con lui tempo addietro. Ho tergiversato per mera codardia, e non per qualche altro motivo nobile. Mi sollevo con un balzo dalla sedia e lo raggiungo nella sua stanza.

«Giusto per puntualizzare, hanno fatto tutto loro. Giuro che non avevo chiesto di perorare la mia causa», mi difendo entrando nel suo ufficio.

«Lo so, lo so. Non sprecare fiato. Quanto pensi di stare fuori?», passa subito al dunque con tono professionale.

«Ecco, mi sarebbe piaciuto partire il giorno prima della vigilia e tornare il tre gennaio, se per te va bene», suggerisco a bassa voce. Questa mia mancanza di coraggio sta diventando quasi cronica.

«Su, il tono supplicante non ti si addice. Va bene, va bene, vai pure via se ci tieni», borbotta. Pronuncia quest'ultima frase con un tono quasi offeso.

«È Natale, tutti vanno dalla loro famiglia. Immagino anche tu dalla tua», gli faccio presente. Non so nemmeno io perché mi stia giustificando.

«In Corea il Natale non è una festa tradizionale, è stata semplicemente importata insieme al caffè e agli hamburger», mi fa notare senza neanche guardarmi in faccia. Credo stia leggendo e rispondendo alle mille email che riceve ogni giorno.

«E quindi i coreani non festeggiano? Ma se la città è tutta piena di alberi di Natale e addobbi vari...», lo fisso dubbiosa, nella speranza di fargli staccare gli occhi dal suo tanto amato schermo.

«Festeggiano... Ma è una specie di festa per coppiette», precisa sollevando infine quel suo sguardo magnetico. Forse era meglio se avesse continuato a ignorarmi. Siamo come avvolti da una specie di velo d'imbarazzo che proprio non ne vuole sapere di sollevarsi.

«Ma tu e la tua famiglia siete quasi americani. Magari per te potrebbe essere davvero un evento familiare», mi sforzo di dire per dissipare la strana aria che si respira.

Mark riabbassa di nuovo gli occhi. Grazie al cielo. «Purtroppo i miei festeggiano il Natale...», brontola annoiato. Ne deduco che non deve essere un grande amante dello spirito natalizio.

«Poi non te l'ho più chiesto... Con tua madre tutto bene dopo quella sera?». Vorrei cercare di essere amichevole visto che in perfetto spirito natalizio mi sento anch'io più buona.

«No», risponde brusco. Io rimango a fissarlo un po', stupita. Pare che la madre sia un argomento tabù che più tabù non si può.

Mark si accorge di essere stato un po' troppo categorico, dal mio viso tirato. «Ma grazie per avermelo chiesto», aggiunge come se bastasse a risollevare la conversazione.

«Va bene, va bene, capisco quando uno non vuole parlare. Vedo di togliere il disturbo», gli dico alzandomi. In fondo mi interessava una cosa sola: farmi concedere le ferie. E credo di esserci riuscita senza problemi. Quindi perché non mi sento euforica come dovrei?

Domani torno a casa. E non sto più nella pelle! A forza di ripeterlo potrei anche finire per crederci.

Per una volta ho persino preparato la valigia pianificando cosa e soprattutto quanto portare. Pare che io nascondessi anche un lato capace di organizzarsi. Quasi scioccante, ne sono consapevole. Nessuno ne è più sorpreso di me.

Domani mattina il mio trolley verrà con me in ufficio, perché è mia intenzione raggiungere l'aeroporto senza nemmeno passare da casa. Non vedo l'ora!

Oggi invece sono un po' in ritardo, e spero che non se ne accorga nessuno. Ma devo essere un bel po' sfigata, perché quando esco dall'ascensore sono tutti lì a fissarmi con occhi colmi di preoccupazione.

«Cos'è successo?», domando spaventata. Ma non sono del tutto sicura che sia stato un bene fare questa domanda.

«Non lo so. Il capo è qui dall'alba a quanto pare. E c'è qualcosa che non va», mi confida Chul Ju avvicinandosi.

Seung Hee ha l'aria terrorizzata, e non è un buon segno. Prima che io possa chiedere altri chiarimenti, Mark compare sulla soglia dell'ufficio. Ha le maniche arrotolate e la cravatta storta, senza contare le borse sotto gli occhi. Oddio, ora che ci penso Seung Hee aveva ragione da vendere a essere spaventata.

«Dove diavolo sei stata questa mattina?», sbraita l'uomo più nero del mondo. Dire che è "incavolato" non rende a sufficienza.

«Sono solo un po' in ritardo...», mi difendo balbettando.

«Nel mio ufficio, subito!». Il tono non ammette repliche.

Lo seguo come una condannata a morte, allertata dal mio sesto senso che torna a farsi vivo ancora una volta. È lì, latente, ad avvisarmi che le cose sono molto serie. Come se non ci fossi già arrivata da sola...

Mi adagio nella comoda poltrona dell'ufficio di Mark e attendo che si calmi abbastanza da dirmi di cosa si tratta. L'operazione richiede qualche minuto di troppo. Il mio battito cardiaco accelera oltre la soglia di allarme.

«Il signor Lee ha cambiato idea sui termini della ristrutturazione, sulle quote da destinare al fondo di private equity, sulla scelta dei futuri manager... insomma, su tutto», mi informa serissimo.

«Si riparte dall'inizio, quindi», commento mogia. Tanto lavoro per niente.

«Esatto, solo che questa volta il progetto deve essere rielaborato e portato a termine entro la fine dell'anno».

«Scherzi, sono solo...», mi metto a contare i giorni con le dita della mano, «si tratta solo di dieci giorni incluso oggi, la vigilia, Natale, Capodanno...», gli elenco le varie festività che ci attendono. Il mio tono si riempie di panico alla sola prospettiva.

«Sai quello che sto per dirti...», mi avverte Mark che mi fissa ipnotico nel tentativo di comunicarmi il messaggio con uno sguardo eloquente.

Lo so, ma voglio sentirlo comunque. La verità è che l'ho capito da quando sono uscita dall'ascensore e ho visto la faccia di Seung Hee. Ho capito tutto in un istante.

«Forza, dillo», lo esorto con una punta di cattiveria che non ho intenzione di nascondere.

«Non puoi partire proprio adesso. Potrai andare a casa non appena sistemeremo la faccenda, ma adesso proprio non c'è modo...».

Annuisco rassegnata. Che razza di responsabile di team sarei se mollassi la nave nel momento del bisogno?

«Dovremo lavorare un bel po', anche durante le feste».

«Va bene», dico sofferente. A mia madre verrà un colpo, erano giorni che stava cucinando per me. Ma è anche vero che rimanere a lavorare è forse una delle poche scuse che potrebbe accettare.

Rilasso le spalle e sprofondo nella sedia. «Forza, ripartiamo dai capitali del fondo e dall'ottimizzazione fiscale della cessione azionaria», gli suggerisco mostrandomi al top della professionalità. Prendo una penna dalla sua scrivania e gli rubo un foglio di carta bianca che ha davanti. «Sono tutta orecchie».

Sono stravolta e temo sul serio che la testa mi cada nel piatto. E sono solo le otto di sera della vigilia di Natale. Di quella vigilia che avrei dovuto passare con i miei genitori e i miei amici, quella vigilia in cui mi sarei dovuta strafogare di cibo divino. Invece ho passato gli ultimi tre giorni a lavorare come una matta, non ho dormito, mangiato a malapena, senza contare che ho dovuto comunicare la novità a mia madre, in preda ovviamente a un attacco isterico. Per la prima volta sembrava davvero dispiaciuta di non potermi vedere per Natale. A quanto pare è umana anche lei.

Sono a casa di Mark, i ragazzi se ne sono andati da poco, stanchi morti, e ora è rimasta solo la cena, coreana ahimè, che Seung Hee ha preparato e portato per tutti. Domani e dopodomani ai tre giovani sarà risparmiato il lavoro festivo, ma Mark e io avremo un bel po' di cose da sistemare. A dire la verità siamo a un buon punto e sono molto soddisfatta di quello che abbiamo fatto finora. La stanchezza però minaccia di farmi crollare: in questo momento non riuscirei a concentrarmi se anche lo volessi. Mark mi sta rileggendo, tra un boccone e l'altro, un pezzo della nuova presentazione, quando veniamo interrotti da qualcuno che bussa insistentemente alla porta.

«Forza Mark, apri. Lo so che sei a casa». È la voce di un ragazzo giovane.

Mark si alza dallo sgabello e si avvia a piedi nudi verso l'ingresso. A quanto pare ha riconosciuto subito il misterioso visitatore. Apre la porta e si sposta quanto basta per far entrare un giovanotto coreano piuttosto alto e belloccio. Il ragazzo mi fissa subito con curiosità evidente.

Devo avere un aspetto orrendo. Di norma il duro lavoro tende a ingrigirmi, motivo per cui in passato mi sono sempre trattenuta dall'esagerare.

«Ecco il motivo per cui non vuoi tornare a casa per Natale», esordisce rivolto a Mark senza preamboli.

«Non essere stupido. L'unico motivo per cui non potrò tornare a casa è il lavoro», gli risponde il mio capo incupito. «A proposito, come hai fatto a entrare?»

«Fortuna coincidenza: un tizio è uscito proprio quando stavo per citofonarti. L'effetto sorpresa mi sembrava più divertente. E quindi hai intenzione di nasconderti dentro il classico "è un duro lavoro ma qualcuno lo deve pur fare"?», si interessa criptico il ragazzo.

Mark non sembra intenzionato a rispondergli. «Maddison, ti presento mio fratello Tae Min. Tae Min, lei è Maddison, ufficio di Londra, come si può notare dalle mèches. Ma non l'hai saputo da me che non è una vera bionda…», spiega ridendo al fratello.

Gli ha svelato il mio più grande segreto tre secondi dopo avermelo presentato? Vile traditore!

«Piacere Maddison», mi dice Tae Min con un sorriso divertito. Ecco cosa ha di diverso dal fratello, lui sembra una persona gentile. «Mi dispiace Mark, ma sto solo eseguendo degli ordini. La nonna si è espressamente raccomandata di includere nell'invito anche lei».

Io li fisso confusa.

«Maddison è la ragazza dell'albergo, giusto? Tutta Seul parla di una misteriosa ragazza bionda che è comparsa a rivendicarti durante il tuo appuntamento organizzato. Cosa ti aspettavi? Sai quante bionde girano in questa città? Le possiamo contare sulle dita di una mano. Potevi almeno sceglierne qualcuna che desse meno nell'occhio...». Mentre lo dice osa persino ridacchiare.

«Lei mi ha solo salvato dall'appuntamento al buio», precisa Mark sereno.

«Cosa importa? Lo sapevi che tutti ne avrebbero parlato. La mamma è ancora arrabbiata con te. Dice che se avevi una ragazza glielo dovevi comunicare prima di farle fare certe figure in società. Sai che le importa solo del buon nome della nostra famiglia», sentenzia criptico Tae Min.

«Io non ho nessuna ragazza», si difende veloce Mark, forse quasi con troppa enfasi.

«E a chi interessa ormai?», gli fa notare il fratello. «La nonna potrebbe essere l'unica a crederti, anche se è stata proprio lei a dirmi di trascinarvi entrambi. Sapessi che faccia ha fatto la mamma quando lo ha sentito...».

«Noi staremmo lavorando», mi intrometto preoccupata dalla direzione della conversazione.

«Esatto», mi spalleggia Mark.

«E lavorerete da noi. Siamo tutti dotati di un computer e connessione a internet al giorno d'oggi. Questa è la Corea del Sud, qui sono sempre tutti connessi. Forza Mark, lo sai che in caso contrario ti daranno il tormento fino a farti impazzire. Ti conviene cedere subito. Meglio con le buone, no?».

Mark sospira camminando in cerchio. Finirà per scavare un solco nel pavimento. A un tratto si blocca e solleva quei suoi occhi sul mio volto cupo. «Ti prometto che non mangerai solo coreano». Non proprio quello che mi aspettavo di sentir uscire dalla sua bocca.

Trasalisco. «Non se ne parla nemmeno. Vai pure dalla tua famiglia, ci mancherebbe. Io starò benissimo da sola. E in caso di necessità possiamo sempre sentirci al cellulare», cerco di svincolarmi. Si può anche scordare che accetti di andare dalla sua famiglia. C'è un limite al masochismo che mi sono sempre promessa di non superare.

«Non potrei mai lasciarti sola a Natale», insiste con una determinazione quasi eccessiva. Non riesce proprio a nascondere il lato ostinato che è in lui. Perché si stia intestardendo tanto, rimane per me un mistero.

«Starò benissimo da sola», gli ripeto altrettanto decisa. Ormai ho qualche mese di pratica alle spalle, so come tenergli testa.

«Forse, ma come facciamo con il lavoro? Dobbiamo per forza rivedere alcuni punti insieme. Non posso passare la giornata appeso al telefono. Tanto vale venire con me».

Figurarsi se gli importava qualcosa del mio Natale solitario, in realtà vuole solo sfruttarmi per il lavoro. Cerco di ricacciare in gola una sensazione amara dovuta a un pizzico di delusione. «Possiamo benissimo lavorare insieme. Ma da remoto», rispondo serafica.

Mark lancia un'occhiata compassionevole al fratello. «Io accetterei senza problemi, ma solo se lei si decidesse a venire. Quindi ora non devi convincere me, ma Maddison… auguri!». E si defila dalla discussione. Cambio di strategia inaspettato, gliene devo dare atto.

Tae Min concentra tutta la sua attenzione su di me, sorridendomi come se mi avesse in pugno. «Avanti Maddison, non vorrai mica che Mark passi il giorno di Natale senza la sua famiglia? La nostra povera nonna è vecchia, questo potrebbe essere l'ultimo Natale che passiamo tutti insieme…», mi implora.

«Guarda che ha già conosciuto la nonna quando siamo stati a New York. Quindi non credo che riuscirai a intortarla con la storia della povera vecchietta», lo avvisa il fratello maggiore con un sorriso divertito.

«Bel tentativo, però», mi complimento sincera.

«Ah! Hai già conosciuto la nonna? Ma allora è una cosa seria!», mi punzecchia Tae Min ammiccando teatrale.

«È stato un caso…», mi affretto a precisare.

«Lo so che sembra tosta, ma è malata di cuore. Davvero», aggiunge poi, facendosi serio. Se sta mentendo giuro che è un attore da Oscar.

Medito sul da farsi cercando di interpretare l'espressione del suo viso: mi starà prendendo in giro oppure no? Il dubbio mi attanaglia, anche perché i suoi occhi rimangono tristi e speranzosi. Certo che ha deciso di usare proprio una carta scorretta!

«Va bene, va bene. Mi arrendo!», comunico a entrambi gettando la spugna. Sono abituata a parenti grotteschi, quanto peggiori potranno mai essere quelli di Mark?

Tae Min esulta. «Lo vedi fratellino com'è facile convincere le donne? Tu proprio non ci sai fare…», lo prende in giro.

Mark sbuffa indicandogli la porta. «Forza, te ne puoi anche tornare da dove sei venuto. Verremo domani a pranzo e staremo una notte sola. Inizia a dirlo alla mamma e alla nonna. Neanche un giorno di più», lo avverte.

Tae Min si incammina verso la porta, ma non prima di avere rivolto la seguente domanda: «Dormite in camera insieme o ognuno per i fatti propri?».

Mark gli sbatte la porta in faccia. «Dovevano mandarti in collegio, lo dicevo io!».

«Io sono così solo per compensazione!», gli risponde il fratello dall'altra parte della porta.

Mark alza gli occhi al cielo ma non aggiunge altro. Mi sembra di aver capito che questi due siano un po' come il giorno e la notte.

Sono un po' a disagio, l'idea di passare il Natale con la sua famiglia non mi convince nemmeno un po'.

«Devo proprio venire?», chiedo con l'ultimo barlume di speranza.

Mark si risiede sulla sedia della cucina. «Sì che devi, hai detto tu stessa che saresti venuta». Nei suoi occhi leggo una sorta di avvertimento.

«L'ho fatto solo per liberarmi di tuo fratello. Ma speravo nella tua collaborazione per sfuggire all'invito...», mi giustifico.

«Be', non la avrai», ribatte lui rimettendosi a studiare i fogli che aveva in mano prima che arrivasse suo fratello.

Lo fisso per un attimo. Vedo un angolo della sua bocca che quasi accenna un sorriso di fronte al mio dubbio.

«Lo sai che dico sempre sciocchezze quando sono tesa. E l'atmosfera di domani mi renderebbe parecchio nervosa. Vuoi rischiare?», lo avverto.

Fa una faccia strana. «Credimi, nulla di quello che tu potrai dire riuscirebbe a cambiare il drammatico quadretto che si è dipinto nelle loro menti piccolo borghesi. Sei già la donna del peccato, al massimo puoi diventare la donna del peccato senza cervello. Cambia qualcosa?».

Ci rifletto su un attimo, prima di arrendermi all'evidenza. «Veramente no». È strano ma lo penso davvero.

Mark mostra un'espressione soddisfatta. «Te lo dicevo. Forza, per questa sera basta. Prepara la valigia per domani».

«Cosa devo portare?», gli chiedo mentre spengo il mio portatile e raggruppo i fogli con gli appunti.

«Ma che domande! Devi portare una camicia da notte come si deve!», scherza facendo l'occhiolino.

Giuro, quando Mark cerca di fare lo spiritoso io inizio ad avere paura.

«A proposito, tua nonna ha davvero problemi di cuore?», gli chiedo prima di uscire dal suo appartamento.

«Chi? Quella? Ma non scherziamo. Ci seppellirà tutti...», risponde alzandosi dal tavolo.

Ok. Fregata.

Avevo sentito dire che l'inverno in Corea fosse particolarmente rigido, con temperature polari e nevicate frequenti, ma pensavo che in quanto inglese avessi gli anticorpi necessari a sopportalo. In fondo la nostra amata isola non viene di certo ricordata per il bel tempo. Eppure mi sbagliavo: in Corea il freddo è pungente e il vento non ti lascia scampo. E siamo solo all'inizio della stagione bianca. Spero di sopravvivere per i prossimi tre mesi.

Quando apro la portiera della macchina che Mark ha appena parcheggiato davanti casa dei suoi genitori, vengo subito investita da una sferzata di aria gelida. Non sta ancora nevicando, ma c'è da aspettarsi che succeda presto. Alzo lo sguardo proteggendomi con la giacca, adatta a una spedizione al polo Nord e rimango basita: questa non è una casa ma un palazzo!

«Di' un po', non sarai mica ricco?», gli domando un po' a disagio. In fondo vive in un appartamento messo a disposizione dalla società e guida una macchina aziendale. Non avevo avuto modo di sospettare che la sua famiglia avesse mezzi simili.

«Io no, ma i miei genitori sì», mi risponde serio, avvicinandosi per aprire il cofano della macchina.

«Questo non è vero, Mark», sento dire tutto a un tratto a Tae Min, che si è materializzato come dal nulla accanto a noi. «Non hai detto a Maddison quanto sei ricco?», lo prende in giro divertito.

Mark gli tira la sua borsa da viaggio per zittirlo. «Forza, renditi utile almeno», lo rimprovera seccato. Prende in mano il telecomando e chiude la macchina con un *bip* sonoro. Mi sporgo e noto che la mia sacca giace a terra. Non sembra proprio intenzionato a portarla dentro. Il solito cafone.

«Mark, prendi immediatamente la borsa di Maddison!», tuona sua nonna avanzando nel vialetto di casa. «Maddison cara, da questa parte. Lascia che ci pensino i ragazzi alle valigie». Mi accoglie con la voce soave e il forte accento americano che ricordavo.

Io la seguo con un pizzico di ammirazione, perché per adesso è l'unica persona che si è mostrata in grado di rimettere in riga Mark. Devo farmi spiegare il suo segreto.

«Avete fatto buon viaggio?», mi chiede sorridendomi. Ha un modo di guardarmi che sembra sottintendere infinite cose. Ho quasi paura di ipotizzare quali.

«S-sì...», balbetto, rendendomi conto di essere piuttosto nervosa. Per qualche strana ragione mi sento come una mucca in mostra alla fiera del bestiame. Temo che qualcuno finisca con il chiedermi di mostrare anche i denti.

L'ingresso in casa mi salva se non altro dalle intemperie. La nonna di Mark si fa consegnare la giacca e mi fa accomodare in sala. Mi siedo sul divano con la schiena rigida, non osando quasi respirare. Mi viene in mente il nostro ultimo argomento di conversazione a New York e inizio ad arrossire visibilmente. Ma dove diavolo si è cacciato Mark?

«Soo Young! Tom! Venite a salutare la nostra ospite!». La signora Kim richiama all'ordine gli altri familiari.

In men che non si dica quelli che immagino essere la nuora e il figlio compaiono sulla soglia della sala. Il padre di Mark è davvero un bell'uomo. I suoi tratti, seppure esotici, ricordano più un occidentale che un coreano: i capelli sono appena mossi come quelli di sua madre, gli occhi scuri intensi e brillanti, con un taglio intrigante che non definirei proprio a mandorla. La madre di Mark è alta, snella, con lunghi capelli ancora nerissimi: la classica bellezza coreana. Che però non sembra molto ben disposta nei miei confronti. Il suo bel viso è infatti indurito da occhi che non definirei certo amichevoli.

Accettando di venire qui sapevo bene che sarei stata oggetto di facili critiche da parte della madre di Mark, ma speravo almeno che la tanto decantata ospitalità coreana avesse la meglio sui suoi pregiudizi. Ah, speranze vane…

«Vedo che vi siete già conosciuti tutti», Mark entra provvidenziale a interrompere lo scambio di occhiate. Sembra molto rilassato, a differenza di me. È ovvio che mi sta sfruttando per colpire la sua famiglia dove pensa sia più vulnerabile.

«Sono davvero molto contenta che tu abbia portato Maddison», enfatizza sua nonna. «Cara, è sempre un piacere rivederti», mi ripete con l'intento di mandare alla nuora il messaggio per nulla sottile di avermi già conosciuta.

Io arrossisco mio malgrado, sentendomi tra due fuochi.

«Su, nonna, Maddy è timida», la riprende bonariamente Mark.

Come osa chiamarmi con il mio nomignolo in mezzo a queste persone? Implica una certa intimità che noi non abbiamo affatto!

«Certo, è inglese. Gli inglesi sono alquanto riservati», si

intromette il padre. «Dovremmo metterla a proprio agio, invece».

Allora rimandatemi al mio appartamento di Seul!

«Perché non ci mettiamo a tavola? Vi stavamo proprio aspettando per pranzare», suggerisce glaciale la madre di Mark nel tentativo di sviare l'attenzione dalla mia persona.

«Oggi specialità inglesi!», esclama tutta contenta la nonna di Mark. Le sorrido in segno di ringraziamento. Apprezzo molto il suo tentativo di farmi sentire quasi a casa.

La tavola sembra davvero allestita come se a questo pranzo dovesse presenziare la regina in persona: servizio di piatti antico, posate in argento, bicchieri di cristallo. Ho il vago sospetto che sia la mia presenza la ragione di questo eccesso di eleganza. Senza notare che il menu è veramente da Natale inglese. Iniziamo con un antipasto di salmone affumicato su tartine di pane, poi passiamo alla zuppa e infine arriviamo al piatto forte della giornata: tacchino arrosto con patate al forno. Sono davvero colpita, quasi commossa.

Non so dove si siano procurati tutti gli ingredienti, ma sono felice che ci siano riusciti.

Il pranzo sta quasi procedendo bene. La nonna di Mark, che insiste affinché la chiami Joey, è molto amichevole. Mi chiede della mia famiglia, del lavoro, di come mi sto trovando in Corea ora che ho avuto più tempo per abituarmi, delle mie difficoltà di adattamento alla nuova cultura. Anche Tom, il padre di Mark, è altrettanto ospitale. A dire il vero l'unica che mi ignora senza curarsi affatto di nasconderlo è la madre di Mark. Ma non si può piacere a tutti, giusto?

Alla fine del pranzo il mio stomaco rischia sul serio di esplodere. Il cibo è stato ottimo e la compagnia interessante.

«E così non hai intenzione di prestarti per altri appuntamenti al buio?», chiede a un tratto la madre a Mark. La sua domanda arriva inaspettata, interrompendo qualsiasi altro discorso. Sulla tavola cala un silenzio non proprio rilassante. Deve aver trattenuto la domanda per parecchio tempo, attendendo il momento migliore per spiazzare il figlio.

Lui posa il bicchiere di vino che stava sorseggiando e la guarda con una faccia abbastanza seccata. «No, chiaramente no», le risponde cercando di non abboccare alla provocazione.

Ma lei non demorde. «Quindi vuoi dire che ti sposi, è così?».

Alla mia destra sento il fratello di Mark tossicchiare. Quello che stava bevendo deve essergli andato di traverso.

Con una rapida occhiata mi rendo conto che tutti gli occhi sono fissi su Mark, in attesa che si inventi qualcosa. Inizio a comprendere dove ha imparato a reggere lo stress.

«Non sono affari che ti riguardano», le risponde duro.

Prima che la situazione possa precipitare, sua nonna decide di intervenire. «Soo Young, non essere così aggressiva. Lascia i ragazzi in pace. Non è mica come ai nostri tempi, quando uno si doveva sposare subito per forza. Oggigiorno le ragazze lavorano e si sposano molto più tardi».

«Quanti anni hai, Maddison?», mi chiede la signora Soo Young spostando la sua attenzione su di me.

«Ho ventotto anni», rispondo a denti stretti.

«Visto, non è affatto troppo giovane per sposarsi! Direi che è al limite, se consideri che deve mettere al mondo almeno due figli», puntualizza con un pizzico di cattiveria. Non c'è altro modo per definirlo.

Certo, secondo lei sono una mucca vecchia. Ma cosa diavolo stanno dicendo tutti? Questa conversazione ha preso una piega assurda.

Ma prima che io riesca ad aprire bocca per ribattere, Mark decide che è il momento di intervenire. «E se la finissimo con queste assurdità? Volete che diventi un pranzo con delitto come nella migliore tradizione shakesperiana? Forse di questa tradizione inglese potremmo fare a meno, no?».

Tutti si zittiscono abbassando gli occhi.

«Maddison è venuta qui oggi per farmi un favore. Non avete assolutamente il diritto di mettere il naso nella sua vita in questo modo, non ve lo permetto», alza la voce. Pare che siano finalmente riusciti a fargli perdere la pazienza.

«Caro, non volevamo. Non ti sei offesa, vero Maddison? Devi perdonare la nostra curiosità, ma Mark non ha portato mai ragazze a casa», si scusa la nonna, che dovrebbe essere l'ultima persona a farlo.

Da un lato vorrei spiegare a tutti che sono qui solo per esigenze lavorative, che tra Mark e me l'unico punto di contatto è il business plan che giace archiviato nei nostri portatili, ma mi trattengo. Sospiro e mi lascio andare sulla sedia.

«Forza Maddy, andiamo a lavorare», mi ordina Mark, alzandosi dalla sedia. E dal momento che non scatto subito in piedi mi afferra per il braccio, trascinandomi via su per le scale. Devono davvero averlo fatto arrabbiare.

Una volta arrivati al primo piano, di fronte a noi si apre un labirinto di camere. Come si fa a riconoscere la propria?

«La tua stanza è questa. La mia è quella accanto. In fondo al corridoio c'è il bagno», mi spiega, ricordandosi di liberarmi dalla stretta.

«Oh, niente camera comune?», lo prendo in giro cercando di fargli dimenticare l'atmosfera tesa di poco prima.

«Se vuoi venire da me puoi sempre farlo. In fondo non devi fare molta strada», mi risponde scherzando. O almeno spero.

Recupero la mia borsa con il computer – presumo sia stato suo fratello a portare tutte le mie valigie prima di pranzo nella camera assegnatami – e lo raggiungo in camera sua. Quando entro lo trovo già seduto su una splendida sedia imbottita stile Luigi qualcosa. Non molto coreano a pensarci bene, come d'altronde non lo è gran parte dell'arredamento di questa casa.

In mancanza di altre sedie opto per il grande letto matrimoniale. Mi siedo incrociando le gambe, con il portatile aperto davanti a me. Riesco a mantenere la concentrazione per circa tre quarti d'ora, ma poi la quantità di cibo ingerita inizia a farsi sentire. La stanchezza mi costringe ad appoggiarmi allo schienale del letto, ma la scelta si rivela quanto di più sbagliato: pur essendo cosciente dell'elevato rischio di appisolarmi, proprio non riesco a evitarlo.

Quando mi risveglio fuori è già buio. Mark ha acceso una lampadina e sta lavorando senza sosta. Lo osservo indisturbata per qualche istante di troppo, fino a quando non alza la testa dal suo portatile. Deve aver sentito il mio sguardo su di sé.

«Ben svegliata», mi dice accennando un mezzo sorriso.

«Non avresti dovuto permettermi di dormire. Avresti dovuto svegliarmi subito. Così hai dovuto lavorare da solo...».

Lui alza le spalle. «Non importa. Vorrà dire che domani io dormirò e tu lavorerai», scherza.

Gli sorrido. Per una volta ho davvero intuito il tono ironico. Sto facendo piccoli progressi.

«Sono le otto passate, vuoi mangiare qualcosa?», mi propone alzandosi dalla sedia e stiracchiandosi. Stende le braccia e solleva suo malgrado il maglione infilato dopo il pranzo. Una generosa parte dei suoi addominali mi compare davanti agli occhi e il mio sguardo rimane incollato a quella visione.

Calma, Maddison, sono solo addominali. Begli addominali, senza dubbio, ma pur sempre solo addominali. Niente di così strano da innescare questa anomala reazione di autocombustione che non riesco a evitare. Le mie guance devono essersi fatte paonazze di colpo. Spero solo che la luce soffusa della stanza abbia nascosto il mio imbarazzo.

«Se è avanzato qualcosa di quel buonissimo tacchino...», gli rispondo evitando di guardarlo negli occhi. All'improvviso l'idea di uscire da questa stanza con questo letto immenso e questa atmosfera intima mi pare una salvezza.

«Direi di sì. Ti informo che purtroppo questa sera non godremo della splendida compagnia dei miei familiari: sono andati alla festa di Natale dei vicini. Tae Min invece è fuori con gli amici.

«Sono distrutta dal dolore per la loro assenza», commento scherzando. «Tuo fratello invece sembra essere molto brillante», devo ammettere. Il ragazzo ha la giusta dose di sicurezza per navigare tra le acque agitate di questa famiglia. Anche se ogni famiglia è una tempesta a modo suo.

«Vorrai dire *troppo* brillante? Mio fratello è uno scapestrato!», mi corregge Mark.

Mi infilo le scarpe e cerco di sistemarmi in qualche modo i capelli ancora tutti in disordine.

«E tu non sei mai stato come lui?», gli chiedo curiosa.

«Non ho l'abilità di fregarmene di tutto e di tutti», borbotta. Lo dice quasi con rimpianto.

«Lui però si vende meglio con la famiglia. Ho il sospetto che tuo fratello faccia finta di comportarsi come loro si aspettano e poi invece combini quel che vuole alle loro spalle».

Mark mi osserva con una punta di tristezza negli occhi. «Sì, immagino sarebbe più facile essere come lui. Non lottare mai per i propri punti di vista, non cercare di farli ragionare... Ma io sono come sono, prendere o lasciare».

«Guarda che io non prendo e non lascio niente. Sto solo dicendo che sei troppo serio. Dovresti svagarti, Mark».

Usciamo fuori dalla camera e raggiungiamo la cucina, che è bellissima e accessoriata con ogni novità tecnologica esistente. Non te lo aspetteresti da una famiglia tradizionale. Mia madre non saprebbe accendere neanche mezzo elettrodomestico qui dentro.

«Che intendi esattamente, Maddison?», chiede Mark tirando fuori il tacchino e le patate dal frigorifero. Le mette a scaldare nel microonde, nuovo prototipo della NASA. Probabilmente serve una laurea in Fisica per accenderlo.

Io mi siedo sul tavolo facendo dondolare le gambe. «Dài, lo sai anche tu che sei *terribilmente* serio. Dovresti frequentare delle ragazze, svagarti...».

Lui prima alza gli occhi al cielo, ma poi ride. «Che sciocchezze dici qualche volta», mi rimprovera in maniera bonaria. Poi si volta di colpo verso di me, come ispirato. «Ora che ci penso, le dici spesso. Ma se proprio insisti possiamo fare come suggerisci. C'è solo un piccolo, piccolissimo problema: sei l'unica ragazza che ho a portata di mano in questo momento», mi fa notare indicando la cucina.

Vorrei fargli notare che non intendevo spingerlo a iniziare proprio ora con il radicale cambio di vita, ma non faccio in tempo ad aprire bocca che Mark si avvicina al tavolo e mi afferra per la vita. «Vuoi fare da cavia? È questo che intendevi?», mi domanda abbassando il tono della voce. I suoi occhi hanno una luce piuttosto rara, tanto che il mio sguardo rimane incatenato al suo, mentre cerco di mandar giù una sensazione che assomiglia al panico.

«No, no... lo sai che non intendevo una cosa simile». Cerco di riportarlo alla ragione liberandomi dalla sua stretta.

«Come, prima proponi e poi ti tiri indietro?», mi punzecchia divertito dal mio evidente disagio. Il suo sguardo si sposta sulla mia bocca e lì si blocca.

Sbatto gli occhi un paio di volte, deglutisco tutta la saliva che posso e cerco di rasserenarmi. «Mark, lasciami andare», gli chiedo. Ammetto che la mia voce non suona molto decisa.

Lui mi solleva il mento con un dito e mi preme la mano sul collo. «Non sono sicuro di averne intenzione, sai?».

I suoi occhi ora riflettono desideri estremamente pericolosi.

«Basta scherzare», lo ammonisco cercando di interrompere almeno il contatto visivo. Ma Mark non mi permette di distogliere lo sguardo, tiene il mio viso ancora stretto nella sua mano.

«Eh no, non puoi lanciare il sasso e poi nascondere la mano… forza, mostra un po' di coraggio», mi sfida.

Ma proprio adesso doveva giocare a chi è più coraggioso?

«Hai vinto, dài, sei tu quello più coraggioso», gli rispondo ridacchiando nervosa nella speranza di liberarmi dalla stretta. Sospetto che il mio battito cardiaco abbia superato il livello di guarda già da un po'.

«Cosa ho vinto?», insiste Mark con il tono di uno a cui stanno venendo in mente cose molto poco lecite.

«Hai vinto una cena a base di tacchino e patate arrosto!», provo a salvarmi.

«Ma io voglio anche il dolce…», mi sussurra e inizia a far scorrere il suo pollice sulla mia guancia infuocata.

Prima di questa giornata avrei giurato che Mark fosse incapace di essere seducente. Inizio a capire di essermi sbagliata, e alla grande: quando vuole, non solo sa come farti girare la testa, ma addirittura te la fa perdere del tutto.

Inizio ad averne abbastanza di questi giochetti.

«Basta Mark», esclamo con decisione. Ho uno sguardo seccato. «Sai che io sono la prima a essere a favore degli scherzi, ma questo non è divertente...».

Ma prima che riesca a finire la frase, mi sento afferrare per la vita. Mark mi solleva dal tavolo rimettendomi in piedi e stringendomi a sé. In pochi secondi la sua bocca è sulla mia, decisa e per nulla lieve. Dietro di noi si sente il *bip* del microonde. Ma niente da fare, nessuno dei due si stacca. Una parte di me è rapita, l'altra costernata. Non riesco a decidere quale prevarrà. Il problema è che Mark bacia in maniera divina. Fa molte cose in maniera sbagliata, ma baciare non è tra queste. Le sue labbra accarezzano, provocano, istigano. Il suo profumo mi confonde e le ginocchia quasi cedono.

Devo smetterla subito. Devo, ma non voglio. Be', devo comunque, anche se in questo momento è l'ultima cosa che vorrei fare.

Cerco di staccarmi dall'abbraccio, allontano con non poca fatica la mia bocca dalla sua e rimango a fissare i suoi occhi confusi. Che in fondo sia umano anche lui?

«Mark, non credo che dovremmo...», inizio a parlare senza sapere bene come terminare la frase. Non riesco nemmeno a ricordarmi quanto faccia due più due.

«Io credo che ce ne dovremmo tornare a Seul», mi interrompe deciso.

«Perché?», lo interrogo dubbiosa. Si vuole liberare di me quanto prima?

«Qui ci sono occhi troppo indiscreti. Se potessimo rimanere un po' di tempo da soli, forse si potrebbero chiarire alcune cose», mi spiega malizioso.

Devo aver capito male. «Vuoi sedurmi?», esclamo scandalizzata. Non che l'idea non meriti qualche riflessione, ma mai ammetterlo ad alta voce.

«Per essere una moderna ragazza occidentale, certe volte

non ci arrivi proprio», sospira tornando a scrutare la mia bocca arrossata. Non cerca nemmeno di nasconderlo.

«Chi ha detto che sono moderna? Da certi punti di vista sono molto all'antica!», dichiaro fiera nella speranza di distrarlo.

«Maddy, Maddy, cosa devo fare con te?», mi chiede. La domanda risuona a vuoto nella cucina in cui inizia a fare parecchio caldo. Non sono sicura che si aspetti davvero una risposta.

«Niente?», provo a proporre nel dubbio.

«Vuoi che la smettiamo qui?», domanda piano, facendosi improvvisamente serio, come se il resto fosse stato solo uno scherzo.

Per qualche istante cerco di ragionare su una risposta intelligente da dargli, ma non è facile inventarsi qualcosa di sensato quando hai gli ormoni impazziti.

«Sarebbe meglio...», farfuglio nervosa.

Lui si infila le mani in tasca e si volta in direzione del microonde, facendolo ripartire di nuovo. Il cibo si sarà raffreddato nell'attesa, meglio scaldarlo da capo.

Ci sediamo al tavolo e mangiamo in silenzio. Volano strani sguardi. Il clima è tutt'altro che disteso.

Dopo qualche minuto sentiamo il rumore della porta d'ingresso. Tae Min ci raggiunge in cucina, felice e spensierato.

«Ciao piccioncini», ci saluta gioioso.

«Hai passato una piacevole serata?», gli domando educata.

«Sì, prevedibilmente piacevole», risponde criptico. Ci osserva poi con attenzione, spostando lo sguardo da un volto colpevole all'altro. «Qualcosa mi dice che la vostra è stata più interessante», sottintende.

Non so da cosa possa averlo dedotto, ma Mark e io non riusciamo a evitare di arrossire.

Tae Min ci sorride trionfante. «Su, su, non negate».
Si avvicina al piatto di Mark e gli ruba un pezzo di tacchino.
«Quello che non ho ancora capito, però, è se siete stati a letto insieme oppure no. Pensavo di sì ieri sera, ma adesso non ne sono più così sicuro...».
La patata che sto masticando mi va quasi di traverso. Mark sbatte con violenza il coltello sul tavolo.
«Cosa diavolo ti salta in mente?», dice a suo fratello un po' troppo agitato.
Tae Min si allontana in fretta, ha fiutato aria di guai e ha saggiamente deciso che è meglio battere in ritirata.
«Buonanotte!», e ci saluta incamminandosi in camera sua.
«Sbruffone», mormora tra i denti Mark mentre sentiamo il rumore dei suoi passi salire le scale. «Questo è il risultato della totale mancanza di disciplina con cui i miei lo hanno cresciuto».
«Lascia perdere», cerco di tranquillizzarlo. È ovvio che Tae Min adori provocare, e in Mark trova un bersaglio facile.
«Forse è meglio se ce ne andiamo a dormire anche noi», mi propone osservando il mio piatto vuoto.
«Sì, hai ragione», annuisco alzandomi da tavola.
Mettiamo i piatti nella lavastoviglie e risaliamo al piano superiore. Ci auguriamo in fretta buonanotte e ci nascondiamo ognuno in camera propria. Al sicuro.
Mi spoglio, infilo il mio pigiamone e mi dirigo verso il bagno. Non noto affatto la luce che proviene da sotto la porta ed entro decisa. Mark si sta lavando i denti, ed è a torso nudo. Non mi ha ancora visto, cosa che mi permette di osservare meglio le sue spalle larghe e la sua vita sottile. Certe tentazioni mettono davvero a dura prova il carattere. Questa ha tutta l'aria di essere tra le più formative a cui sia stata sottoposta.

Tossisco per farmi notare. Mark gira di scatto la testa e si blocca fissandomi incredulo con lo spazzolino ancora in mano.

«Non hai chiuso a chiave», gli faccio notare.

Lui si sciacqua la bocca prima di rigirarsi verso di me. «Mi sono dimenticato. Vivendo da solo non ci sono più abituato».

«Scusami, esco», mormoro cercando di scappare. Ma lui mi afferra con una mano per il polso.

«Ho finito. Rimani».

Mi blocco, quasi scottata dal suo tocco. Non devo guardare il suo torace, non devo guardare il suo torace, non devo… al diavolo tutto! Faccio scorrere gli occhi su quella pelle liscia e perfetta e un sospiro sofferto mi sfugge mio malgrado. Devo essermi bevuta anche quel poco di cervello che m'illudevo mi fosse rimasto.

Gli occhi di Mark mi osservano affascinati, mentre io non riesco a distogliere lo sguardo da lui. Alza appena una mano, indeciso se toccarmi o meno, ma poi la lascia ricadere con espressione desolata.

Il contatto visivo viene finalmente interrotto: io mi sforzo di avanzare in direzione del lavandino e lui esce dal bagno senza aggiungere altro. Mi appoggio e tiro un sospiro di sollievo. La verità è che la situazione sta precipitando. Mannaggia al signor Lee e alla sua decisione di rivedere il progetto, costringendomi a passare il Natale in Corea.

A quest'ora potevo essere a casa dei miei genitori, al sicuro.

La notte si è rivelata alquanto agitata. Ho fatto strani sogni di cui oggi non ricordo molto, ma la testa è confusa e anche dolente. Non è mai promettente se la prima cosa a cui si pensa da svegli è un antidolorifico.

Mi sono vestita in fretta e sono scesa nella sala da pranzo dei Kim per fare colazione. Ho trovato gli altri già tutti schierati ai loro posti.

A eccezione della madre di Mark, che questa mattina sorseggia solo una tazza di tè, gli altri bevono caffè.

Avverto una certa pesantezza nell'aria. Tutti si lanciano reciprocamente strani sguardi. La conversazione stenta a decollare.

«Maddison e io dobbiamo tornare a Seul quanto prima», li informa Mark come se niente fosse. Per la prima volta da quando lo conosco, anche lui ha l'aspetto di chi non ha dormito bene. Noto infatti qualche accenno di occhiaie sotto i suoi occhi in genere vispi.

Sua madre protesta con decisione, ma lui non si scompone. «Lo sapete che stiamo lavorando a una ristrutturazione molto importante. Il tempo inizia a stringere davvero», si giustifica. Sua nonna si propone come mediatrice e ci permette di fuggire senza ulteriori complicazioni.

Il tempo di chiudere le rispettive valigie e siamo nell'atrio per i saluti. Abbraccio sincera sua nonna, stringo la mano ai suoi genitori e poi siamo liberi di partire. Con la coda dell'occhio noto che Tae Min sussurra qualcosa all'orecchio del fratello prima di lasciarlo andare. Chissà di cosa si stratta.

Saliamo in macchina cercando di far finta che non sia successo niente durante questi due giorni, ma la verità è che siamo entrambi nervosi. C'è una strana elettricità tra di noi. La mia strategia d'ora in poi sarà negare, negare e ancora negare. In genere funziona sempre.

In poco tempo siamo di nuovo a Seul. Il traffico scorre piuttosto regolare e le strade sono come al solito sovraffollate. Questo fiume umano mi ricorda Londra. Mi sento invadere da una grande nostalgia per la mia città e rimango a sognare a occhi aperti di essere in Inghilterra. Mark parcheggia la macchina e spegne il motore.

«Maddison, sei tra noi?», chiede cercando di richiamare la mia attenzione.

«Sì, certo, scusami», balbetto uscendo dalla macchina. Apre il bagagliaio e prende le nostre sacche. In maniera istintiva io afferro subito la mia, ma lui cerca di strapparmela di mano.

Tutto d'un tratto insiste per portare il mio bagaglio? È forse impazzito?

«Per favore, ho bisogno delle mie certezze oggi», lo imploro seria.

Lui mi osserva con un'aria interrogativa, come se non capisse le mie parole.

«Non sei mai stato premuroso o galante. Non iniziare proprio adesso, per favore».

Il suo volto non cela l'offesa, con la conseguenza che decide di non insistere oltre. Dopo aver chiuso la macchina si incammina seccato verso l'ascensore. Il suo passo veloce è prova sufficiente di quanto in realtà voglia allontanarsi da me. Nel caso avessi avuto dei dubbi.

L'arrivo dell'ascensore non smorza la mia sensazione di disagio, anzi l'aumenta: questa sera il cubicolo d'acciaio mi sembra persino stretto. Il cuore mi batte talmente forte che ho paura possa esplodere, il respiro è quasi affannoso. C'è qualcosa che non va in me. O almeno spero che si tratti di qualcosa e non di *qualcuno*.

Sollevo lo sguardo in direzione di Mark, che si è incollato alla parete più lontana dell'ascensore, con le mani serrate a pugno sulla sbarra. I miei occhi incrociano i suoi e per un attimo il tempo pare fermarsi. Letteralmente. E pensare che ho sempre trovato esagerate e grottesche frasi simili…

La tensione viene spezzata dall'apertura delle porte. Distolgo lo sguardo e prima di fare qualcosa di cui potrei pentirmi mi sforzo di uscire. Mark mi segue, fermandosi a pochi passi da me.

«Be', è stato senz'altro interessante. Grazie per la giornata», lo liquido nervosa. Apro la porta di casa e mi infilo dentro senza lasciargli il tempo di ribattere. Questa sera mi sento talmente strana che potrei finire davvero con l'umiliarmi come non mi è mai accaduto nella vita. Meglio evitare del tutto la tentazione.

Mi butto con un tonfo sul divano, troppo stanca per disfare la sacca. Chiudo gli occhi nella speranza di cancellare le sensazioni provate prima, ma la dura realtà è che il volto di Mark non vuole saperne di sparire dalla mia mente. Ecco cosa succede quando non si possiede forza di volontà a sufficienza. Forse, dopotutto, è meglio tenere gli occhi aperti…

Rimango sdraiata per qualche minuto intenta a fissare un punto imprecisato del soffitto, quando vengo richiamata dal suono del campanello. Lo so che è lui.

«Cosa vuoi?», gli domando a voce alta, senza neanche sollevarmi dal divano. Non ho alcuna intenzione di aprirgli. Il mio masochismo ha pur sempre dei limiti.

Mark non emette alcun suono di risposta, ma continua a bussare con cadenza regolare. Innervosita dal suono mi alzo mio malgrado dal divano e apro la porta prima di poter ragionare su cosa stia facendo.

«Ci siamo salutati da due minuti appena. Cosa vuoi?», gli chiedo sforzandomi di mostrarmi seccata. Di norma assumo senza difficoltà un'aria belligerante.

Mark si ostina a non rispondermi. Pare che preferisca di gran lunga la comunicazione non verbale. Chissà che uno sguardo possa svelarmi le sue intenzioni nascoste? Non che siano proprio così misteriose, a essere sincera…

Afferra deciso la porta, entra nel mio appartamento quasi spingendomi dentro e la rinchiude con un colpo secco. Mi afferra la vita con entrambe le mani, e mi intrappola contro la parete del corridoio. Non so come sia possibile, ma riesce a essere delicato pur nella sua irruenza.

Prima che io possa anche solo pensare a una lamentela valida la sua bocca si ritrova sulla mia. Cerco di non affogare, ci provo davvero, ma non è facile resistere alla tentazione rappresentata da quelle labbra. C'è qualcosa che rende la sua bocca e il suo sapore diversi da tutti gli altri. Ho baciato tanti uomini negli ultimi quindici anni, ma mai nessuno mi aveva fatto sentire così dannatamente euforica, così ubriaca al punto da non riuscire a ragionare. Con Mark un bacio è come un vortice che mi trascina senza che io sia consapevole di cosa mi stia accadendo. La sua bocca è morbida e ruvida insieme, è metodica e lussuriosa.

Le sue mani mi esplorano senza alcun timore, si infilano sotto il mio maglione sfiorandomi lo stomaco. Le mie braccia sono intorno al suo collo contro la mia stessa volontà, ormai da parecchio tempo, e le mie mani sono ora intente ad accarezzargli la nuca e quei capelli setosi.

Senza mai interrompere il contatto Mark mi solleva da terra e mi porta al centro della stanza.

«Forse dovremmo parlare...». Sono le uniche parole che riesco a pronunciare, staccandomi da lui per riprendere fiato. Non so nemmeno io se voglio spezzare quello che è iniziato oppure perdere la testa del tutto.

Mi preme un dito sulle labbra e mi zittisce dolcemente, con un suono quasi ipnotico. La sua mano risale fino alla mia guancia, accarezzandola appena con il pollice. Le dita scendono poi fino a incontrare il mio labbro inferiore, che sfiora appena. Un suono strozzato mi sfugge senza che me ne renda conto.

Sul volto di Mark compare uno di quei rari sorrisi sinceri, e l'idea che sia stata io a strappargliela mi riempie di un'emozione sconosciuta. Questa volta sono io ad avvicinare il mio visto al suo, sono io ad abbracciarlo e baciarlo per prima. La mia razionalità si è sciolta come neve al sole e in questo preciso istante è l'ultima delle mie preoccupazioni.

Non c'è esitazione in nessuno dei due: le nostre lingue si incontrano in una danza antica. Il mio corpo traditore si è incollato al suo e non vuole mollare la presa. Mi sento la terra franare sotto i piedi. Una vocina molto labile dentro di me continua a ripetermi di smetterla subito con simili sciocchezze. Perché sono davvero sciocchezze.

Mark mi solleva con facilità, mi porta in camera e mi adagia piano sul letto. La mia stanza riesce a contenere al massimo un letto matrimoniale, non c'è spazio per scappare.

«Mark...», provo di nuovo ad avvisarlo quando mi trovo seduta al centro, circondata dalle mie lenzuola. Spero solo di averle cambiate di recente, in questo momento non riesco davvero a ricordarmi di niente.

Mark rimane immobile ai piedi del letto, a osservarmi con un'aria che potrebbe solo definirsi determinata. Si toglie il maglione e inizia a sbottonarsi la camicia. I suoi movimenti sono volutamente lenti, tanto che impiega un'eternità per rimanere a torso nudo di fronte a me. La vista della sua pelle liscia e perfetta mi toglie il fiato. E pensare che ho provato a fermarmi...

Mi sollevo sulle ginocchia e mi avvicino, troppo affascinata per resistere al richiamo. Allungo una mano e la faccio scorrere su quel petto glabro. I suoi muscoli si contraggono al mio passaggio, mentre Mark emette un gemito e socchiude gli occhi.

Ho sempre pensato di non essere attratta dagli uomini asiatici. Ho sempre pensato che la loro fosse una bellezza incapace di suscitare il mio desiderio. Ma in questo momento, di fronte a questo spettacolo, devo ammettere che o ho cambiato del tutto idea, oppure è quest'uomo che sfugge a qualsiasi mio giudizio, perché è senza ombra di dubbio l'essere più sensuale su cui io abbia mai posato gli occhi. Il mio respiro è in affanno al solo contatto con la sua pelle.

Appoggio anche l'altra mano sul suo petto e mi avvicino abbastanza da posare le mie labbra appena sotto la spalla. Faccio scorrere la lingua fino ad arrivare all'incrocio con il collo, che addento con un pizzico di cattiveria facendolo sussultare. Le sue mani, fino a quel momento ferme, mi stringono. Sento il suo desiderio di possesso.

«Maddison...», mi sussurra nascondendo il volto nei miei capelli. Inspira il mio odore prima di cercare di nuovo la mia bocca. Noto con un pizzico di soddisfazione che i suoi baci stanno pian piano perdendo ogni traccia di quel controllo che tanto pare dominare la sua vita.

Mi lascio cadere all'indietro, trascinandolo con me sul letto. Il suo corpo e il mio si incastrano perfettamente.

I nostri vestiti si rivelano un limite insopportabile. In poco tempo, di quello che indossavamo non sono rimasti che un paio di mutandine nere e dei comodi boxer azzurri, che non riescono a nascondere quanto oltre ci siamo avventurati.

Ormai il nostro è un groviglio unico di braccia e gambe, di mani che si intrecciano e toccano, di labbra che si stuzzicano. Quando la sua lingua inizia a percorrere ogni centimetro della parte interna della mia coscia, sono sul punto di strappargli di dosso quell'unico, inutile, indumento rimasto. L'espressione divertita dei suoi occhi mi svela quanto sia cosciente della mia esasperazione.

«Abbi pazienza», pronuncia con voce sensuale.

«Pazienza un corno», esclamo esasperata, mettendomi a sedere con uno scatto e invertendo le nostre posizioni. Lo costringo a sdraiarsi e lo libero di quei boxer che stavo davvero iniziando a detestare.

Lo accarezzo ripetutamente, osservando il suo petto sollevarsi con sempre maggiore velocità e il suo volto diventare sofferente. La vendetta può essere molto dolce, rifletto mentre sostituisco la mia mano con la bocca. I suoi occhi si chiudono e la sua mano si ritrova tra i miei capelli, indecisa se allontanarmi o imprigionarmi per sempre. Dopo una lotta interiore interrompe quel bacio intimo e si solleva per guardarmi.

Probabilmente era inevitabile. In questo momento non potrei fermarmi neanche se lo volessi, perché non credo di aver mai provato niente di simile prima d'ora.

I suoi occhi mi scrutano interrogativi, in attesa di una conferma tacita. Chiede con lo sguardo invece che con le parole, forse per paura di spezzare l'incantesimo. Il mio punto di non ritorno deve essergli ben chiaro perché poco dopo si alza dal letto alla ricerca di qualcosa nella tasca dei pantaloni che aveva scaraventato per terra. Cielo, stavo per dimenticarmene! Sono scioccata da me stessa, non so come mi sia potuta sfuggire una cosa simile. Quest'uomo mi ha fatto girare la testa al punto da farmi scordare qualsiasi altra cosa.

In un attimo Mark è di ritorno: le sue mani sono occupate a sfilarmi le mutandine mentre le sue labbra si concentrano sul mio seno, provocandomi brividi continui. Osservo, con lo sguardo annebbiato dalla foga, le sue mani muoversi sul mio corpo. Se questo è un sogno, non voglio essere svegliata mai più.

I suoi capelli corvini mi accarezzano lo stomaco. Li tocco affascinata, temendo di poter scoprire che si tratta solo di un miraggio. Il mio sospiro rumoroso gli fa alzare la testa. Mi guarda, sorride in maniera sexy e si sdraia accanto a me.

«Ti prego, dimmi qualcosa, qualsiasi cosa», lo supplico.

«Pensavo fosse chiaro che non volevo parlare», ride abbracciandomi. Siamo entrambi nudi sul mio letto, eppure non provo imbarazzo.

«Mi pare una pessima idea», provo ad avvertirlo.

«Probabile. Anzi, sicuramente», lo ammette incupendosi appena. Ma poi mi bacia di nuovo e io mi dimentico di tutto.

L'intimità con Mark è una scoperta. Ho come la sensazione che niente possa andare storto d'ora in poi. Senza mai smettere di fissarmi negli occhi, congiunge i nostri corpi senza nemmeno un attimo di esitazione. È un amante generoso, molto intenso. Con un pizzico di orgoglio noto dal suo sguardo che sta facendo fatica a controllarsi, che l'ho completamente stregato. E la stessa malia ha avvinto anche me. Non fa altro che sussurrare il mio nome mentre porta entrambi verso il punto di non ritorno con un ritmo che è partito regolare e costante ma ora sembra essere sfuggito al controllo di entrambi. Mi lascio andare con un grido che Mark smorza con un bacio profondo. Pochi istanti dopo mi segue in questo magnifico viaggio affondando la bocca nella mia spalla. Io riesco solo a emettere un respiro profondo e a cingergli la vita con un gesto protettivo.

Essere stati amanti complica sempre tutti i rapporti, anche quelli più tradizionali, figurarsi questo. Mark è il mio capo, è una persona difficile ed esigente, è un uomo severo e scrupoloso. Io sono esattamente l'opposto, non mi illudo nemmeno di essere diversa. E tra di noi non c'è altro che attrazione fisica, anche se non mi era mai capitata così intensa e folle prima d'ora.

Quasi fosse inevitabile, l'imbarazzo di trovarmi nuda e ansimante accanto a Mark mi colpisce come un tiro mancino. Lo sapevo, non poteva che essere altrimenti, date le premesse.

Con il passare dei minuti il suo respiro torna regolare.

«Tutto bene?», mi domanda ancora immobile.

«Non ne sono sicura», ammetto con voce lieve.

Mark si solleva sulle braccia. «Se vuoi ora possiamo parlarne». Non riesco a capire se il suo tono è serio oppure stanco.

«Non è troppo tardi?».

Ride. «Dipende per cosa...», sussurra.

I sofismi non mi sono mai piaciuti, a maggior ragione non dopo il sesso. «Se con questo intendi dirmi che è stato un errore, che non si ripeterà più, che non sapevi quello che facevi e cose simili puoi anche risparmiarti la fatica», esclamo arrabbiata.

Il sorriso di Mark si incrina all'istante. «Qualcuno ti ha mai detto sul serio una cosa simile?», domanda dubbioso.

«No», ammetto. «Ma prima d'ora non mi sono mai cacciata in una... situazione simile». Stavo per pronunciare "relazione" ma per fortuna mi sono bloccata in tempo. Noi non abbiamo una relazione e quello che è successo è solo un errore di percorso.

Gli occhi di Mark brillano curiosi di fronte alle mia evidente difficoltà.

«Voglio dire che non è mia abitudine andare a letto con persone con cui non ho una relazione», concludo. Ecco, l'ho detto. Persino la parola incriminata.

«Capisco. Questo ti imbarazza?», mi interroga Mark.

«Certo, questo e il fatto che mi hai vista nuda», dico arrossendo.

«Sei davvero così pudica?», mi punzecchia.

«Certo che sì!», ribatto quasi orgogliosa.

«Posso fare qualcosa per farti sentire a tuo agio?», domanda sincero.

«Be', potresti sempre dimenticarti di oggi. Cancellare tutto questo dalla tua mente», blatero prima di riuscire anche solo a ragionare. Non so come mi sia venuta in mente una frase del genere.

«Batti in ritirata?», domanda. Il suo tono è scherzoso, ma evidentemente la mia affermazione deve avergli tolto un peso.

«Mettila come vuoi, Mark», rispondo seccata. Se devo fingere di essere una dura allora voglio farlo come si deve. Anche se la gran parte della rabbia che sento montare deriva proprio dal fatto che non ha cercato di dissuadermi. Irrazionale, me ne rendo conto, ma tipicamente femminile.

«Sei stranamente fredda in questo momento, te ne rendi conto?», mi fa notare. Il suo tono si è fatto attento e distaccato.

Mark si stacca dall'abbraccio e si mette seduto a bordo del letto. Dato il gelo che è piombato in questa stanza cerco di coprirmi bene con il lenzuolo.

Quello che non sembra intuire è che in questo preciso istante ho un disperato bisogno di aggrapparmi al mio lato più razionale. Temo davvero di trasformarmi in una di quelle donne piagnone ed emotive che gli uomini odiano tanto.

Ho appena vissuto l'esperienza sessuale più intensa della mia vita con una persona che non mi stima e che ha solo avuto un momento di debolezza nei miei confronti. Come posso affrontare le conseguenze senza avere almeno un'ancora di salvataggio?

«Voi uomini non sognate sempre di incontrare donne che siano capaci di non mischiare sesso e sentimenti?», gli domando con tono di sfida.

«Sei seria? Si è trattato di questo?», domanda voltandosi a fissarmi.

«Ti sembro una che scherza?», ribatto sostenendo il suo sguardo critico.

A questa frase Mark si alza e si riveste alla velocità delle luce. Mi sembra persino tentato di andarsene mezzo nudo. Io non oso guardarlo e fisso con insistenza un punto non identificato sul muro.

«Allora, visto che non sei una che scherza, non ti dispiacerà se me ne vado. Tanto a te non fa né caldo né freddo, no?», mi dice stizzito.

Ottimo, ora siamo entrambi arrabbiati. Mark esce dalla mia camera da letto prima che io possa pentirmi di aver parlato in modo così avventato. Lo sento attraversare il soggiorno con passi decisi e poi uscire in fretta sbattendo la porta d'ingresso.

Ho come l'impressione di averla fatta grossa.

11
I nuovi inizi

Dopo tanto lavoro, la relazione sulla ristrutturazione aziendale può finalmente dirsi pronta. Abbiamo studiato a lungo come implementare le richieste aggiuntive che ci sono state fatte, mossi dall'illusoria idea che il cliente abbia sempre ragione. Accade raramente, ma siccome paga le nostre profumate *fee* di consulenza, tendiamo a perdonargli quasi tutto. In ogni caso, ora dovrebbe filare tutto liscio.

Oggi inoltre è l'ultimo giorno dell'anno e a Londra sarebbe stato per metà festivo. O anche del tutto festivo. Ma qui siamo in Corea, Paese che ignora persino il sacrosanto diritto di essere malati, quindi non mi stupisce che questa mattina Mark sia andato a discutere del nuovo piano con il cliente. Che per fortuna ha accettato entusiasta.

Ci ha telefonato in ufficio per darci la buona notizia. Il fatto che abbia chiamato Chul Ju e non me non è passato inosservato. Ho lottato a lungo contro la sensazione di cocente delusione che ho provato quando ho capito che mi stava evitando di proposito.

Sono da poco passate le cinque, gli altri se ne stanno andando dall'ufficio per prepararsi alla festa di Capodanno organizzata dalla società. Io sono così stanca e demoralizzata che non sono sicura di volerci andare.

Dopo quello che è successo, poi, mi sento come svuotata, emotivamente e fisicamente. Mark e io ci siamo impegnati del tutto per ignorarci il più possibile. Una simile costanza applicata a scopi più nobili avrebbe potuto produrre risultati entusiasmanti. Siamo cortesi, educati, insomma, non siamo noi stessi.

«Non vai a casa a riposarti e prepararti?», mi domanda Seung Hee mentre spegne il suo computer. È evidente che non vede l'ora di andare alla festa.

Sospiro, invidiosa del suo buonumore. «Vorrei finire prima questo lavoro», mi giustifico anche se sto fissando la stessa casella del mio file excel da oltre due ore. Ma non lo ammetterei nemmeno sotto tortura.

«Lo so che c'è qualcosa che non va, Maddison. Se dovessi aver bisogno di parlare con qualcuno sappi che io ci sono. Non hai che da chiedere». Il suo è un sorriso sincero.

«Grazie», le rispondo colpita. Temo però che non sarò mai pronta a parlare di Mark. E se anche lo fossi, non potrei comunque discutere di lui con qualcuno dei miei colleghi.

Una volta sola provo a ritrovare un po' di concentrazione, ma il silenzio improvviso dell'ufficio mi rende persino più irritabile del vociferare dei miei colleghi. Inutile, tanto vale che occupi il mio tempo con qualcosa di più leggero come per esempio le pulizie di casa.

Sono pronta a mollare e andarmene quando all'improvviso un rumore alle spalle mi fa sussultare. Strano, dovrei essere l'unica rimasta. Mi volto spaventata, decisa a fronteggiare l'intruso. Davanti a me invece compare Mark. Avrei quasi preferito un ladro.

«Cosa ci fai qui, Maddison?», domanda cupo.

«Io qui ci lavoro, nel caso te ne fossi scordato. E tu cosa ci fai in ufficio?», gli rispondo a tono.

Posa alcuni documenti sulla scrivania di Chul Ju. «Ho preferito riportare le carte qui. Sto andando a casa ora. Vieni anche tu?». La domanda sembra essergli costata molta fatica.

«Devo?». Non voglio proprio rendergli le cose più semplici, muoio dalla voglia di litigare.

«Certo che devi. Ora ce ne andiamo entrambi a casa per renderci presentabili questa sera», chiarisce senza accontentare la mia sete di litigio.

«Già, la festa...», sospiro per nulla entusiasta. Per un attimo me ne ero quasi dimenticata. «Ho promesso a Thomas di andarci con lui», lo informo.

Lo vedo arricciare il naso in segno di disapprovazione. «Thomas è una persona che non dovresti frequentare. Anche se capisco: è andata male con Andrew e quindi ti butti sull'unico rimasto», mi rimprovera cattivo.

Certe volte parla come mia madre, e questo non depone a suo favore. «Lo sai che non sei nella posizione di dirmi con chi posso o non posso uscire?»

«Su questo avrei qualcosa da ridire...», ribatte incrociando le braccia in segno di sfida.

Io spengo il mio computer, afferro la borsa e la giacca e mi incammino verso l'uscita. «Se è così ce l'avrei anch'io, caro mio», borbotto.

«Certo che ce l'hai, tu hai sempre qualcosa di ridire», mi risponde seguendomi come un'ombra.

«Mark, cos'hai questa sera?». Sono stupita del suo atteggiamento. Negli ultimi cinque giorni ha tenuto un profilo molto basso con me.

«Sono diverso dal solito?», si finge sorpreso. Nel suo tono c'è però dell'altro.

«Sei arrabbiato», constato mentre l'ascensore raggiunge il piano terra. Con passo veloce e senza dire altro ci infiliamo in metropolitana. Nell'aria c'è voglia di festa. Osservo malinconica un gruppo di ragazzine, già vestite per dare il benvenuto all'anno nuovo. Beate loro, sembrano davvero felici.

«Sì, sono arrabbiato», mi conferma dopo un prolungato periodo di silenzio.

Io lo guardo stupita. «Perché?»

«Certe volte fai domande davvero stupide, Maddison», si arrabbia. Ha deciso che finirà quest'anno offendendomi, a quanto pare. Ma non ho intenzione di abboccare alle sue provocazioni. «Offendi pure, tanto mi scivola tutto addosso».

«E da quando sei diventata così saggia?»

«Da quando tu sei così di malumore», rispondo per le rime, stringendo in maniera determinata la maniglia della metropolitana.

«Vuoi aiutarmi a farmelo passare?», chiede acido. È evidente che niente di quello che posso dire servirà a qualcosa. Inoltre, sono sicura che questa domanda nasconda un trabocchetto. Gli lancio un'occhiataccia. «Falla finita, Mark», gli intimo.

Stiamo ancora litigando quando arriviamo sul pianerottolo di casa nostra.

«Questa sera ti accompagno *io* alla festa», mi informa deciso.

«Ti ringrazio dell'offerta, ma non ho bisogno di una balia».

«Non te l'ho chiesto. Te l'ho detto solo per informarti». Quando vuole sa essere l'uomo più odioso della terra. Dio non voglia che io me ne dimentichi.

«Non insistere», lo avverto con occhi minacciosi.

«E invece insisto». Mi si piazza davanti con aria di sfida. Questa sera le previsioni danno burrasca a quanto pare.

«Ti rendi conto che ti stai comportando in maniera del tutto irrazionale?», gli domando esasperata dal suo strano modo di fare.

Per un attimo pare ammorbidirsi ma poi ritorna in sé. «Io

irrazionale?», esclama incredulo. Il suo volto è arido come le sabbie del Sahara.

«Parecchio, ora che mi ci fai pensare...».

«E allora non pensare!», mi provoca alzando la voce.

Del silenzio che segue deve solo ringraziare la mia capacità di autocontrollo.

Apro la porta di casa mia. «Sai che ti dico? Fai quel che ti pare, Mark!». Lo saluto sbattendo la porta. Sono molto soddisfatta di essermene andata da quel dannato pianerottolo a testa alta.

Qualche ora dopo, le mie operazioni di pulizia – lavori socialmente utili che svolgo solo quando sto per impazzire – sono interrotte da qualcuno che bussa alla porta. Thomas o Mark? In tutta sincerità non so cosa sia peggio.

«Chi è?», domando mio malgrado.

Nessuna risposta. Oddio, cosa faccio? Apro o non apro? Mi avvicino allo spioncino per spiare il malcapitato, senza però riuscire a vedere niente. Solo un cappotto nero. È troppo vicino per poterlo identificare. Dannazione, mi toccherà aprire questa porta per sciogliere il mistero.

Davanti a me compare Mark: imbronciato, incattivito, ma pur sempre lui. E in fondo io lo sapevo. Cerco di non soffermarmi sul fatto che, in tutta sincerità, volevo che fosse lui. La sincerità è sopravvalutata, per quanto mi riguarda.

«Che cosa vuoi?», domando sforzandomi di mantenere un tono seccato. In questo periodo sono costretta a lottare con assurdi impulsi autodistruttivi che mi imporrebbero di saltargli addosso. Ma non gliela darò mai vinta, dovesse anche essere l'ultima cosa che faccio.

«Sei pronta?», mi chiede senza nemmeno degnarsi di rispondere.

Indosso un bel vestito nero da cocktail coperto di pizzo, classico ed elegante. Potrebbe desumere anche da solo che non mi sono vestita così per fare le pulizie di casa...

«Quand'è, esattamente, che ho accettato il tuo invito per questa sera?», cerco di ricordare con un'espressione beffarda.

Lui mi fissa per qualche secondo, come se si trattenesse dal rispondermi per le rime. «Mai, visto che non ti ho invitata», risponde a tono. Certo, ha preteso, non devo dimenticarlo mai.

Stanco di questi discorsi, mi indica la porta. «Dov'è la tua giacca?».

Gli mostro un maxi cappotto invernale appoggiato sul divano. Mark lo prende e me lo porge come se fosse un vero gentleman. Deve smetterla di alternare momenti di perfidia ad altri di gentilezza. Mi sta facendo confondere.

«Ma io sto aspettando Thomas», gli ricordo alzando un sopracciglio.

«Non più, gli ho telefonato poco prima informandolo che saresti venuta con me».

«Lo sai, vero, quello che mi sta passando per la testa adesso?», domando davvero minacciosa.

Lui abbassa le braccia in segno di resa. «Me ne rendo conto eccome. Forza», mi spinge con una mano verso l'uscita. Io però oppongo resistenza e rimango al mio posto. Allora Mark quasi mi strattona. «Ahia!», mi ribello dolorante. Ma sono modi?

«Se non ti comportassi in maniera immatura non ti farei male».

Vuoi vedere che adesso è anche colpa mia? «Non ti rispondo neanche. Oggi sei completamente folle. Mi fai paura». Lo penso davvero, non è solo una provocazione.

Per un secondo mi sembra sorpreso, poi vedo comparire sulle sue labbra un sorriso tirato. A voler essere del tutto sincera, mi ero accorta che Mark aveva qualcosa che non andava da un bel po' di tempo a questa parte. Strano come solo ora me ne renda conto.

Sospira ma non dice niente. «Mark, cosa c'è che non va?», domando realmente preoccupata. È più forte di me, volente o nolente ci tengo a lui.

«Vorrei dirti niente, ma la verità è che non lo so nemmeno io», sospira sofferente. Non è una frase "da Mark", è più una risposta "da Maddison" la sua.

Gli sorrido cercando di rasserenarlo ed esco dal mio appartamento. Lui mi segue. Una volta in strada, fermiamo un taxi: la città è frenetica, vitale, energica. È tutto un miscuglio di suoni, colori, odori. Questa sera c'è nell'aria qualcosa di magico.

Sul sedile dell'auto, con la coda dell'occhio continuo a guardare Mark, che invece pare distratto e scruta l'orizzonte fuori dal finestrino. In circa venti minuti arriviamo a destinazione. La festa si svolge in un locale molto alla moda, il che equivale a dire buio e fumoso. Quando usciamo dal taxi sono già le nove passate e il posto è già pieno zeppo di gente.

Individuo subito Chul Ju e Seung Hee che ballano in modo molto affiatato. A vederli così, sembrano più che semplici colleghi. C'è un certo feeling tra di loro. Persino il serissimo Dong Woo si sta divertendo a ballare con una graziosa fanciulla del marketing.

Sia Thomas che Andrew mi adocchiano subito e si precipitano al mio fianco in men che non si dica. Mark, che tanto si era battuto per accompagnarmi, si è invece subito defilato e si è seduto al bancone del bar ordinando una birra. Non capisco cosa gli passi per la testa: prima si dà tanto da fare per togliere di mezzo Thomas e poi se ne frega altamente di tenermi compagnia? Una sensazione di cocente delusione si impadronisce di me e mi impedisce proprio di far finta di niente.

A questo punto, quasi per dispetto, mi metto a ballare con Thomas, che questa sera ha un aspetto davvero molto affascinante. Ballo con lui, con Seung Hee e i ragazzi, ballo persino da sola. Ma il buonumore degli altri non sembra contagiarmi; pare che sia destinata a una misera serata. Sfinita da tutto questo inusuale movimento ritrovo Thomas, che mi accompagna al bancone e mi offre da bere.

«Questa sera sei davvero splendida», mi dice colpito dal mio vestito, porgendomi un bicchiere di vino bianco.

Io sorrido e ringrazio imbarazzata, mentre mando giù un sorso di birra. Seduto a qualche metro di distanza c'è Mark, che ha sentito tutto. Lo osservo alzare gli occhi al cielo spazientito.

Il grande capo sta bevendo senza sosta da quando siamo arrivati. E lo so che non sono affari miei, ma sento comunque di dover fare qualcosa. Pur non volendolo, mi preoccupo per lui. È una sensazione che detesto, ma devo arrendermi all'evidenza. Chiedo scusa a Thomas e mi avvicino a Mark. Gli batto un colpo sulla spalla. «Non hai bevuto abbastanza per questa sera?».

Lui non solo non molla il suo bicchiere, ma non mi guarda nemmeno. «Ti ho forse chiesto di farti gli affari miei?».

Scontroso fino al midollo, e direi quasi ubriaco. Una combinazione pericolosissima. Ma non mi lascio scoraggiare così facilmente. Mi siedo sullo sgabello accanto al suo e gli porto via il bicchiere, svuotandolo in pochi secondi. Meglio io che lui. La birra mi scende amara lungo lo stomaco. Non mi è mai piaciuta, ma non ho avuto molta scelta.

Mark è seccato. Cerca di richiamare l'attenzione del barman per ordinare un altro drink ma io faccio segno di no al giovane di fronte. Per fortuna non osa contraddirmi e si allontana per evitare guai.

«Cosa vuoi, rompiballe?», mi domanda con occhi pieni di rabbia, voltandosi finalmente nella mia direzione.

«Impedirti di renderti ridicolo», rispondo serafica.

«Co-sa te ne im-por-ta?», domanda scandendo lento le sillabe. Un ciuffo ribelle di capelli gli cade sugli occhi, e sono quasi tentata di sistemarglielo.

«Niente, a dire il vero. Ma io sono una persona buona e voglio chiudere quest'anno con un'azione meritevole. Tu invece come vuoi finirlo l'anno?»

«Ubriacandomi, non ti era chiaro?», borbotta risentito. Mi rendo conto che la sua intenzione era sin dall'inizio molto limpida. È perfettamente cosciente di quello che sta facendo. Forse meriterebbe di rimanere qui da solo a uccidersi di alcol. Se solo io fossi una persona un po' più menefreghista...

«Niente da fare. Questa sera non è previsto che tu ti renda ridicolo. Magari il prossimo capodanno, quando io non mi sentirò più responsabile e sarò nelle mia piovosa Londra».

Nominare la mia città non si rivela una mossa saggia. Il clima, già per niente amichevole, si raffredda ulteriormente.

«Hai fretta di tornare?», domanda con tono cupo. E anche ferito, ora che ci penso.

«Se vuoi proprio saperlo, sì, non vedo l'ora». Voglio essere provocatoria. Magari riuscirò a scatenare in lui una qualche reazione.

Lo afferro per un braccio e lo costringo a girarsi verso di me. «Mark, mi vuoi dire una volta per tutte cosa ti sta succedendo?». Sembra che io sia condannata a ripetere in eterno questa domanda.

Lui mi fissa a lungo, si libera dalla mia stretta e mi prende per una mano. Gioca per qualche istante con le mie dita, tracciando dei piccoli cerchi sulle mie nocche. Si sta preparando a rivelarmi qualcosa, si direbbe. Ma poi cambia idea. Lo sguardo, tornato duro, gli cade sull'orologio sul suo polso.

«È quasi mezzanotte», osserva con disinteresse.

In effetti è vero, il tempo è volato. Intorno a noi tutti si stanno preparando per il brindisi.

«Vieni, usciamo», mi propone all'improvviso. Mi lascio trascinare fuori dal locale perché sono curiosa di scoprire cosa abbia in mente, ma una volta fuori, nessuno dei due sa bene da dove iniziare. Fa molto freddo e io sto visibilmente gelando. Mark se ne accorge, si avvicina, mi abbraccia avvolgendomi le spalle e appoggiando il mento sulla mia spalla. Un calore improvviso mi avvolge, o forse è questo suo momento di debolezza a scaldarmi.

Intorno a noi riecheggiano voci e grida. Gli ultimi secondi dell'anno scorrono così, in una freddissima via di Seul, abbracciata da un uomo che non fa che confondermi. A un tratto il cielo si riempie di colori brillanti per gli incessanti fuochi d'artificio. È uno spettacolo meraviglioso, non riesco a nascondere il mio stupore.

Ce ne stiamo così, in silenzio e immobili, sempre abbracciati ma con il naso per aria. Infine, molto lentamente, Mark mi gira verso di sé, farfuglia qualcosa che potrebbe essere un augurio di buon anno e mi bacia. Un bacio molto intenso e molto lungo. Non provo nemmeno a sottrarmi alla sensazione di assoluta felicità che mi invade, quando le sue braccia mi stringono. L'impressione di familiarità delle sue labbra dovrebbe spaventarmi – perché a conti fatti non ho così tanta esperienza in merito – ma invece mi rassicura oltre ogni previsione.

Sono in balìa di me stessa: mi rendo conto che questa strada conduce verso il precipizio, ma non riesco a smettere.

Il nostro bacio viene interrotto da qualcuno che cerca di richiamare la nostra attenzione, tossicchiando con discrezione a poca distanza. Per fortuna si tratta di Seung Hee: se anche si è accorta di quello che stava succedendo ha fatto finta di niente. Ci abbraccia e ci augura buon anno. Poco dopo la raggiungono anche Chul Ju e Dong Woo. Infine ecco spuntare anche Andrew e Thomas, che mi si avvicina e mi bacia sulla guancia con particolare enfasi.

«Fa freddo, vieni dentro Maddison», mi dice premuroso.

«Sto bene», lo rassicuro. Ma anche gli altri insistono. Vengo trascinata di nuovo dentro il locale. Mark però non ci segue. Volto la testa per vedere dov'è finito, ma sembra essere stato inghiottito dalle tenebre. Nessun segno di lui.

«Seung Hee», la chiamo, «puoi aiutarmi?».

Le bisbiglio all'orecchio di cercare Mark e di portarlo dentro. Poco dopo rientra con aria desolata. «Sembra che se ne sia andato», mi informa alzando le spalle.

La notizia mi colpisce più di quanto vorrei ammettere. Rimango in piedi indecisa sul da farsi. Ma dura solo un secondo.

«Se qualcuno ti chiede dove sono andata, tu non sai niente», la istruisco facendole l'occhiolino.

«Chi, io? Io non so *assolutamente* niente».

La ringrazio, vado a ritirare il cappotto e mi metto a correre verso casa. A quest'ora non riuscirò mai a trovare un taxi libero, tanto vale incamminarsi verso la metro. Maledetto Mark, ma cosa diavolo gli salta in mente? Mollarmi così dopo un bacio simile…

La rabbia che sento montare se non altro mi scalda. Quando riesco a varcare l'ingresso del nostro stabile sono a tutti gli effetti stravolta. Forse dovrei davvero riconsiderare la mia decisione di non fare sport.

Salgo impaziente in ascensore e una volta giunta al piano mi metto a bussare alla porta di Mark. Nessun segno di vita. Allora mi attacco al campanello. Ma ancora niente. Provo a giocare l'ultima, disperata carta: cerco di chiamarlo al cellulare. Da dentro l'appartamento sento risuonare la melodia che ho imparato a conoscere.

«Lo so che ci sei! Aprimi!».

Passano secondi interminabili, finché alla fine si decide ad aprire. Ha uno sguardo sofferto e gli occhi rossi.

«Cosa diavolo ci fai qui?», domanda con un tono per nulla amichevole.

«Sai com'è, abito dall'altra parte», rispondo calma. «Avrei finito lo zucchero e volevo chiedere al mio vicino se ne ha un po' da prestarmi».

«Ma non farmi ridere», borbotta appoggiandosi alla porta. Non sembra molto intenzionato a lasciarmi entrare.

«Non mi inviti dentro?», chiedo, cercando uno spazio per infilarmi. Ma lui mi ferma con un braccio.

«Direi proprio di no. Ho bevuto davvero tanto. Non rispondo di me, Johnsonn. Meglio se te ne vai».

«Questo lascialo giudicare a me», gli rispondo spingendolo con forza dentro la stanza. Sono riuscita a entrare nella caverna ma adesso non so come comportarmi. Il mio brillante piano non arrivava fino a tanto.

Mark sbuffa e si siede rassegnato sul divano. Chiude gli occhi nell'evidente tentativo di ignorarmi. Eh no, così non va bene per niente. Mi siedo sul tavolo davanti a lui e lo prendo per la mano. Il contatto lo fa ridestare, facendogli aprire quei suoi occhi spettacolari.

«Maddy...», mormora solo. Non so cosa dovrebbe significare il mio nome pronunciato in maniera così dolce. Qualcosa dentro di me si rompe, sento gli argini aprirsi. Mi avvicino e lo bacio senza riflettere. Con decisione. Io che non ho mai baciato qualcuno, che sono sempre stata passiva, che mi lasciavo baciare senza mai prendere l'iniziativa. Questo per me è un mondo nuovo.

Per un attimo Mark rimane stupito dalla mia irruenza, ma la sua breve titubanza viene spazzata via dalla mia forza di volontà. Le sue labbra mi accolgono come se non aspettassero altro, la sua lingua mi invade come se la mia bocca fosse l'unica salvezza possibile.

Senza mai interrompere il contatto mi sollevo dal tavolo e mi siedo in braccio a lui, cingendogli il collo.

Questa sera siamo entrambi vittime di una frenesia inusuale. Ci spogliamo e ci baciamo con una foga che non ammette pause, che rende superflue le parole e si nutre solo di gemiti. Nel giro di qualche minuto siamo rimasti senza vestiti e stiamo facendo l'amore sul suo divano, come se fosse l'unica cosa che sappiamo fare.

Non voglio ragionare, non questa sera. Tanto non servirebbe a niente.

La prima cosa che noto svegliandomi è che ho dormito su qualcosa di duro. Hmm, credo proprio di aver dormito per terra sul tappeto della sala di Mark. Il padrone di casa ci ha gentilmente coperto con un plaid per evitarci di morire assiderati, ma non potrà fare nulla contro il mal di schiena che accuseremo oggi. Con la coda dell'occhio lo osservo dormire beato al mio fianco. Per fortuna la sua espressione è serena.

Il mio secondo pensiero, però, è terrificante e mi colpisce come un missile: sesso non protetto. Mi alzo in piedi in men che non si dica, e mi fiondo in bagno come una furia.

Mi guardo allo specchio, lascio scorrere l'acqua e inizio a rimproverarmi a voce bassa. Ma come diavolo ho potuto dimenticarmi di una cosa simile? Non sono più una bambina, ho ventotto anni. Le liceali rimangono incinte dopo una notte di sesso non protetto, non le vecchie bacucche come me! Conto velocemente i giorni che mancano al mio ciclo. Per fortuna dovrei essere in un periodo non fertile. Questo però non rende meno grave quello che è successo. Sono una deficiente. Siamo due deficienti. Ok, ieri sera lui non era molto in sé e la colpa è più mia che sua. Sono stata io a correre qui come una pazza nel cuore della notte, sono stata io a costringerlo a farmi entrare, sono stata sempre io a iniziare qualcosa che non avrei mai dovuto. Errori simili si pagano cari. Magari oggi non succederà niente, ma questo non mi tranquillizza affatto.

Mi sto bagnando la faccia quando sento bussare alla porta. «Tutto bene?», mi chiede Mark con voce ancora rotta dal sonno. Devo averlo svegliato durante la mia brusca fuga in bagno.

Visto che non ottiene risposta, prova a bussare di nuovo. Mi avvolgo in un asciugamano blu che trovo appeso alla porta. In questo preciso istante l'unica cosa che vorrei fare è scomparire, ma non ho con me bacchette magiche.

«Maddison, vuoi aprire per favore la porta?». Il tono inizia a farsi seccato.

Mi faccio forza e apro. Si è infilato solo i boxer e mi fissa con sguardo indagatore. Cerco di fargli un sorriso.

«Ciao Mark», lo saluto, colpita da improvvisa timidezza. Immagini piuttosto imbarazzanti della serata precedente mi fanno arrossire come un'aragosta.

«Stai bene?», mi chiede scrutandomi da capo a piedi.

Una domanda da un milione di dollari. «Sì, certo. Tu stai bene?»

«Ho sentito un gemito. Cosa c'è?», chiede senza neanche rispondermi.

Esco dal bagno e mi dirigo verso il divano. Mi lascio cadere con aria stanca.

«Mark, lo abbiamo fatto senza protezioni», lo informo. Accarezzo nervosa l'asciugamano, in attesa di una sua reazione alla notizia.

Lui mi guarda serio, ma serafico. Non ho assolutamente idea di cosa gli stia passando per la mente.

«Sei preoccupata?», domanda sedendosi accanto a me, ma mantenendo una certa distanza.

«Sì, no… cioè io…», balbetto. Non riesco neanche a spiegarmi. «Non sono in un periodo fertile, almeno credo, ma non si sa mai».

Mark riflette e si massaggia il mento su cui è comparsa un'ombra di barba. Giuro, questa è la prima e l'ultima volta che faccio una sciocchezza simile.

«Aspettiamo e vediamo». Pare stranamente calmo. Annuisco, non sapendo bene cosa dire.

«Maddy, credo che dovremmo parlare di quello che ci sta capitando». Si è avvicinato ed è indeciso se prendermi per mano o no. Alla fine sceglie di non farlo.

«Ti ascolto», gli dico solo. Non ho alcuna intenzione di facilitargli il compito.

«Questa è la seconda volta che capita. E in tutta sincerità non posso escludere che capiti ancora».

Alzo gli occhi stupita, non mi aspettavo una frase simile. «Cosa vuoi dire, Mark?»

«Ti rendi conto anche tu che non controlliamo più tutto questo… Le cose capitano non appena abbassiamo anche solo un attimo la guardia».

«Davvero? E io che pensavo che tu controllassi sempre tutto». La mia frase è piena di risentimento, ma non so perché. Forse mi dà fastidio questo suo parlare del sesso tra di noi come se si trattasse di un incidente di percorso. Certo, è stato un errore, ma avrebbe potuto anche dirlo diversamente.

«Se questa è l'unica cosa che ti preoccupa puoi stare sicuro che non accadrà mai più, Mark». Raccolgo i miei vestiti da terra e mi dirigo ancora una volta in bagno per cambiarmi. Uscire sul pianerottolo arrotolata in un maxi asciugamano potrebbe dare il colpo di grazia definitivo al mio fragile ego.

Al mio ritorno noto che anche lui si è rivestito. È in cucina che si sta preparando il caffè. Mi porge una tazza.

«Non mi vuoi proprio rendere le cose più facili...», si lamenta appoggiandosi al bancone.

«Non si tratta di rendere le cose facili o difficili, credimi. Se vuoi che ammetta che tra di noi le cose sono complicate, be' lo ammetto. Le cose sono incredibilmente complicate. E non hanno molto senso. Quindi, cosa si fa?».

Silenzio, ragiona sul da farsi. «E se provassimo a frequentarci?», chiede come un fulmine a ciel sereno.

«Lo sai bene che sarebbe un fallimento. Non siamo caratterialmente compatibili. Viviamo e vogliamo continuare a vivere in due continenti lontani, senza contare che vogliamo cose molto diverse dalla vita».

La mia frase lo coglie di sorpresa. «Non ho detto che dobbiamo stare insieme, ho solo detto che dovremmo lasciar sfogare questa tensione che si è creata tra di noi. Frequentarci liberamente senza stare insieme», mi spiega.

«Intendi dire che dovremmo andare a letto insieme finché la fiamma non si spegne?», ripeto offesa. Che idea assurda. «Non è una cosa da me...».

«Sarebbe la prima volta anche per me», precisa. «Ma stiamo perdendo la testa, negare questa attrazione ci rende troppo tesi. Lasciamola esplodere, viviamola e poi salutiamoci quando sarà il momento, senza rimpianti e senza risentimenti», mi propone senza demordere.

Non so davvero cosa rispondergli. «Una frequentazione sessuale senza alcun risvolto romantico, senza alcuna rivendicazione l'uno nei confronti dell'altro?», chiedo dubbiosa.

Mark si avvicina, mi toglie la tazza dalla mano e mi dice: «Esatto, la cosa ti sconvolge?»

«N-no», balbetto. Che falsa che sono.

Mi sfiora una guancia. «Che sciocchezza rivestirsi...», sussurra. Poi mi prende per mano e mi porta in camera da letto.

12
Le brave ragazze...

Sono seduta davanti al mio computer intenta a leggere una email di Jane. A Londra stanno tutti benissimo e aspettano con ansia il mio ritorno.

A causa del provvidenziale e puntuale arrivo del mio ciclo, la testa mi fa un male cane. È come se un arnese per la tortura premesse sulla mia tempia. Non sono una grande amante degli antidolorifici, ma il cerchio di oggi ne giustifica l'uso.

Dopo aver cercato a lungo nei miei cassetti – l'ordine non è il mio forte nemmeno in ufficio – emetto un piccolo grido di vittoria. Mando giù decisa le due compresse, ma ho poca acqua nel mio bicchiere e finisco quasi per soffocarmi, tossendo con molta poca grazia. Lo sguardo preoccupato di Seung Hee si incolla subito sul mio viso paonazzo. La sua espressione è però enigmatica.

«Tutto bene?», le domando, pur sapendo bene che dovrebbe essere lei a chiedermelo.

La mia collega si alza dalla sua postazione e mi si avvicina. «Posso farti una domanda personale?», dice a bassa voce, cercando di non attirare l'attenzione degli altri.

«Certo! Ti offro un caffè?», le propongo.

Lei annuisce e mi segue fino alla macchinetta.

«Grazie», mi dice prendendo dalle mie mani la tazza. La vedo esitare, imbarazzata su come iniziare la conversazione. «Ecco, visto che tu sei una ragazza di mondo, volevo chiederti… sì, insomma… a che punto di una relazione è il caso di andare a letto con un uomo?». Il suo tono di voce è bassissimo. Riesco a intuire il senso delle sue parole solo leggendo il labiale.

Mi aspettavo tutto, ma non una domanda simile. Cerco di sorridere alla sua definizione di "donna di mondo". Immagino che per lei volesse essere un complimento. O almeno lo spero.

«Stai frequentando qualcuno?», provo a chiederle per sondare il terreno. Credo proprio di sapere chi, ma meglio farmelo dire direttamente.

«Ecco, Chul Ju e io ci vediamo da Capodanno», ammette sempre più rossa in volto. Di questo passo si trasformerà in un pomodoro.

A quanto pare è stato un inizio d'anno intenso per tutti. Le sorrido gentile cercando di metterla a suo agio. «E in questi due mesi non siete mai stati ancora insieme?».

Lei sospira e nega con il capo. Ecco, quello che avrei dovuto fare anch'io, niente sesso.

«Capisco, e ora tu lo vorresti?», le chiedo con delicatezza.

«Oh Maddison, non lo so nemmeno io cosa voglio!», esclama con una certa esasperazione che non le ho mai visto prima. Come la capisco, noi donne sappiamo essere davvero complicate.

«Ma lui ti piace, anche fisicamente voglio dire…», la incito a proseguire.

«Sì, mi piace», ammette con un sorriso colpevole, perdendosi in sogni a occhi aperti. Dopo qualche istante di silenzio i suoi occhi a cuoricino tornano a concentrarsi sulla mia persona.

«Tu e Mark state insieme?», mi chiede con un sussurro.

La domanda di Seung Hee mi coglie impreparata: in genere

ho bisogno di grande preparazione psicologica per riuscire a digerire l'accostamento del nome di Mark al mio. E infatti del caffè bollente mi finisce su una mano.

«Non proprio. Noi non stiamo insieme», preciso.

«Davvero?», esclama stupita. «Lo sai che io non lo direi mai a nessuno...», si affretta ad aggiungere.

«Non si tratta di discrezione. È che noi non stiamo insieme. *Davvero*», ripeto con una certa enfasi. Ho come il presentimento che sia molto meglio negare tutto, non credo che una ragazza dolce e innocente come Seung Hee potrebbe comprendere quello che c'è tra Mark e me. Non lo capisco nemmeno io e in tutta sincerità non ho molta voglia di parlarne.

Negli ultimi due mesi le cose si sono ancora più complicate. Il sesso tra di noi capita durante litigi o discussioni, esplode quando meno ce lo aspettiamo, contribuendo a rendere ancora più difficili i nostri rapporti già tesi. Se c'è qualcuno che sostiene che il sesso sia in grado di risolvere i conflitti, mi sento in dovere di portare a esempio il mio disperato caso. Altro che sesso pacificatore.

Il mio umore depresso mi rende consapevole di quanto abbia bisogno di ferie. Devo allontanarmi da questo posto e soprattutto da lui. Preannuncio l'intenzione di andarmene per un po' alla mia giovane collega, che pare essere della mia stessa idea. Qualche giorno fa avevo chiesto il permesso all'ufficio delle risorse umane, scavalcando Mark, ma non ero certa che avrei davvero sfruttato l'occasione. Ora sono del tutto convinta. Convintissima.

«Fai bene», concorda lei. «Anche a me piacerebbe staccare per un po'. Dove pensi di andare?»

«A casa mia, a riposarmi», rispondo senza nemmeno rifletterci. E intendo riprendermi emotivamente, prima di tutto.

Al nostro rientro mi ritrovo Chul Ju in piedi accanto alla mia scrivania. «Il grande capo ha chiesto di te», mi informa alzando le spalle, come a dire "ambasciator non porta pena".

Prima di perdere il coraggio lo ringrazio ed entro subito nell'ufficio di Mark. Come con il dentista, meglio togliersi il pensiero.

«Chiudi la porta, per favore», mi ordina Mark con il solito tono seccato che ha assunto da qualche mese a questa parte. E pensare che c'è stato un periodo in cui era quasi ben disposto verso di me. Ricordo con nostalgia la giornata in cui si era improvvisato guida turistica. Tempi lontani e dimenticati, a quanto pare.

Eseguo e mi siedo senza battere ciglio. Ho dalla mia la decisione di staccare la spina per un po'. «Ciao Mark, prima che tu mi dica cosa ho fatto di sbagliato questa volta, volevo informarti che ho chiesto tre settimane di ferie e che l'ufficio risorse umane me le ha accordate».

Alza il volto dal foglio che stava leggendo. Chiaramente mi aveva convocato per riprendermi. «Cosa?», esclama sorpreso.

«Da sabato sono in ferie», gli ripeto per nulla intimorita. «Ho un tale numero di giorni non consumati che mi è stato quasi intimato di partire». Più o meno corrisponde a verità.

«Senza chiedermelo?», domanda con un tono che non so ancora interpretare.

«È capitato così». Che pensi pure quello che vuole.

«Hai fretta di partire?». Mi fissa criptico senza nemmeno sbattere le ciglia.

«No, sono solo stanca», borbotto, non nascondendo un pizzico di esasperazione di fronte alla sue domande. Per un po' non osa ribattere.

«Torni a Londra?».

Non gli devo alcuna risposta, ma non vedo perché mentire. «Sì, vado a casa».

Mi sembra quasi che voglia aggiungere qualcosa, ma poi decide di non farlo. Mi alzo, lo saluto e torno a lavorare.

Mi trovo a Londra da sei giorni. Dal momento che ho subaffittato il mio appartamento ora sono a casa di Jane, che si è subito offerta di ospitarmi quando l'ho informata del mio imminente arrivo. È un venerdì sera come tanti altri e ci stiamo preparando per andare al pub. Dovrei essere felice – in fondo ho sognato tanto di tornare in Inghilterra – ma la verità è che non faccio altro che girare per l'appartamento con uno sguardo perso.

«Sai, Maddy, non sembri proprio entusiasta di essere di nuovo qui...», mi fa notare la mia amica, porgendomi un bicchiere di vino bianco e versandone uno anche per sé. Sta cercando di farmi bere per sciogliermi la lingua?

«Lo sono invece, sono davvero contenta di vederti. Sono persino felice di vedere i miei, il che è tutto dire», le rispondo sforzandomi di sorridere.

Jane si accascia sul divano accanto a me e mi fissa seria. Quei suoi begli occhi azzurri si concentrano per comprendere quali segreti possa nascondere.

«Perché finalmente non parliamo di quello che è successo a Seul? Dopo tanti anni sei come un libro aperto, e so che c'è qualcosa che ancora non mi hai detto».

Fa ruotare il vino nel bicchiere con grande padronanza, in attesa di una mia confessione.

«Hai fatto un corso da sommelier mentre non c'ero?», le chiedo cercando di sviare il discorso. Lei però non si lascia distrarre e mi lancia un'occhiataccia di avvertimento.

Mi butto sul suo divano blu notte e chiudo gli occhi. «Oh Jane, io davvero non ne vorrei parlare...».

Lei sospira spazientita. «Sei qui da sei giorni! Sei! Forza, sputa il rospo. Chi è? Come si chiama?», pretende di sapere.

Rialzo la testa di scatto. «È così evidente che si tratta di un uomo?»

«Evidentissimo», sentenzia. «A chi verrebbe mai in mente di venire a Londra a febbraio se non a una che sta scappando da qualcosa? Capirei ad aprile o a maggio, ma adesso... cara, non siamo nemmeno nella stagione dei saldi».

Di fronte al suo istinto da segugio non mi rimane che arrendermi. «Temo di aver combinato un casino», sospiro titubante.

«E fin qui niente di nuovo. Forza!». Che donna senza cuore.

«Secondo me non lo vuoi sapere davvero...», la avverto prendendo tempo.

«Così mi fai preoccupare, Maddy!», esclama. Il suo tono diventa più severo, chiaro segno che sta perdendo la pazienza.

«Mark...», mormoro solo, ma devo averlo pronunciato con un tono tale che lei mi interrompe subito.

«Vai a letto con il tuo capo?», mi chiede alzando molto la voce e sgranando gli occhi.

Ma io ho solo detto il suo nome, come può averlo capito? «A cosa dobbiamo queste tue nuove doti da maga? In tutta sincerità ti preferivo prima».

«È evidente, hai pronunciato il suo nome in un modo molto sensuale e familiare...», mi spiega pragmatica.

Decido di non trascinarla troppo per le lunghe. «Ok, ci vado a letto. Ma sesso a parte, il nostro rapporto è pessimo. E non stiamo insieme!», mi affretto ad aggiungere come se questo cambiasse tutto.

Lei si ferma un attimo a riflettere. «Lo sai che non sei fatta per storie simili. Tu sei una romantica, per quanto non voglia ammetterlo. Ne sei innamorata, altrimenti non ti saresti buttata».

La sua risposta non mi piace, non è quello che volevo sentirmi dire. «Guarda che sono cambiata!».

«Ma se porti le stesse mèches e lo stesso taglio di capelli da quindici anni! Non sei capace di cambiare, sei geneticamente programmata per rimanere sempre la stessa», mi fa notare. «A proposito, vedo che sei riuscita a trovare un parrucchiere in Corea che sappia farti dei decenti colpi di sole!», osserva stupita, prendendo in mano una biondissima ciocca dei miei capelli.

«Miracoloso, vero?». È stato difficilissimo ma grazie a Seung Hee anche questo scoglio è stato superato. «Inutile dirti che ho fatto da cavia al parrucchiere...».

«Non provare a cambiare tema! Dimmi invece, perché non stareste insieme? Ti vedi con altri?», torna all'attacco.

«No, veramente no», rispondo sulla difensiva. Mi è chiaro dove voglia andare a parare.

«E lui esce con altre?»

«Non è una cosa che mi interessa sapere», ribatto cercando di apparire convincente.

«Ma smettila! Se lui si vedesse con altre lo avresti già ucciso...», ridacchia.

Probabile, ma meglio non ammetterlo apertamente.

«E come avete escogitato questa brillante idea del rapporto fisico senza coinvolgimento?», mi incalza Jane.

Non ce la faccio più a rispondere al suo interrogatorio quindi mi zittisco incrociando le braccia sul petto con aria imbronciata.

«Maddy, io ti voglio bene, e questa storia non mi piace.

Sono certa che quest'uomo ti interessi sul serio. E azzardo un'ipotesi: anche tu devi piacergli».

Stringo il bicchiere che tengo in mano. «Jane, tu sei la mia migliore amica e lo so che vuoi solo il mio bene, ma ti prego, non parliamone più. Tra qualche mese tornerò in pianta stabile a Londra, Mark rimarrà a Seul e ognuno riprenderà la sua vita di sempre. Preferirei davvero non discutere con te dei miei sentimenti per lui perché francamente sono del tutto ininfluenti». Mentre pronuncio queste parole mi rendo conto di quanto siano vere: che scopo ha riflettere su qualcosa che è comunque destinata a finire?

Jane mi porge il cappotto e si veste a sua volta. «Non mi hai convinto, ma farò come vuoi. Non ne parleremo più per questa sera. Se dovessi aver bisogno di me, sappi solo che io ci sono. E ora usciamo, dobbiamo affogare tutti i nostri dispiaceri nell'alcol!».

Dopo circa dieci giorni di vita londinese mi sono convinta ad abbandonare la capitale per passare del tempo in campagna con i miei genitori. E io odio la campagna, da sempre. Ma siccome non sono del tutto certa che basti la qualità del tempo passato insieme, ho fatto lo sforzo e ci ho aggiunto anche la quantità. Giusto per non avere ulteriori e inutili sensi di colpa. Quelli che ho già basterebbero per cinque vite.

Sono passati ben dodici giorni da quando ho lasciato Seul. Il fatto che io stia contando i giorni e le ore dal mio arrivo non significa niente, mi rassicuro fiduciosa. Sto benissimo, felice di essere in Inghilterra. Adoro anche il fatto che stia piovendo da quando sono arrivata. Se me lo ripeterò altre mille volte forse finirò per crederci davvero.

«Maddy, cara, cosa fai lì affacciata alla finestra?». Mio padre è entrato nel salotto e mi guarda stupito fissare una pozzanghera in cortile. Si sta ingrandendo di minuto in minuto, se continua così, entro questa sera potrebbe diventare una vera piscina.

«Niente papà, sto solo riflettendo», rispondo sincera.

«Perché non vai qualche giorno a trovare la zia Milly? Ti diverti sempre», mi propone osservando lo sconforto per la mia permanenza qui con loro. Gli sono davvero grata. E so che ha ragione, dovrei fare qualcosa: non ha senso continuare a trascinarmi in questo modo per casa.

La mamma interrompe la nostra conversazione. «Maddy, c'è una telefonata per te». Entra nella stanza e mi indica il telefono in corridoio. Ecco qualcosa che può distrarmi dai miei malumori. Mi avvicino all'apparecchio quasi impaurita. Il cuore, piccolo inutile organo traditore, prende a battere più forte. So bene che non può essere lui, razionalmente sono preparata alla delusione, ma un conto è saperlo e tutt'altro smettere di sperare.

E infatti, come volevasi dimostrare, dall'altra parte del filo c'è John.

«Ciao Maddy, come stanno andando le vacanze?», esordisce con voce squillante. John non chiamerebbe mai a casa dei miei. Deve per forza trattarsi di qualcosa di importante. «Abbiamo provato a rintracciarti sul cellulare ma, mia cara ragazza, lo tieni sempre spento», mi riprende bonario.

Verissimo, è spento perché mi sono stufata di attendere un messaggio o una telefonata che tanto non arriverà mai. Così almeno posso evitare di farmi venire il mal di pancia a ogni squillo.

«Ho voluto proprio staccare da tutto e da tutti», mi giustifico. È prassi aziendale tenere il cellulare dell'ufficio sempre acceso, ma per quanto mi riguarda se lo possono anche scordare: ho tutto il sacrosanto diritto di schiacciare il bottone *off*, senza per questo dovermi sentire in colpa.

«Mi spiace importunarti, ma da Seul ti reclamano una settimana prima», mi informa John mortificato.

La parola Seul mi rianima mio malgrado. Ecco qualcosa che non mi sarei mai aspettata. Mi *reclamano* oppure *reclama*?

«Perché?», domando senza riuscire a trattenere oltre la mia curiosità.

«Un nuovo progetto su cui devi lavorare. Una serie di alberghi a Jeju Island», mi spiega vago il mio ex capo. È ovvio che John non sappia quasi nulla del lavoro, non capisco davvero perché qualcuno del mio ufficio non abbia semplicemente recuperato il numero a cui rintracciarmi. Non capisco perché l'ominide non mi abbia chiamato direttamente.

«Capisco», borbotto cercando di nascondere la delusione.

«Mark si è complimentato per come stai lavorando», ci tiene a precisare. Lo sta dicendo perché il mio tono è depresso e sta tentando di risollevarmi il morale oppure perché c'è del vero? In quest'ultimo caso, non mi spiego perché lo dica agli altri, ma si dimentichi di parlarne a me. Non che mi stupisca, visto il carattere.

«Davvero?», chiedo colpita. Quanto vorrei infischiarmene dei suoi complimenti...

«Certo. Ma io ero certo che avresti fatto un ottimo lavoro», insiste John. In effetti era stato l'unico a esserne convinto, devo dargliene atto.

«Ti ringrazio, John». Non so bene cos'altro aggiungere.

«Quindi rientri?», desidera sapere.

«Perché, posso decidere di non rientrare?», domando ironica. Dalle nostre parti gli impiegati eseguono, non negoziano mica.

«Che domanda...». Ride di quella che presume essere una battuta a effetto. Ci salutiamo qualche minuto dopo, una volta chiariti i dettagli.

Mi appoggio allo stipite della sala, cercando di nascondere la faccia come uno struzzo. Meno male che c'è il lavoro, penso a un tratto. Certo che se lo arriva a dire una come me, sono messa davvero male...

Eccomi di nuovo con i piedi ben piantati all'aeroporto di Seul, quindici giorni esatti dopo aver lasciato la città. In tutta sincerità non so se essere contenta o meno del mio rientro anticipato.

Mi detesto perché spero che Mark mi venga a prendere. Cerco di scovare con lo sguardo la sua sagoma familiare, ma la delusione è dietro l'angolo. Di lui nessuna traccia. Come volevasi dimostrare...

Cerco di non piangermi troppo addosso, quand'ecco che un volto amico compare all'improvviso tra la folla: sono così felice di vedere Seung Hee che quasi mi metto a piangere.

«Maddison!», richiama la mia attenzione muovendo vivace la mano. C'è almeno qualcuno che è sul serio contento di vedermi. «Hai viaggiato bene?», mi domanda abbracciandomi. O per meglio dire, stritolandomi. Incredibile come un esserino così minuto sia capace di tanta forza. Annuisco contraccambiando il suo calore.

«Ci sei davvero mancata! Devo raccontarti tutto quello che è successo durante la tua assenza!», esclama subito.

«Perché? Cosa è successo?», chiedo preoccupata. Sono stata fuori solo due settimane, cosa può essere accaduto di tanto importante?

«Al lavoro niente di che, il capo è stato sempre intrattabile e di pessimo umore. Sbraitava in continuazione. Ma non è questa la cosa importante», mi rassicura serena come se il malumore di Mark fosse una cosa da niente. «La buona notizia è che Chul Ju e io...». Si blocca e mi fa l'occhiolino.

Capisco al volo di cosa sta parlando. Bene, buon per loro. Almeno qualcuno che sembra innamorato sul serio. «Sono contenta, davvero contenta. Voglio dire, l'importante è che tu sia felice», preciso veloce.

«Oh Maddison, lo sono tanto!», esclama con uno sguardo che non lascia spazio a dubbi.

«Forza, prendiamo un taxi così mi racconti tutto».

A quanto pare non aspettava altro.

Il mio minuscolo appartamento è identico a come l'ho lasciato. Persino la polvere è nella posizione in cui l'ho lasciata: non è scomparsa come per magia ma non è nemmeno aumentata. Buffo come le piccole certezze riescano a farti sentire a casa.

Sono arrivata da tre ore e continuo a camminare avanti e indietro per la sala, pensando se sia il caso o meno di andare a salutare Mark. Una parte di me muore dal desiderio di vederlo, ma quella razionale, quella che dovrei seguire, mi sussurra di non farlo. Non mi ha mai cercato mentre ero assente: nessuna telefonata, nessun messaggio, nemmeno una maledetta email. E non è nemmeno venuto a prendermi all'aeroporto. E siccome le azioni, anche quelle mancate, parlano chiaro, devo arrendermi all'evidenza che non gli importa di me. Devo assolutamente smetterla di sognare a occhi aperti e accettare la situazione per quella che è: dolorosa, ma definitiva. Le storie di sesso capitano, ma non significano molto. Era assurdo pensare che si trattasse di qualcosa di diverso.

Mi sdraio sul minuscolo divano cercando di captare qualche rumore dal pianerottolo. Niente da fare, non c'è segno di anima viva.

Sono davvero delusa, in primis da me stessa e poi dalla situazione. Lancio stizzita una scarpa verso il soffitto che, ricadendo, mi colpisce in pieno sul naso. Mi sfugge un involontario gemito di dolore. Va bene, non proprio un gemito, piuttosto un urlo.

Sono ufficialmente un caso clinico. Mi sono colpita da sola e ora il mio naso sanguina. Mi alzo per andare in bagno, attenta a non sporcare in giro, quando qualcuno bussa con insistenza alla mia porta. Dimenticandomi per un secondo del mio naso mi affretto ad aprire. Mi trovo davanti Mark, con indosso un paio di jeans sbiaditi e una maglietta blu, uno stile molto casual per uno come lui. Lo definirei quasi trasandato. Ma questo è impossibile…

«Ma cosa diavolo ti è successo?», mi domanda agitato indicando il mio naso sanguinante. Mi porto la mano al viso per scoprire che il sangue continua a uscire. Per un secondo mi sento a disagio: avrei preferito farmi trovare in una forma migliore. *Decisamente* migliore. Mi sarei accontentata di essere tutta intera.

Mentre ero in aereo avevo fantasticato una scena di ricongiungimento da film: io, bellissima, truccatissima e con le mèches fresche di parrucchiere. Era ovvio che si trattasse di mera fantasia, le giornate in cui i miei colpi di sole possono essere definiti "freschi" si contano sulle dita di una mano. Per fortuna questa nuova moda della ricrescita evidente mi ha salvato da parecchi imbarazzi.

Certo, c'era comunque una via di mezzo tra questo disastro sanguinolento e la scena di un film romantico…

«Ho sentito un colpo e un urlo agghiacciante. Cosa stai combinando, a parte cercare di ucciderti?», domanda sempre più arrabbiato, indicando le mie narici. Gli occhi sono due pozze nere e minacciose.

Io mi faccio male e lui si arrabbia? Ma dico, scherziamo?

Entra senza essere invitato e mi trascina con sé. Cerco di

liberarmi della presa, ma si tratta di una causa persa. Solo dopo avermi fatto stendere sul divano si decide a lasciar andare il mio braccio. Si incammina verso il lavello e mi porta una benda di fortuna, dopo averla bagnata. Come se fosse casa sua. Ma prego, fai pure.

«Cerca di tenere la testa all'indietro», mi ordina con quella sua voce perentoria. Rimane in piedi ai bordi del divano, senza smettere di fissarmi. Cerco di guadagnare del tempo pulendomi lentamente il viso e il naso, attendendo paziente che il flusso rallenti. So bene di non aver aperto bocca da quando è entrato, ma in tutta sincerità non so cosa dire. Meglio sorvolare su come mi sono fatta male, partirebbe con una ramanzina eterna.

E poi sono confusa: è la prima volta che poso gli occhi su di lui da oltre due settimane e non mi sento per niente indifferente alla sua presenza. Con la coda dell'occhio lo osservo camminare nervoso per la sala, ma da semisdraiata non ho un campo visivo perfetto. Cerco di alzarmi, ma il sangue riprende a uscire veloce. Forse è meglio rimettersi giù…

Qualche secondo dopo lo sento sedersi su una sedia di fronte al divano.

«Hai passato delle buone vacanze?», mi domanda come se per noi fosse normale parlare del più o del meno. Peccato non poter vedere la sua espressione.

«Ho passato delle *brevi* vacanze, grazie a te», gli rispondo mentre cerco di verificare se il naso sanguini ancora. Sbuffo rendendomi conto di non potermi ancora alzare.

«Non è stata una mia decisione farti rientrare», precisa subito. Ma se pensa che io ci creda non ha capito con chi ha a che fare.

«Certo, perché adesso non sei più tu che decidi per questo ufficio… fammi il piacere», borbotto risentita. Stufa di non poterlo guardare mi rimetto a sedere e una grossa goccia del mio sangue rosso rubino plana sui miei pantaloni grigio chiari. Dannazione, sto per perdere le staffe.

«Stai giù!», mi ordina Mark. Non si capisce chi ha l'umore peggiore tra noi due. Insofferente, ripiego la testa indietro.

«Cocciuta come un mulo, come un dannatissimo mulo», dice più a se stesso che a me.

Volevo tanto vederlo, ma adesso che è qui non vedo l'ora che si tolga di torno. Ha un'aura così negativa che non riesco a soffrirlo. Con lui non si riesce mai a parlare, è uno sbraitare continuo, una lite dietro l'altra. L'evidenza mi colpisce in pieno: non posso andare avanti così.

«Già che sei qui, vorrei dirti che durante queste vacanze ho riflettuto a lungo su questa... faccenda...». Spero che la parola sia delicata a sufficienza. «Ho deciso che finisce qui. Niente più debolezze», gli comunico decisa.

Non riesco a vederlo bene, ma potrei quasi giurare che sul suo viso sia comparsa una smorfia. «Vacanze ispiranti, vedo. Hai conosciuto qualcuno?». Il suo tono è offensivo. Cosa sta cercando di insinuare?

«Cosa c'entra?», domando arrabbiata.

Non ho conosciuto proprio nessuno, se non l'ombra di me stessa, ma non lo ammetterei neanche se da questo dipendesse la mia vita.

«Ma certo, qualche fascinoso inglese dagli occhi di ghiaccio per la nostra principessa che vuole una vita perfetta. Ha anche un adeguato conto in banca?», chiede, sempre più deciso a ferirmi.

Sono sbigottita: non avrei mai pensato che potesse arrivare così in basso. Afferro l'altra scarpa rimasta accanto al divano e gliela lancio con violenza. Riesce a schivarla per puro miracolo.

«Fuori!», gli urlo. Credo proprio che ci siamo detti tutto.

Si alza senza scomporsi troppo, un perfetto principe di ghiaccio, gira i tacchi e se ne va.

Che mi venga un accidenti se penserò a lui anche solo per un secondo da ora in poi.

Il mio rientro al lavoro avviene senza grandi scossoni, anche perché c'è da rimboccarsi le maniche. Il nuovo caso riguardante la catena alberghiera è piuttosto complesso e richiede la mia totale dedizione. Per la cronaca, Mark e io non ci rivolgiamo la parola se non per motivi *strettamente* lavorativi. E anche in quel caso tendiamo più che altro a mandarci email ridotte all'osso. Buffo come due frasi scarne possano nascondere tanti significati.

I tre moschettieri hanno capito al volo che i rapporti tra capo team e capo supremo non sono dei migliori e fanno finta di niente. Persino Seung Hee, che pure deve essere in possesso di informazioni privilegiate, ha preferito non indagare oltre, optando per il quieto vivere. C'è da capirla.

Il clima dell'ufficio ne risente, inutile negarlo. In parte mi sento colpevole, ma sono sufficientemente realista da rendermi conto che non posso farci niente. Non sono la responsabile della piega che ha preso la nostra situazione. O almeno, non del tutto.

Lo squillo imperioso del mio telefono mi ridesta da un'anomala fase di profonda concentrazione.

«Pronto?», rispondo distratta non riconoscendo il numero.

«Ciao Maddison! Allora sei tornata!», mi saluta una squillante voce all'altro capo del telefono. Tae Min deve avere in comune con il suo parente antipatico la convinzione di non doversi mai presentare. Inizio a credere che sia un difetto genetico che i Kim si tramandano di generazione in generazione.

«Sì, da una settimana ormai», preciso. Ma ho il sospetto che conosca molto bene i miei spostamenti.

«Hai passato delle belle vacanze?». Mostra un interesse genuino, come se fosse normale. Cos'è, il terzo grado? Pare abbia deciso di rivolgermi quelle banali domande che suo fratello non è stato capace di pronunciare, o almeno non con il tono giusto. Inizio però a interrogarmi sul reale motivo della sua telefonata.

«Sì, grazie. Cosa posso fare per te?», passo subito al dunque. Non vorrei sembrare troppo sbrigativa, ma non sono molto dell'umore per chiacchierare come se niente fosse con un membro della famiglia di Mark.

«Questo fine settimana c'è un ricevimento per la raccolta di fondi destinato agli orfanotrofi. Sei dei nostri?», domanda con fare disinvolto, come se non si fosse accorto del mio tono diffidente.

«Non credo di poter venire», rispondo senza nemmeno riflettere.

«Su, non farti pregare. È per una buona causa...», mi supplica con fare teatrale.

«Davvero, non posso», ribatto ferma. «È escluso che io decida di andare di mia spontanea volontà a un evento a cui prenderà parte anche Mark». Ecco, ho scelto di essere sincera. Rappresenta un grosso cambiamento per me, ma ci sto provando.

Lui ridacchia dall'altra parte della cornetta. «Guarda che lo so che avete litigato. Mio fratello è intrattabile da parecchio tempo, non serve un genio per fare due più due. Ma questo ora non c'entra. Sai meglio di me che è in partenza per Jeju Island per lavoro. Ti assicuro, non sarà al ricevimento. La nonna mi ha espressamente chiesto di convincerti a venire. Forza, ci divertiremo...».

Sono tentata: la nonna di Mark è una delle poche persone che posso definire divertenti, senza contare che passando una bella serata potrei smettere una volta per tutta di piangermi addosso. È da tanto che non mi faccio una sana risata. La tentazione di dimenticarmi delle ultime difficili settimane è forte. Sospiro in segno di resa.

«E va bene, potrei venire… Ma solo se mi assicuri che Mark non ci sarà!».

«Fantastico! Vestito da sera lungo, mi raccomando!», mi istruisce. Poi mi detta l'indirizzo e l'ora. Riattacco con la fastidiosa sensazione di essermi fatta incastrare. Dannata famiglia Kim!

Visto l'evento mondano ho fatto un piccolo sacrificio economico e mi sono comprata un vestito di gran classe. Non devo far colpo o impressionare nessuno, ma voglio avere comunque un bell'aspetto. Per me stessa.

La scelta è ricaduta su un abito verde scuro, decisamente scollato, che scende in morbide balze fino a toccare terra. Lo so che in Corea le scollature troppo vistose non sono gradite, ma sono un tantino incavolata con il mondo, quindi al diavolo le usanze locali. Voglio solo pensare a quello che mi fa stare bene, e questo vestito ci riesce alla perfezione. Anche questa volta il merito di averlo scovato va interamente a Seung Hee. Avrebbe potuto far carriera nel mondo della moda invece che nel corporate banking. Di sicuro si sarebbe divertita di più.

Ho raccolto i capelli in un elegante chignon da cui esce qualche ciocca ondulata. Nel complesso mi sento davvero soddisfatta del mio aspetto.

Tae Min ha insistito per venirmi a prendere ma io sono stata irremovibile. Non mi serve un cavaliere questa sera, non mi serve nessuno. Per la cronaca, ho deciso che basto a me stessa anche nella vita. Gli uomini? Una totale perdita di tempo.

Fermo un taxi davanti casa e in pochi minuti arrivo all'albergo dove si tiene il ricevimento. Non posso certo affermare di aver imparato a parlare il coreano – significherebbe esagerare alla grande – ma inizio a comprendere alcune frasi e a pronunciare parole elementari necessarie per la sopravvivenza quotidiana. Ho quasi più possibilità di farmi capire in coreano di quante non ne abbia con il francese.

Come di solito accade, il mio arrivo scatena molta curiosità, facendo voltare parecchie teste nella mia direzione. Non mi sono ancora del tutto abituata alla mia diversità, al fatto che una testa bionda, anche se tinta, da queste parti è davvero una stranezza.

Essere un'occidentale in Corea equivale a sentirsi un po' come una celebrità: la gente ti osserva, ti segue, in qualche caso ti fotografa persino mentre passeggi per strada. All'inizio la cosa aveva un che di divertente, ma dopo mesi e mesi di occhiate insistenti, mi sento stanca di essere considerata un'attrazione da circo.

Tae Min, vicino all'ingresso della sala, mi nota quasi subito. «Ciao Maddison, sei bellissima questa sera!», si complimenta baciandomi sulle guance. Lui indossa un completo scuro con una camicia bianca. Niente cravatta però. Credo sia il suo modo giovanile di essere elegante.

«Grazie, anche tu stai bene», ricambio sincera. Questi maledetti geni Kim generano solo esseri umani di una bellezza da lasciarti senza fiato!

Mi sorride soddisfatto, cosciente del suo fascino. Almeno Mark ha sempre avuto la decenza di non gonfiare le sue penne come un pavone.

«Hai visto quante mummie?». Indica la folla, la cui età media è in effetti piuttosto elevata. «Meno male che ci siamo noi a portare una ventata di giovinezza».

Mi porge poi il suo braccio con fare elegante e mi conduce al buffet. Ma questa sera sono nervosa e ho lo stomaco chiuso, mangiare non rientra tra le mie priorità. Capita raramente, ma a quanto pare capita. Accetto solo un bicchiere di champagne da un cameriere in divisa d'ordinanza. Cerco di ricordare di non berne troppi, visto che sono a stomaco vuoto. In fondo alla sala individuo senza troppa fatica i genitori e la nonna di Tae Min. Via il dente via il dolore, mi ripeto mentre mi lascio condurre nella loro direzione.

«Buonasera!», mi saluta la nonna di Mark. «Sei uno splendore, ragazza mia. Che peccato che Mark non sia qui per vederti».

Le mie labbra si tirano in un sorriso piuttosto teso, non appena sento nominare il mio capo. Mi trattengo dal farle sapere che, in caso di sua presenza qui questa sera, mi sarei ben guardata dall'accettare l'invito.

La madre di Mark, di un'eterea e fastidiosa bellezza senza età, mi squadra dalla testa ai piedi senza proferire parola. Indossa un magnifico abito blu scuro che, pur non rivelando un centimetro di pelle, riesce a fasciarla e a farne risaltare la figura invidiabile. Il suo sguardo severo si posa sulla mia scollatura e lì rimane piuttosto a lungo. Il messaggio mi giunge forte e chiaro. Ma questa donna ignora che in realtà le è andata bene: avessi potuto, sarei venuta in costume da bagno! Deve ritenersi davvero fortunata.

Per compensare la totale mancanza di cordialità della consorte, il padre di Mark si fa in quattro per salutarmi a dovere. Continua a sorridermi, cercando di intrattenermi con aneddoti più o meno divertenti. Vengo salvata da questo momento imbarazzante solo grazie alle danze. Mai stata più felice di potermela svignare.

Ho sempre considerato buffo questo modo di fare beneficenza da parte dell'alta società. Cos'è? Non è beneficenza se si raccolgono soldi in jeans e maglietta? Bisogna per forza mandare giù litri e litri di champagne costosissimo?

«Sai, non pensavo foste una famiglia che apprezza simili eventi mondani», bisbiglio stupita a Tae Min.

Lui alza le spalle con aria rassegnata. «Purtroppo ci tocca. Non solo bisogna fare beneficenza, ma è necessario anche costringere gli altri a farne», mi spiega.

Qualcosa però mi sfugge. «In che senso, dovete per forza?».

Mi osserva un po' stupito. «Purtroppo i soldi portano anche molti obblighi…».

«Intendi i soldi dei tuoi genitori, vero?», domando allarmata. Inizio a intuire dove vuole andare a parare.

«Certo, i miei controllano il gruzzoletto più interessante. Ma non solo: mio nonno ha lasciato qualcosa anche a noi ragazzi», mi conferma meravigliato. «Pensavo lo sapessi».

«No. Cos'è che dovrei sapere esattamente?», chiedo con una voce che svela un parziale risentimento.

«Be', arrivato ai trenta Mark è entrato in possesso di un bel pacchetto azionario. Non ti ha detto che è lo scapolo d'oro della città? Io sono ancora troppo giovane, per fortuna, ma lui è nelle mire di tutte le fanciulle nubili coreane. Oserei dire anche di quelle non nubili», aggiunge con tono ironico.

Mi fermo un attimo. Meno male che Mark si trova molto lontano questa sera, perché qualcosa mi dice che finirei per strozzarlo se lo avessi davanti. Non si è fidato di me. Non mi ha detto tutto. Per cosa mi ha preso, per una che mira ai soldi? Mark dovrebbe conoscermi e sapere che sono tutte stronzate le mie storie sul fondo fiduciario. Ne dico tante, ne penso poche.

Se avessi voluto farmi mantenere da qualcuno, mi sarei trasferita dall'altra parte del globo per lavorare anche quindici ore al giorno?

Sono molto, molto, molto seccata di questa scoperta. Accetto in fretta un altro bicchiere di champagne. Al diavolo la morigeratezza, meglio berci sopra.

E proprio mentre immagino tutti gli insulti che rivolgerei a Mark se fosse qui, ecco che il signore del feudo entra maestoso nel salone. Indossa uno smoking fastidiosamente perfetto, che sembrano avergli cucito addosso e pare emanare una tale luce che tutti si fermano a osservarlo. Le teste femminili scattano con precisione automatica nella sua direzione. Ma non sono certo i soldi a fare questo effetto sulle donne. Purtroppo.

Mark si ferma qualche istante in mezzo alla sala, scruta rapidamente i presenti, poi si incammina verso di me. Ora che ci penso, non sembra affatto sorpreso di vedermi. Io invece ho spalancato la bocca come un pesce fuori dall'acqua.

Lo osservo avanzare nella mia direzione e fermarsi a poca distanza. Ha uno sguardo enigmatico che non so interpretare. Avrei bisogno che aprisse quella sua bella bocca e mi dicesse qualcosa. Qualsiasi cosa. Ma niente, si ostina a scrutarmi. Non sarebbe almeno educato da parte sua salutarmi? Certo, tale madre tale figlio, penso risentita.

Il pronto arrivo di Tae Min spezza la tensione che si stava creando. «Ciao Mark, vedo con piacere che ce l'hai fatta a rientrare», lo saluta il fratello. Non mi sembra così sorpreso di vederlo, ora che ci penso. E mi ha comunque trascinato qui. Mi vendicherò in maniera lenta e dolorosa.

«Ho corso parecchio per riuscire a esserci», conferma. Sposta di nuovo i suoi occhi su di me. Cosa diavolo vuole dirmi con quel suo sguardo indagatore?

«Hai visto quanto è bella Maddison?», gli fa notare Tae Min. Vorrei sprofondare per la vergogna.

Mark non dice niente, tossisce solo. Dovrebbe essere un sì?

«Ciao Mark, sono contenta che tu sia riuscito a venire». Dietro di noi si è come materializzata la nonna. La saluta con un bacio sulla guancia.

«Perché non fai ballare questa bella ragazza?», gli propone sorridendo la vecchia signora. Furba come una volpe.

«No, grazie», mi affretto a rispondere.

Mark nota la mia espressione di panico e sospira. «Visto, nonna, la dama non vuole ballare con me».

«È naturale, non glielo hai neanche chiesto come si deve! Forza». Lo spinge con decisione nella mia direzione.

«Vuoi ballare, Maddison?», mi chiede Mark contrariato.

Io rimango in silenzio meditando una risposta sensata. Vista la mia indecisione, Mark mi prende la mano e mi conduce in mezzo alla pista da ballo.

Stanno suonando un lento o comunque qualcosa di molto simile. Non sono ancora diventata una grande esperta in fatto di musica locale per cui non voglio azzardare ipotesi.

Prima che io possa cambiare idea e decidere di darmela a gambe, Mark mi afferra per la vita e mi avvicina a sé. Le mie narici vengono invase da quel suo profumo. Vorrei tanto rimanere indifferente, ma ho il sospetto che sia un desiderio non destinato a realizzarsi così presto. Questa chimica è più forte di me.

«Ci stanno guardando tutti», mi sussurra all'orecchio. «Fai almeno finta che ti piaccia».

Con una rapida occhiata alla sala, noto subito che ha ragione. Ok, lui avrà sempre ragione, penso disillusa, ma non per questo sarà una persona felice.

Mi lascio condurre nel giro di pista alquanto inerme. Non

voglio opporre resistenza ma nemmeno mostrarmi troppo collaborativa. Questa idea del ballo non mi piace e desidero che lui lo sappia senza ombra di dubbio.

«Sei bellissima, comunque», aggiunge come se niente fosse, facendomi piroettare.

La sua frase, così improvvisa e inaspettata, mi fa rimanere di stucco. Non capisco perché l'abbia detto. Balbetto un sofferto grazie. Le cose tra di noi sono già abbastanza complicate anche senza finte smancerie. Per quanto mi riguarda non ho la minima intenzione di essere gentile con lui.

«Lo sai che non avrei mai accettato di venire se avessi saputo di un tuo possibile arrivo?».

Sorride come un bandito. «Certo che lo so».

Gli pesto un piede. Sembra un gesto causale ma voglio che gli sia ben chiaro che in me c'era fredda deliberazione.

«Sei sempre la solita vipera velenosa», mi sussurra con quel suo tono da maestrino. Ecco finalmente il Mark di sempre, non so dove si fosse nascosto per tutto questo tempo.

«E tu sei sempre il solito bugiardo», ribatto. «Quand'è che hai deciso di non dirmi che sei miliardario?».

Per un secondo vedo uno stupore genuino comparire sul suo volto. Mi stringe ancora più forte mentre si prepara alla difesa. «Io non sono miliardario, lo sono i miei. Io non c'entro niente».

Ma per favore, con chi crede di avere a che fare? Gli lancio un'occhiata di astio senza aggiungere nient'altro.

Per mia fortuna la canzone termina in fretta. Mi libero all'istante dalla sua presa e con passo deciso mi dirigo verso il bar. Lo so che non è il caso, ma davvero, come potrei arrivare alla fine di questa serata esasperante senza altro vino? Il popolo coreano è noto per amare molto l'alcol e a forza di frequentarli mi sto trasformando anche io. Non che ne vada molto fiera.

Mark mi si avvicina subito. «Non per insistere, anche perché non sono affari miei, ma quanti bicchieri ti sei già scolata?». La domanda è antipatica e posta nel modo peggiore possibile. Vuole offendermi.

«Come hai detto tu stesso, non sono affari tuoi», gli rispondo usando le sue stesse parole.

«Ma siccome qui dentro pensano tutti che tu sia la mia ragazza, tanto vale che diventino anche miei».

Certe volte non capisco il suo ragionamento contorto. «Ma io non sono la tua ragazza, quindi stammi alla larga», gli intimo. E con un gesto alquanto teatrale della mano lo invito ad andarsene. Per un attimo si sofferma a riflettere sul da farsi, ma poi decide di andare fino in fondo e di irritarmi irrimediabilmente. Mi ruba il bicchiere ancora pieno dalla mano e mi provoca con lo sguardo. Ma questo cosa vuole da me?

«Non hai intenzione di mollare?», domando risentita.

«No», risponde all'istante.

Sospiro rassegnata mentre lo osservo mandar giù il mio champagne. Ostinato come un mulo.

«Quasi quasi tolgo il disturbo. Ora che sei qui nessuno si accorgerà della mia assenza. È arrivato il principe», lo punzecchio.

«Niente da fare. Un principe non è tale se non ha una principessa al suo fianco». La sua frase potrebbe anche illudermi, le parole possono apparire gentili, ma io comprendo che il tono con cui la pronuncia non implica niente di buono.

«Se facessimo una tregua?», mi propone con una punta di esasperazione di fronte al mio atteggiamento.

«Certo, come no. Contando che si tratta di una guerra che non ho iniziato io…».

«Devi sempre sprecare tutto questo fiato per dire cose tanto poco sensate?».

Colpita e affondata. Ma quando le studia queste frasi ad effetto? Mentre dorme?

«No, solo quando si tratta di far capire qualcosa a un pallone gonfiato come te. Ma lo so che è fatica sprecata. Figurati se sua maestà può capire concetti umili come questi...».

All'improvviso vengo assalita da una grande stanchezza, sono terribilmente stanca della situazione che si è creata. Odio litigare, non ci sono portata. Non ho anni di allenamenti alle spalle e non ho nemmeno un'inclinazione naturale. Discutere in continuazione con Mark mi sfianca e mi deprime. E in parte la colpa è anche mia: lo sapevo sin dall'inizio che non avevamo nulla in comune, lo sapevo che non ci saremmo mai capiti e che iniziare "qualcosa" con lui era da stupidi. Il mio sesto senso ha cercato di avvertirmi più e più volte. Ma io niente... non l'ho voluto ascoltare. O non ho potuto, il che poi ha portato comunque allo stesso identico risultato.

Stringo al petto il bicchiere vuoto che Mark mi ha appena restituito e rifletto triste su come concludere una volta per tutte questa nostra tragica vicenda. Lui mi osserva quasi sospettoso. Il silenzio è qualcosa che in genere non mi appartiene, se non quando sono un po' brilla.

Senza dire una parola mi allontano dal banco, non degnando Mark nemmeno di uno sguardo, e con passo lento ma fermo mi incammino verso il guardaroba.

«Te ne vai?», mi domanda Mark, che deve avermi seguito.

«Credo sia meglio», gli rispondo piano.

«Meglio per chi?», domanda fermandomi con il suo corpo.

«Forza Mark, non insistere. Sai benissimo che è meglio per entrambi. Per una volta, comportati da uomo saggio quale sei, quando la mia compagnia non ti brucia le cellule celebrali».

Le sue labbra si contraggono in segno di ira. Spero vivamente non stia per esplodere.

«Ti prego», lo supplico con un tono di voce molto diverso questa volta, «lasciami andare. È davvero quello che voglio».

Mark sospira, chiude gli occhi per un tempo più lungo del necessario e quando finalmente li riapre vedo che qualcosa dentro di lui è cambiato, che la sua certezza vacilla.

«Per favore, il cappotto della signorina», chiede infine. È il suo modo per dirmi che mi lascia andare.

«Grazie», mi limito a dirgli. Non aggiunge nient'altro, accenna solo un sorriso debole, si volta e se ne va con passo deciso.

Io invece afferro il cappotto e mi incammino verso l'uscita. Meglio così, molto meglio così.

13
Jeju Island

Sono in uno stato così comatoso che non mi accorgo neanche che stiamo atterrando. E non si tratta proprio di un atterraggio perfetto: l'aereo ha oscillato parecchio e il tocco finale con la terra è stato piuttosto un tonfo. Insomma, se fossi me stessa sarei già morta dalla paura. Ma la verità è che non lo sono più da parecchio tempo.

Cielo, come mi detesto. Come diavolo sono riuscita a ridurmi in questo modo? Sono psicologicamente a terra, io che in genere non lo sono mai. Sono davvero io quella seduta in questa scomodissima poltrona? Per un attimo ne dubito.

Seung Hee è diventata molto perspicace e mi sbircia preoccupata mentre legge una rivista di ricerche economiche. La vedo lottare con la tentazione di dirmi qualcosa, poi decide di non farlo.

Lo so che ho una brutta cera, lo so che non sono riuscita a coprire del tutto le occhiaie che notti intere di sonni agitati mi hanno causato. Di incubi terribili, a dire il vero. Ok, non proprio incubi. Sono più che altro terribili sogni… come dire… erotici?

Purtroppo sogno anche Mark.

E va bene! Lo ammetto! Faccio sogni erotici che hanno Mark come protagonista. E per quanto ci provi non riesco assolutamente a smettere. Ormai è come un'ossessione, sto lentamente e inesorabilmente perdendo il lume della ragione. Per non sognarlo cerco di rimanere sveglia, ma la privazione di sonno mi sta portando alla pazzia.

«Siamo arrivate, Maddison». La voce di Seung Hee è un lieve sussurro ma mi fa sobbalzare.

Devo trovare litri di caffè bollente il prima possibile, altrimenti non sarò in grado di combinare niente di niente oggi.

Abbiamo appena recuperato le nostre valigie e ci stiamo incamminando verso la zona dei taxi quando vengo trafitta da una sensazione, una consapevolezza: mi immobilizzo bloccando altra gente, e giro lo sguardo lungo il corridoio che conduce all'uscita. È qui, è chiaro che è qui, mi sono accorta della sua presenza all'istante. Il mio corpo traditore potrebbe essere in grado di sentirlo a chilometri di distanza. Mi stupisco quasi di non averne percepito subito l'odore.

Anche Mark ci ha visto e muove il capo in un cenno di saluto. Ha deciso di nascondersi dietro la sua solita espressione annoiata, ma questa volta c'è qualcosa di diverso in lui. Mi sembra che sia più teso del solito, mi pare di scorgere delle occhiaie profonde come le mie e di vedere un colorito verdastro sul suo viso pallido. Mi sento quasi sollevata. È rassicurante sapere che non sono l'unica verdognola in questo posto per turisti entusiasti. Questa nuova consapevolezza mi fa persino sorridere. Mark mi guarda ma non capisce, probabilmente si sentirà anche offeso. Ma non m'importa.

«Sono venuto a prendervi». Ci saluta con tono molto formale.

Seung Hee cerca subito di rassicurarlo. «Ti siamo davvero grate».

Io sbuffo di fronte al suo tono gentile. Certo, come no, eternamente grate.

A Mark l'espressione non sfugge. Prende la valigia di Seung Hee per aiutarla ma non accenna assolutamente a fare lo stesso con la mia che, per la cronaca, è il triplo di quella della mia collega. Certe cattive abitudini sono davvero dure a morire.

Con forza e determinazione m'incammino superandoli, per bloccarmi mio malgrado qualche metro più avanti, indecisa su dove andare. Che tipo di macchina avrà noleggiato il signore del castello? Mi volto per studiare la loro direzione ma incontro solo due occhi scuri che mi fissano minacciosi, tempestosi, decisamente troppo vicini.

«Telepaticamente ti ho trasmesso la mappa del luogo dove ho parcheggiato la macchina?», chiede sarcastico.

Non so davvero come uscirne in maniera dignitosa. «Hmm, no», ammetto a bassa voce.

Ma lui ha sentito benissimo. «Come immaginavo», borbotta con fare arrogante e mi supera.

Non mi rimane che seguirli in silenzio trascinando la mia valigia. Pare che Mark abbia parcheggiato nel posto più lontano del pianeta. Mi chiedo quasi se l'abbia fatto apposta...

Raggiunto l'angolo più remoto del parcheggio, Mark apre il cofano della Hyundai che ha noleggiato e ci infila la valigia di Seung Hee. Si volta poi per vedere dove io sia finita. Il suo sorrisetto di soddisfazione di fronte al mio viso esausto è così lampante che quasi non riesco a crederci: lo ha fatto apposta! Tutto calcolato, tutto parte di un piano!

Questo è peggio dei dispetti che Edward Dalton mi faceva quando avevo quattro anni, peggio delle gomme da masticare che mi attaccava sulle trecce! Sono furiosa, ho quasi il sospetto che dal mio naso esca del fumo nero. Seung Hee ha capito tutto e corre in mio soccorso e in due riusciamo a catapultare la mia valigia nel vano. Mark osserva la scena assolutamente a suo agio, senza accennare a muovere un dito.

Nel momento stesso in cui varchiamo l'entrata dell'albergo,

ormai è guerra aperta e nessuno dei due fa nulla per nasconderlo: quando per sfortuna rimaniamo incastrati nella porta girevole, arrivo quasi a colpirlo con la valigia. Mark si scalza appena in tempo. Giunta al punto di non ritorno per la frustrazione gli mollo un calcio sul polpaccio, e a quel punto lui cerca di atterrarmi strattonandomi per un braccio. Così facendo sblocchiamo la porta, ma riusciamo anche nella difficile impresa di finire distesi per terra nella hall dell'albergo. Una coppia di giapponesi allibiti pensa pure di scattarci una foto.

«Americani... così senza pudore», sento lamentarsi una vecchietta in un inglese molto elementare. Americani a chi?

Seung Hee ci raggiunge in fretta con la chiara intenzione di fare da paciere. «Lo so che siete entrambi miei superiori, lo so che siete più grandi di me, e so anche che con ogni probabilità siete certi di sapere quello che state facendo, ma permettetemi di dirvelo: vi state sbagliando». Il suo tono è fermo e anche un po' seccato.

La fissiamo pentiti. Per alcuni secondi nessuno dice niente.

«Ne dovete parlare, state completamente impazzendo», aggiunge poi dandoci il colpo finale. «Sarebbe meglio se decideste di farlo lontano dall'albergo che vi reputa due grandi professionisti e che vi ha affidato di curare la sua fusione...».

Ancora seduta per terra, abbasso lo sguardo nella speranza di mimetizzarmi con il pavimento di marmo scuro. Mark sembra altrettanto affranto.

«Mio Dio, ma cosa mi ha preso?», sussurra più a se stesso che a noi. Ha un'aria davvero provata.

«Se volete il mio parere, che non conta nulla, voi vi siete innamorati. E siete anche due innamorati dannatamente distruttivi», continua imperterrita Seung Hee, che non si tira di certo indietro quando l'occasione richiede parole forti. «Non fate quelle facce da pesci lessi, qualcuno prima o poi doveva dirvelo. Mai visto nulla di simile, e sinceramente spero di non vederlo mai più».

La sua frase mi fa sorridere, mi fa talmente ridere che a un tratto non riesco a smettere. Sono ostaggio di una risata nervosa che non termina più. In fondo la ragazza più schiva e riservata del pianeta terra mi ha appena messo in riga. Altre teste si voltano nella mia direzione, altri sguardi perplessi osservano la scena.

«Maddison, cosa ne dici se ci facciamo un giro in spiaggia mentre Seung Hee fa il check-in per tutte e due?», mi propone Mark rialzandosi dal pavimento. Il suo sguardo significa "osa solo rifiutare e vedrai cosa ti succederà".

«Ma la mia valigia...», balbetto all'improvvisa nervosa all'idea di rimanere da sola con lui.

Non faccio in tempo a finire la frase che Mark mi interrompe: «La tua valigia la lasciamo qui nell'atrio e chiediamo alla reception di portartela in camera. Nessuno oserebbe mai rubartela. Voglio dire, nessun ladro riuscirebbe a sollevare questa cosa...».

Il mio sorriso di poco prima inizia a incrinarsi. «Se proprio devo...», gli rispondo sospirando. Sono talmente terrorizzata di parlare con Mark che potendo scapperei. Peccato che corro molto più lentamente di lui.

Usciamo di nuovo dalla porta girevole, questa volta ognuno nel proprio vano, e ci incamminiamo in silenzio in direzione della spiaggia. Jeju è un'isola vulcanica unica nel suo genere: è infatti piena di meraviglie naturali quali grotte, cascate e strane formazioni rocciose, tanto da essere stata nominata sito protetto dall'UNESCO. In effetti il panorama è bellissimo. Davanti a noi si distende una lunga spiaggia di sabbia che qui definiscono "nera" in quanto vulcanica, ma che a me appare piuttosto di un grigio tenue.

Mark si avvicina all'acqua e senza perdere troppo tempo si toglie le scarpe, i calzini e arrotola i suoi pantaloni fin sopra il polpaccio. Poi fa un passo dentro il mare, lasciando che la sabbia bagnata gli nasconda i piedi. Questa scena inusuale mi ricorda che è l'uomo con i piedi più belli del mondo. E pensare che non si fa nemmeno la pedicure.

Sono così affascinata dall'avanzare e indietreggiare della sabbia insieme alle onde che nemmeno mi accorgo che Mark si è voltato nella mia direzione e che mi sta osservando. Quando sollevo gli occhi incontro subito i suoi.

«È il momento dello scontro finale?», gli chiedo, leggendo un profondo disagio in quello sguardo.

Lui si avvicina con espressione intensa. «Preferirei non litigare, se possibile».

«Un momento fa non mi sembrava proprio...», gli ricordo.

«Sono un cretino, cosa ci puoi fare». Lo dice in maniera rassegnata, e io lo fisso stupita. «Vorrei dirti alcune cose prima». Mi precede proprio mentre sto prendendo fiato per dirgli che anch'io sono stata altrettanto stupida. Se non di più.

«Ti ascolto», gli dico invece.

«È dannatamente difficile...», si giustifica un po' impacciato.

A chi lo dice. Gli faccio un sorriso di incoraggiamento.

«Ok, vado dritto al punto. O almeno ci provo», scherza nervoso.

«Mark, per l'amor del...».

«Ha ragione», esclama deciso.

«Chi? Cosa?». Dovrei forse capire qualcosa da questo indizio?

«Seung Hee ha ragione, io credo di essere innamorato di te», ammette solenne. Ma il modo in cui lo dice sembra adatto a un funerale piuttosto che a una dichiarazione romantica.

Poi, osservandolo meglio, intuisco il perché del suo stato d'animo. «Ah, capisco. È una cosa di cui non sei contento».

«Non particolarmente, no», ammette sempre più a disagio.

«E posso sapere perché?», chiedo attenta.

Lui sbuffa, seccato di dover spiegare il suo punto di vista. «Ammetterai che è il sogno di tutti essere ricambiati quando si è innamorati...»

«Be', non sempre. Prendi i poeti per esempio... credo proprio che non avrebbero alcuna ispirazione se fossero sempre ricambiati».

Mark mi osserva perplesso. Immagino si stia sempre più convincendo della mia totale pazzia.

«Ti sembro un poeta?», borbotta seccato. Quando fa così è assolutamente adorabile.

«No, non ti vedo proprio a scrivere versi, ora che mi ci fai pensare», ribatto ridacchiando.

Dal mio sorriso comprende che lo sto prendendo in giro e allora si rilassa.

«Ma prosegui pure, stavi dicendo...».

Mark si siede sulla spiaggia accanto a me. «Sì, ti stavo dicendo che la situazione è... è difficile per me. E ti chiedo scusa, sono stato imperdonabile, in fondo non è colpa tua», conclude sospirando.

«Cosa non è colpa mia?». Per quanto mi sforzi non riesco a comprendere tutti i pezzi di questo discorso. Faccio fatica a seguirlo.

«Se non mi ami». Lo afferma come se fosse un dato di fatto, una verità inconfutabile e scientificamente dimostrata.

«E chi lo dice?», gli domando cercando di contenere l'entusiasmo suscitato dalle sue parole. Ma Mark non mi sta ascoltando: ha abbassato la testa come uno struzzo e ha smesso di guardarmi.

Appoggio una mano sulla sua spalla per richiamare l'attenzione. Quel semplice, banale contatto sprigiona un immediato calore che mi riscalda all'istante. Dio, io adoro quest'uomo. Lui risolleva lo sguardo e mi scruta interrogativo. Non so come ho fatto a non vederlo prima, perché è scritto lì nei suoi occhi esotici così espressivi, non deve nemmeno ripeterlo. Lo so che mi ama. E che sta soffrendo.

Scosta la mia mano dal suo braccio, come scottato, e cerca di alzarsi, ma io lo blocco decisa. Avvicino il mio volto al suo e lo bacio. Prima di chiudere gli occhi faccio in tempo a vedere i suoi aprirsi per la sorpresa, lottare e cedere per arrendersi a quel bacio inaspettato. Quest'uomo è in grado di farmi girare la testa con un solo innocente bacio. Pochi istanti e siamo entrambi stesi sulla sabbia: Mark mi tiene stretta a sé come per impedirmi di scappare, mentre io cerco di inspirare il suo meraviglioso profumo.

«Cosa vuol dire?», chiede Mark quando ci stacchiamo per riprendere fiato. «È un bacio d'addio?».

Mi viene da ridere, è più forte di me. «Certo, come no… in Inghilterra si baciano tutti così all'aeroporto, non hai visto quando sei passato di lì?», domando prendendolo in giro.

«No, ero troppo assorto a osservare te per notare qualsiasi altra cosa».

Gli tiro un pugno. «Ma non è vero!».

«Sì, invece! Ma sono stato bravo a non fartelo notare», insiste.

«Ah…», faccio finta di crederci.

All'improvviso tra noi cala un silenzio imbarazzato. Cerco di distrarmi seguendo le linee corrucciate del suo viso.

«Mi stavi dicendo che il bacio è…», cerca di indurmi a parlare.

«No, scusami. Mi hai fatto una pessima dichiarazione e non

otterrai alcuna confessione da me finché non la migliorerai almeno un po'».

Finalmente riesco nell'impresa di farlo ridere davvero. Che bel viso quando si lascia andare... peccato che lo faccia così poco.

Dopo essere tornato serio si solleva su un gomito per vedermi meglio. «Ok, allora riprovo. Cara signorina Maddison, sono ufficialmente e completamente innamorato di te. Così va meglio?», chiede con occhi allegri.

Faccio finta di rifletterci su. «Un po'...», gli concedo.

Con la mano libera mi accarezza la guancia. «Bene, ora gradirei sentire la mia parte». Sembra impaziente.

«Ma dicono che i gesti contino più di mille parole...».

«Dicono stronzate. Io voglio tutto, parole e gesti. Ora vorrei le parole... e subito dopo i gesti», esclama deciso.

Inspiro la fresca aria di mare prima di sussurrargli quello che tanto attende. «*Saranghae*». La mia voce è poco più di un sussurro, l'emozione ha fatto tremare le mie corde vocali.

«Conosci una parola di coreano?», si stupisce Mark, non riuscendo a nascondere la gioia sul suo viso.

«E che parola...».

«Già, che parola», si mostra d'accordo.

E con questo abbiamo finito di parlare, a quanto pare. Oh sì, le parole in certi casi sono decisamente di troppo.

Epilogo

Il telefono squilla imperioso nel mio minuscolo appartamento londinese. Per un attimo penso di essere di nuovo in ritardo e sobbalzo sul letto come se mi fossi appena risvegliata da un incubo. Ma poi una mano mi afferra per la vita.

«Ma oggi è sabato...», si lamenta Mark dopo avermi riportata accanto a sé.

È rientrato ieri sera tardi dagli Stati Uniti e siamo andati a dormire molto più tardi... Insomma, la lontananza è sempre una sofferenza quando si è giovani e innamorati. Anche se il tuo ragazzo si allontana da te solo per due giorni. Non avrei mai pensato di dirlo, ma due giorni sono un'eternità!

«Sì, è sabato...», gli confermo con fare poco convinto stropicciandomi un occhio.

Ho sbagliato qualcosa al lavoro e mi chiamano per rifare tutto di sabato? Mi libero mal volentieri dall'abbraccio e afferro il cordless sul mio comodino. Per poco non precipito dal letto al suono che ne sento uscire.

«Maddison!», tuona la voce di mia madre non appena appoggio il telefono al mio povero orecchio. Ah, ecco cosa non mi mancava a Seul. «Maddison, mi hai detto di telefonarti per ricordarti l'appuntamento con l'agente immobiliare!».

Posto che potrebbe anche imparare a parlare senza urlare, ha perfettamente ragione!

«Mark, dobbiamo andare a vedere la casa! Grazie mamma!», le dico e riattacco prima che lei possa partire in quarta come suo solito.

Mark solleva la sua bella testa arruffata dal cuscino. Credo se ne sia finalmente ricordato, in fondo è lui che ha notato la casa e ha fissato l'appuntamento per le dieci di questa mattina. Solo che per il fuso e la stanchezza, per una volta è ridotto come me, ovvero in stato comatoso.

«Hai chiesto a tua madre di svegliarci?», domanda stupito.

Io sorrido angelica. «Ha funzionato, no?»

«Alla perfezione», ribatte l'oggetto dei miei desideri, che si solleva dal letto e scompare in bagno per una velocissima doccia. Poi inizia a vestirsi in tutta fretta.

«Jeans?», chiedo stupita. Non che non li metta mai, ma per lui, ogni occasione che non sia andare al mercato, in genere richiede un abbigliamento adatto.

«Certo, e anche tu. Dobbiamo sembrare giovani e squattrinati, così quando faremo la nostra offerta penseranno che sia la nostra cifra massima». Mi sorride furbetto e si avvicina per baciarmi. La sua aria smarrita è durata un quarto di secondo, ora è tornato alla solita efficienza.

«Smettila, arriveremo in ritardo», gli ricordo, anche se non sto opponendo molta resistenza.

«Non è colpa mia se sei irresistibile».

Adoro questo lato di Mark: da quando stiamo ufficialmente insieme è diventato molto galante e pieno di attenzioni. Mi sento adorata e, credetemi, tutte le donne dovrebbero sentirsi così. Non bisogna accontentarsi di niente di meno.

«Sono tutt'altro che irresistibile la mattina, ma apprezzo comunque che tu lo dica. Anche se menti».

Mark mi guarda perplesso. «Io non ti mento mai».

Dice davvero? «Proprio mai?», domando.

«Certo, mai. Perché, tu mi menti?».

Che domanda, tutte le donne mentono! «Mai sulle cose importanti», lo rassicuro premurosa.

Per un attimo lo vedo lievemente destabilizzato dalla mia risposta. «E per te quali sono le cose poco importanti?», si informa preoccupato.

È sicuro di volerlo sapere davvero? A questo punto scoppio a ridere. «Be', ti mento su quello che ho speso per i miei vestiti, per le mie scarpe, per il parrucchiere…».

«Ahhh…», esclama sollevato, baciandomi di nuovo. Credo si sia tolto un grosso peso dallo stomaco. «Allora puoi continuare a mentirmi…».

«Sapevo di aver scelto l'uomo migliore del mondo…».

«Stai mentendo anche adesso?», chiede Mark guardandomi malandrino.

«No, sono serissima», lo rassicuro alzando una mano e appoggiando l'altra sul cuore.

La mia risposta fa illuminare il suo volto. Ho scoperto che ha un sorriso meraviglioso, che è un uomo meraviglioso. E che renderlo felice mi rende felice. In tutta sincerità non pensavo che innamorarsi davvero sarebbe stato così… favoloso. Non smetto quasi mai di sorridere.

Certo, il lato negativo è che da quando siamo una coppia non lavoriamo più insieme. Mark è andato subito a parlare con John e io sono stata di nuovo trasferita a Londra. Avremmo anche potuto tenere la bocca chiusa e attendere la naturale scadenza del mio trasferimento, ma non era da Mark. Ha sentito la necessità di mettere subito le cose in chiaro.

Solo dopo essere rientrata nella madrepatria ho capito quanto mi fossi affezionata alla vita coreana. Saranno anche strani, ma a me piacevano. Cibo a parte…

E così abbiamo sofferto a distanza finché non hanno trovato altre due persone per l'ufficio di Seul e finché anche Mark non è stato trasferito a Londra, in un team diverso dal mio. Ma è spesso in viaggio, per cui ogni tanto ci troviamo ancora a soffrire il distacco.

Mark dice di trovarsi molto bene a Londra ma ho il sospetto che in realtà non gli importi molto del luogo. Grazie a lui ho imparato che non è la città che conta, ma la persona che hai accanto. In qualsiasi parte del mondo ci troveremo a vivere, non avrò nulla da obiettare se lui sarà al mio fianco.

Sono rientrata nel mio vecchio team e mi trovo meravigliosamente bene: ho un sacco di responsabilità in più e dopo l'esperienza a Seul sono finalmente in grado di svolgere con sicurezza il mio lavoro. Per la cronaca, ho anche scoperto che mi piace.

Ammetterlo forse è anche una sconfitta: sognavo che da grande avrei fatto chissà cosa, invece seguo fusioni e acquisizioni. Ma tenetevi forte, mi hanno assegnato le società di lusso e la moda!

Certo, non sarò mai appassionata al lavoro come Jane, mai e poi mai... ma potessi anche arrivare alla metà della sua dedizione, per me sarebbe un vero e proprio traguardo.

È anche possibile che sia stato Mark a trasmettermi l'amore per il lavoro. In fondo lui lo fa con una tale passione che è impossibile non lasciarsi influenzare. È una specie di simbiosi tipica dell'innamoramento, credo.

«Ad ogni modo, se non accetteranno la nostra offerta allora vorrà dire che dovremo continuare a vivere qui...», gli dico, a riprendere il filo del discorso

Mark mi fissa terrorizzato. «Io ti adoro, ma non possiamo andare avanti in trenta metri quadrati...».

«Sono quasi cinquanta!», ribatto.

«Sì, se calcoli la cantina e il terrazzino su cui non hai mai messo piede», mi dice serio. Si ferma un attimo e poi mi sorride enigmatico. «E se dovesse arrivare un cucciolo?»

«Vuoi un cane?», gli chiedo dubbiosa.

Mark alza gli occhi al cielo e si allontana per cercare le scarpe. «Ah, il tuo sesto senso... meno male che dovrebbe essere tipicamente femminile. Vabbe', facciamo una cosa per volta. Forza, adesso andiamo a comprare la nostra meravigliosa dimora».

«Per la quale io pagherò la mia parte di mutuo per l'eternità...», gli ricordo mogia.

«Sai che mi sono offerto di pagare tutto io».

«Ma neanche morta! Per chi mi prendi? Per una di quelle ragazze che sognano di farsi mantenere?»

«Scusa, ma non è il sogno della tua vita?», ride divertito.

«Ma che sogno e sogno...», borbotto.

«Guarda che ho un'ottima memoria: non molto tempo fa lo scopo della tua vita era sposarti con un riccone e non fare niente per il resto dei tuoi giorni. Sbaglio, forse?»

«Sbagli eccome! Non sognavo di non far niente, sognavo di passare le mie giornate a fare shopping!», puntualizzo.

«Che scopo nobile...», commenta ridendo.

«Comunque, come vedi ho cambiato sogno. Ti sembra che mi voglia sposare?».

Alza un sopracciglio corrucciato. «Non vuoi sposarti?», domanda allarmato.

«No, non voglio», rispondo, ma in realtà lo dico solo perché mi ha punto sul vivo.

«Peccato allora», esclama lui, «vuol dire che dovrò restituirlo».

«Restituire cosa?!», gli chiedo non riuscendo a contenere l'eccitazione.

«Niente, niente... una cosa che non ti interessa, visto che non vuoi sposarti...».

Che bastardo, questo è giocare sporco!

«Vuol dire che aspetterò un po' per vedere se cambi idea...», mi punzecchia Mark.

«*Aspettare???*», il mio è un lamento disperato.

«Certo, non vorrei mai indurti a fare qualcosa che non vuoi».

«*Mark!!!*», urlo arrabbiata.

«Sì amore?», domanda angelico.

«Ti detesto!».

«Lo so, amore», ride deliziato. «Forza, andiamo. In marcia! E ricorda: non parlare, non chiedere, non fare niente...».

«Sì, padrone».

Usciamo veloci dall'appartamento e ci incamminiamo lungo le strade semideserte in questa bellissima mattina. Quando Mark mi prende la mano e la bacia per la millesima volta, penso che alla fine il mio personale principe sono riuscita davvero a trovarlo.

Ringraziamenti

Questo libro non sarebbe mai nato e io di certo non avrei mai scritto niente nella mia vita se non fosse stato per i drama coreani. Mi hanno ispirato a tal punto, punzecchiando la mia immaginazione, da farmi decidere di ambientare una storia proprio in Corea. La mia carissima amica Rossana mi aveva parlato a lungo dei drama giapponesi, ma io mi sono trovata invece rapita dalle produzioni coreane. È stato amore a prima vista. Da allora io e il gestore del fondo Global Bond della Templeton condividiamo la stessa "ossessione coreana" (se avrete modo o voglia di verificare la percentuale di bond coreani contenuti in media nella SICAV vi renderete conto di cosa sto parlando).

Ringrazio tutti quelli che tramite i negozi online sono incappati nella lettura ancora molto embrionale di questa che è invece una stesura più approfondita del romanzo, recensendolo con tanto ardore. Da questo libro è partito tutto.

Colgo l'occasione per ringraziare al completo tutto il team Newton, nessuno escluso, che ha speso molte energie in questi mesi per "starmi dietro". Essendo la scrittura un mio amatissimo hobby a cui non ho molto tempo da dedicare, hanno dovuto lottare non poco per ritagliarsi un posto all'interno della mia folle "giornata tipo". Sono molto grata a tutti per non avermi mandata al diavolo.

Ringrazio mio marito che non solo ha amato questa storia sin dall'inizio (rimane il suo romanzo preferito, tra quelli che finora ho scritto), ma non mi ha neppure strozzato per aver riempito la casa – nella fase finale di revisione del testo – di numerose mappe della città di Seul e cartine della metropolitana. Se poi decidesse anche di portarmici, passata la minaccia nucleare della Corea del Nord, gliene sarei eternamente grata.

Indice